रामकठिन सिंह

रामकठिन सिंह का जन्म 1 फरवरी, 1942 को जनपद मऊ के तजोपुर ग्राम में हुआ। कृषि विज्ञान से एम.एस-सी. तथा पी-एच.डी. की उपाधि जर्मनी से अर्जित की।

उन्होंने हरियाणा कृषि-विश्वविद्यालय में अध्यापन एवं शोध कार्य किया। नरेन्द्रदेव कृषि विश्वविद्यालय, अयोध्या में निदेशक (शोध); अन्तरराष्ट्रीय धान-अनुसंधान-संस्थान, फिलीपीन्स के प्रतिनिधि एवं परियोजना संयोजक; राष्ट्रीय कृषि-विज्ञान अकादमी, नयी दिल्ली के सचिव, उपाध्यक्ष आदि पदों पर रहे।

उनकी प्रमुख कृतियाँ हैं—बाल-काव्य: 'मेरी गुड़िया' हरियाणा साहित्य अकादमी द्वारा पुरस्कृत (खण्डकाव्य); 'तारें जमीं के'; 'आँगन की थाती गौरैया'। अन्य: 'आनुवंशिकी के प्रथम सोपान'; 'पोखर के पाँव है बिवाई'। कहानी-संग्रह : 'आस-पास', 'बूढ़ी आवाज़'; 'मेरी आवाज़ सुनो'; 'झाँककर जो देखा' (लघुकथा)। निबन्ध-संग्रह : 'विविध'; 'गाँव, किसान और मैं'—वैज्ञानिक लेखों का संग्रह। आत्मकथा : 'पापा की डायरी' (भाग-1); 'डायरी के शेष पन्ने' (भाग-2)। उपन्यास : 'थोड़ा-सा खुला आसमान'। 'शब्दिता'—अर्द्धवार्षिक साहित्यिक पत्रिका; 'नन्द प्रसार ज्योति'—अर्द्धवार्षिक कृषि-विज्ञान पत्रिका के प्रधान सम्पादक।

सम्मान : 'साहित्य-भूषण सम्मान; 'लोहिया साहित्य सम्मान; सुधाविन्दु सम्मान; राष्ट्रीय हिन्दी-सेवी सहस्राब्दि सम्मान से विभूषित। इसके अतिरिक्त महिन्द्रा समृद्धि इण्डिया-एग्री अवार्ड; लोकमत सम्मान; सिपानी एग्री-एशिया कृषि-अनुसंधान सम्मान से सम्मानित।

सम्प्रति : निदेशक, नन्द एजुकेशनल फ़ाउण्डेशन फ़ॉर रूरल डेवलपमेन्ट (नेफोर्ड); 1, देवलोक कालोनी, चर्च रोड, विष्णुपुरी, अलीगंज, लखनऊ-226022, उत्तर प्रदेश; भारत।

ई-मेल : rksingh.neford@gmail.com

रामकठिन सिंह

पकवा-इनार के भूत

लोकभारती पेपरबैक्स

लोकभारती पेपरबैक्स में
पहला संस्करण : 2023

लोकभारती पेपरबैक्स : उत्कृष्ट साहित्य के लोकप्रिय संस्करण

लोकभारती प्रकाशन
पहली मंजिल, दरबारी बिल्डिंग, महात्मा गांधी मार्ग
प्रयागराज-211 001
द्वारा प्रकाशित

वेबसाइट : www.lokbhartiprakashan.com
ईमेल : info@lokbhartiprakashan.com

शाखाएँ : 1-बी, नेताजी सुभाष मार्ग, दरियागंज, नई दिल्ली-110 002
अशोक राजपथ, साइंस कॉलेज के सामने, पटना-800 006

बी.के. ऑफसेट
नवीन शाहदरा, दिल्ली-110 032
द्वारा मुद्रित

मूल्य : ₹195

PAKWA-INAR KE BHOOT
Novel by Ram Kathin Singh

ISBN : 978-81-19133-24-6

...उन सभी मज़दूर-परिवारों
को
जो मिल-बन्दी
का
शिकार हुए थे!

भूमिका

उपन्यास की भूमिका लिखने बैठा, तो मुझे अपनी आत्मकथा 'पापा की डायरी' का एक सन्दर्भ याद आ गया।

'राजकीय कृषि-महाविद्यालय कानपुर में प्रवेश मिलने के बाद जब वह पहली बार कानपुर पहुँचा और कानपुर सेंट्रल स्टेशन से रिक्शे में बैठकर आगे बढ़ा, तब थोड़ी दूर चलने के बाद ही उसे कानपुर के औद्योगिक शहर होने का एहसास हो गया था। बड़ी संख्या में इधर-उधर आते-जाते मजदूर, मुँह तक भरी बोरियाँ पीठ पर लादे अथवा सामानों से लदे ठेले ढकेलते हुए; लम्बी-लम्बी लाइनों में खड़े ट्रक—कुछ खाली, कुछ ऊपर तक भरे हुए, धुआँ फेंकती चिमनियाँ, तो भों-भों करते फैक्ट्रियों के भोंपू। चारों तरफ बिखरे पड़े मलबे, धूल और कोयले के कणों से भरी हवा—एक अजीब-सी गन्ध बिखेरती हुई। गाँव के विस्तृत खुले वातावरण में रहनेवाला कठिन, बड़ी घुटन महसूस कर रहा था, कानपुर के इस धूल-धूसरित वातावरण में।'

कहने का मतलब यह है, कि सन् '60 के दशक तक उत्तर प्रदेश के इस शहर में छोटी-बड़ी दर्जनों मिलें चालू थी। इनमें रोज़गार के साथ-साथ, देश की आर्थिक व्यवस्था को सुदृढ़ बनाने में अपनी अहम भूमिका निभानेवाली 'एलगिन मिल' और 'लाल इमली' जैसी विश्व-विख्यात कपड़ा-मिलें भी शामिल थीं। कानपुर तब यूँ ही देश का 'मैनचेस्टर सिटी' नहीं कहा जाता था! परन्तु समय के साथ मजदूर-राजनीति का ऐसा दुष्चक्र चला कि ये मिलें एक-एक करके बन्द होती गईं। चिमनियों का धुआँ सूख गया और भोंपुओं की आवाजें शान्त पड़ गईं। कानपुर ने औद्योगिक शहर होने का अपना दर्जा खो दिया। शेष रह गए तो बस, फैक्ट्रियों के खंडहर और तंगहाली में जी रहे मजदूर और उनके परिवार।

मिल-कारखानों के बन्द होने का सिलसिला कोई नया नहीं है। अपने देश में ही नहीं, विदेशों तक में इसके अनेक उदाहरण मिल जाएँगे। यूँ तो, बड़ी सूझ-बूझ और नेक इरादों के साथ कल-कारखाने चालू किए जाते हैं। शुरुआती दौर में तो सभी, चाहे वे मजदूर हों, कर्मचारी अथवा अधिकारी, उत्साहित और खुश दिखते हैं। परन्तु शीघ्र ही वहाँ 'मजदूर-संगठन जिन्दाबाद' की संस्कृति फलने-फूलने लगती है। अधिकारियों/मिल-मालिकों पर दबाव बनाना प्रारम्भ हो जाता है। स्थिति तब और भी गम्भीर हो जाती है, जब श्रमिक-संगठनों से सहानुभूति रखनेवाले बाहरी तत्त्व सक्रिय हो जाते हैं, और उनके साथ मिलकर अधिकारियों के समक्ष जायज़-नाजायज़ माँगें रखने लगते हैं। और फिर शुरू होती है हड़तालों की एक लम्बी श्रृंखला, जिसकी परिणति अन्ततः मिल-बन्दी में होती है। यूँ तो, मिल-बन्दी का सारा दोष केवल मजदूर-संगठनों के सिर मढ़ना सही नहीं है। क्योंकि आग में घी डालने का काम तो मिल-प्रबन्धन से जुड़े लोग, उनकी गलत नीतियाँ, भ्रष्टाचार तथा सरकार की उदासीनता भी करती हैं।

प्रस्तुत उपन्यास भी एक मिल के शुरू होने और फिर उसके बन्द हो जाने की पृष्ठभूमि पर आधारित है। वर्षों पहले कभी पूर्वांचल में एक सूती मिल की स्थापना हुई थी। पूर्वांचल में जीविकोपार्जन का साधन मूलरूप से छोटी-जोत की, वर्षा पर आधारित खेती रही है। लोगों की आमदनी का और कोई जरिया नहीं था। भूख और गरीबी पूर्वांचल की पहचान बन गई थी। आजादी के दशकों बाद जब यहाँ सूती मिल खोले जाने की ख़बर आई तब पूरे इलाके में खुशी की लहर दौड़ पड़ी। मिल को लेकर सबके अपने सपने थे, अपनी आशाएँ थीं। सब खुश थे। परन्तु उनकी यह खुशी दीर्घकालिक न रह सकी। मिल अपने जीवन के दो दशक भी पूरे नहीं कर पाई, और दम तोड़ दिया। मिल बन्द हो गई और लोगों के सपने टूटकर बिखर गए। उनकी सारी खुशियों पर ग्रहण-सा लग गया। यह क्यों और कैसे हुआ? उसी की पड़ताल है, यह उपन्यास।

मेरे गाँव के भी कई लोग मिल में काम करते थे। वे कोई बड़े अफ़सर नहीं थे; न ही उन्हें बड़ी सैलरी मिलती थी। पर वे खुश थे। उनका परिवार खुश था। मिल में नौकरी करने का गर्व उनके चेहरे पर स्पष्ट झलकता था। कईयों के बच्चों की अच्छे-बड़े घरानों में शादियाँ हुईं, महज़ इसीलिए कि

उनके पिता मिल में नौकरी करते थे। इसे अतिशयोक्ति के रूप में कतई न लें। यह यथार्थ है। परन्तु नौकरी के जाते ही उनका रुतबा फुस्स हो गया। यहाँ तक कि बच्चों का पढ़ना-पढ़ाना भी छूट गया। कितने तो गहरे अवसाद में चले गए। कुछ आत्महत्याएं भी हुईं।

यह एक दुःखद कहानी है। यह दुःख सिर्फ उनका नहीं है जो मिल में काम करते थे। बल्कि पूरे पूर्वांचल का है। मिल खुली तो विकास का पहिया तेजी से चलने लगा। कई नए स्कूल बने। गेस्ट-हाउसेज़ और होटल खुले। नगर का विस्तार हुआ। सूत और हथ-करघा का कारोबार तेजी से फलने-फूलने लगा। चोरी-डकैती, लूटपाट आदि की वारदातें कम हो गईं। लग रहा था, पूर्वांचल बदल रहा है। पर मिल के बन्द होते ही सभी धन्धे और कारोबार धीरे-धीरे बन्द होते गए। पूर्वांचल के विकास का पहिया थम गया।

मिल की स्थापना के लिए जमीन की बात चली तो मीलों में पसरे मीरपुर के उसरीले खाली भू-भाग को चुना गया। 'मीरपुर का ऊसर' के नाम से प्रसिद्ध यह भू-खंड लोक में अभिशप्त और दोषपूर्ण माना जाता रहा है। एक और बात। उसके एक हिस्से में कभी गुलज़ार रहे और अब ध्वस्त पड़े 'पकवा-इनार' यानी पक्की ईंटों से बना हुआ कुआँ, नाम की एक जगह थी। उसके विषय में यह आम धारणा बन गई थी कि वह 'भूतों का डेरा' है। पूरे इलाके में इन भूतों का खौफ-सा फैला हुआ था। खैर! मिल चालू हुई तो पकवा-इनार की यह जमीन भी उसकी नींव में दफन हो गई। मिल में सैकड़ों लोगों को छोटी-बड़ी नौकरियाँ मिलीं। रहने के लिए घर बने, बिजली, पानी और अन्य सुविधाएँ, जो बेहतर जीवन के लिए जरूरी हैं, उन्हें प्रदान की गईं। उनके बच्चे पास के शहर में पढ़ने जाने लगे। इस तरह मिल के अन्दर भी और बाहर भी एक सकारात्मक माहौल पैदा हुआ। ऐसे में भूत भला कहाँ टिक पाते! वे कहीं अन्यत्र चले गए।

...किन्तु आगे के हालात कुछ और ही बयाँ करते हैं। कहते हैं, 'पकवा-इनार के भूत' फिर वापस लौट आए थे। बस उनकी वेश-भूषा, बोली-बानी बदली हुई थी। मिल-बन्दी के पीछे उनका बड़ा हाथ था।"

गाँव आते-जाते मुझे मरज़ादपुर सूती मिल के खंडहर अकसर दिख जाते। एक समय वह भी था, जब खासतौर पर रातों में हजारों बल्ब की जगमगाती रोशनी में मिल का परिसर दिवाली का-सा आभास देता रहता था,

अब वहाँ सन्नाटा पसरा रहता। अंधेरी रातों में सियार और कुत्तों की आवाजें दूर-दूर तक बसे गाँव-वासियों तक के मन में भय पैदा करतीं। यह देखकर मन उद्वेलित हो उठता, वेदना से भर जाता। फिर भी, ऐसा कभी मन में नहीं आया कि मैं उस पर कोई उपन्यास या कहानी लिखूँ। हाँ, यह मैं अवश्य चाहता था कि मिल फिर से चालू हो। और उसके लिए मैं प्रयासरत भी था।

पिछले दिनों जब गाँव गया था, तब मिल से जुड़े अपने एक मित्र के घर जाना हुआ। वे तो अब नहीं रहे, उनके घर वालों से मुलाकात हुई। अचानक मिल की बात चल पड़ी, तो मन को बड़ी ठेस लगी। मिल की घटना से हजारों लोग प्रभावित हुए थे। या यूँ कहें कि पूरा पूर्वांचल आहत हुआ था। उनमें मेरे मित्र का परिवार भी था। सोच मात्र से ही मन में वितृष्णा का भाव जग गया। संयोग की बात है, उन्हीं दिनों मेरा उपन्यास 'थोड़ा-सा खुला आसमान' प्रकाशित होकर आया था और उसका 'रिस्पांस' भी बहुत अच्छा था। उपर्युक्त दोनों बातों का असर मन पर पड़ा। लगा, हमें कुछ लिखना चाहिए। सच को सामने लाना जरूरी लगा, मुझे। उसी सोच का प्रतिफलन है यह उपन्यास।

यह उपन्यास मिल में युवा-होती-पीढ़ी की एक लड़की, पद्मिनी की कहानी से शुरू होता है। पद्मिनी को किन्हीं कारणोंवश बहुत छोटी उम्र में ही माँ-बाप का घर छोड़कर नाना-नानी के साथ रहने के लिए विवश होना पड़ा था। उसके पिता मिल में अधिकारी थे। उनकी आय का एकमात्र स्रोत सूती मिल जब बन्द हो गई, तब उसका परिवार एक गहरे संकट में पड़ गया। पद्मिनी की परेशानियाँ तब और भी बढ़ गई थीं। पद्मिनी की कहानी जैसे-जैसे आगे बढ़ती है, उसके साथ ही मिल से जुड़े अनेक चेहरे जैसे: दयालु चाचा, मार्कंडेय भाई, राय साहब, सन्तोष, भीमसेन, आदि एक-एककर किरदार बनकर खड़े होते जाते हैं। उनका संघर्ष, उनकी पीड़ा और उनके आँसू शब्द बनकर स्वयं ही कहानी रचने लगते हैं। उनकी कहानियाँ अनेक सवाल भी उठाती हैं: मिलों-कारखानों में मजदूरों के नाम पर चलाए जानेवाले आन्दोलन, क्या सचमुच उनके हित-साधक होते हैं? मरज़ादपुर सूती मिल बन्द कराकर आखिर किसका फायदा हुआ?... मजदूरों का? कर्मचारियों का? या पूर्वांचल के लोगों का? नहीं! इनमें से किसी का भी नहीं। हाँ, कुछ की तिजोरियाँ अवश्य भर गईं और कुछ लोगों की नेतागिरी भी

खूब चमकी। किन्तु, जो जानें गईं, विकलांग हुए, परिवार उजड़े, उन सबका जिम्मेदार आखिर कौन है? क्या इन प्रश्नों के उत्तर ढूँढ़ने नहीं चाहिए? प्रस्तुत उपन्यास में इसकी भरसक कोशिश की गई है। मैं अपने इस प्रयास में कितना सफल हुआ हूँ, यह तो पाठक-बन्धु ही बता पाएंगे।

उपन्यास को अपने पाठकों को समर्पित कर उनके सुझावों एवं आशीर्वाद की कामना करते हुए, मैं पुनः मिल से जुड़े उन सभी पूर्वांचलवासियों के प्रति संवेदना व्यक्त करता हूँ, जो उस समय के राजनीतिक षड्यन्त्र का शिकार हुए थे; कुछ ने जानें भी गवाई थीं। उन्हें मेरा शत-शत नमन।

अन्त में, उपन्यास की सृजन-प्रक्रिया में सहयोगी रहे अपने कुछ मित्रों को याद करना, मैं अपना धर्म समझता हूँ। प्रमुखतः प्रोफ़ेसर शिवमोहन सिंह, देवनाथ द्विवेदी, डॉ. रमेश बहादुर सिंह, अरुण सिंह एवं मेरी पत्नी माधुरी सिंह का, जिनकी टिप्पणियाँ व सलाह उपन्यास को बेहतर बनाने में सहायक रहीं, हार्दिक आभार व्यक्त करता हूँ। टंकण का भार संजीव कुमार शर्मा ने उठाया तो इसकी साज-सज्जा का काम धनंजय सिंह ने किया। मैं उन्हें हार्दिक धन्यवाद देता हूँ। कवर-पृष्ठ की डिजाइन मेरे पोते यतिन ने तैयार की है। उसको ढेर सारा प्यार और आशीर्वाद!

आशा करता हूँ, मेरे इस उपन्यास को भी पूर्व के उपन्यास 'थोड़ा-सा खुला आसमान' की तरह ही स्नेह व आशीर्वाद प्राप्त होगा।

—लेखक

1

पद्मिनी से हुई अचानक मुलाकात ने वर्षों से बन्द पड़ी मरज़ादपुर सूती मिल की याद ताज़ा कर दी। सूखे घाव फिर से हरे हो गए। मिल की बर्बादी की स्क्रिप्ट पेज़-दर-पेज़ खुलने लगी। उन तमाम लोगों के चेहरे उसकी आँखों के सामने एक-एक कर घूम गए, जिनके बासन्ती जीवन में रातोंरात पतझर की शुष्क हवा चल पड़ी थी। फूल मुरझा गए थे। कलियों का रंग फीका पड़ गया था। कभी गुलज़ार रहा चमन, वीरान जंगल में तब्दील हो गया था। ओह, वह भी क्या दौर था!

उसे याद आया।

कई साल पहले की बात है; तब वह हिसार-स्थित एक यूनिवर्सिटी में अध्यापन-कार्य कर रहा था। संयोग ऐसा बना, सन् 1974 के प्रारम्भ में मरज़ादपुर-सूती मिल की स्थापना हुई और ठीक उसी समय उसको यूनिवर्सिटी में प्रमोशन मिला। वह एसोसिएट प्रोफ़ेसर से प्रोफ़ेसर बना था। मरज़ादपुर में मिल खुलने की ख़बर ने तब उसकी खुशी कई गुना बढ़ा दी थी। पूर्वांचलवासियों के लिए वह मिल कितने महत्त्व की थी, यह बात वह भली-भाँति समझता था। वह मिल न जाने कितने परिवारों की रोजी-रोटी का जरिया बनने जा रही थी! उसकी खुशी का यह एक बड़ा कारण था।

'परन्तु... , कहीं'??

अचानक उसके मन में एक डर-सा समा गया। उसका रोम-रोम काँप उठा। वह सोच रहा था, 'कहीं मरज़ादपुर सूती मिल का हश्र भी 'हिसार-टेक्स्टाइल-मिल' का-सा न हो जाए'! पल-भर में ही, हिसार-टेक्स्टाइल-मिल का पूरा परिदृश्य उसकी आँखों के सामने तैर गया।

हरियाणा की शान कही जानेवाली, 'हिसार-टेक्स्टाइल-मिल' की

अपनी एक बसी-बसाई दुनिया थी। एक बड़ा-सा आवासीय परिसर, स्कूल, अस्पताल, शॉपिंग-सेंटर, आदि-इत्यादि; क्या कुछ नहीं था, उसके अन्दर! यही नहीं, मिल के नाते उसके मेन-गेट के पार, दूसरी ओर, एक पूरी-की-पूरी सिटी बस गई थी, जो कई मायनों में 'मॉडर्न' थी। हिसारवासी भी अकसर वहाँ पिकनिक मनाने और शॉपिंग करने जाते रहते। सैकड़ों एकड़ क्षेत्रफल में फैली उस मिल में कभी कई हजार काम करनेवालों में इंजीनियर, टेक्नीशियन, मज़दूर आदि, सभी वर्ग के लोग थे। सब-के-सब अलग-अलग कामों में व्यस्त थे। उनमें बहुत-सारे तो पूर्वी उत्तर प्रदेश के बस्ती, गोंडा, बहराइच, देवरिया, बनारस आदि जिलों के रहनेवाले थे। सर्वेश का उनसे आत्मीय सम्बन्ध जुड़ गया था।

दरअसल, वैज्ञानिक होते हुए भी सर्वेश की साहित्य में विशेष रुचि रही थी। और इस कारण, हिसार-शहर के लगभग सभी साहित्यकारों, खासकर कवियों से उसका अच्छा-खासा परिचय हो गया था। रेग्यूलर आयोजित होनेवाली रविवारीय काव्य-गोष्ठियों में उन सबसे उसकी मुलाकात होती रहती। मिल में कार्यरत कई ऐसे लोग भी थे, जो अच्छी कविताएँ लिखते थे और वे इन गोष्ठियों में भाग लेने आते रहते। उनमें वीरेन्द्र शुक्ल और मदनलाल शर्मा कुछ अधिक ही सक्रिय और बेहतर रचनाकार थे। उनके आग्रह पर ये गोष्ठियाँ कभी-कभी मिल में भी आयोजित की जातीं।

मिल में जाने का एक बड़ा आर्कषण वहाँ आयोजित होनेवाली 'रामलीला' का भी था। बस्ती-निवासी, कवि मदनलाल शर्मा हनुमान की भूमिका में रस्सियों से अशोक वाटिका में उतरते। माँ सीता को प्रणाम कर, जब वह अपनी गदा घुमाकर मंच पर जोर से मारते, तब सारा मंच हिल जाता। मंच पर बैठी-खड़ी राक्षसियाँ भय से काँप उठतीं। 'बचाओ, बचाओ!' का राग अलापते हुए इधर-उधर भागने लगतीं। उधर एक कोने में, वृक्ष के नीचे बैठीं सीता मइया मन्द-मन्द मुस्कुरा उठतीं और भक्त हनुमान को अपने दोनों हाथ उठाकर खूब सारा आशीर्वाद देतीं। हनुमान प्रसन्न हो उठते। घुटनों के बल झुककर वे उन्हें प्रणाम करते। ...और तभी, परदा गिर जाता। नेपथ्य से स्वर-लहरी गूँज उठती,

'लाल देह लाली लसे, अरु धरि लाल लँगूर।
वज्र देह दानव दलन, जय जय जय कपि सूर॥

रामलीला का यह दृश्य वह कभी भुला नहीं पाया; न ही मदनलाल शर्मा को ही।

...अफसोस! एक दिन उनके ऊपर दुःखों का पहाड़-सा टूट पड़ा। 'हिसार-टेक्स्टाइल-मिल' को ऐसी बुरी नज़र लगी कि वह सदा-सदा के लिए बन्द हो गई। कम्युनिस्ट पार्टी के लोंगों ने मज़दूरों के नाम पर ऐसी उत्पात मचाई कि मिल को बन्द करवाकर ही दम लिया। एक साल से ऊपर चली, मज़दूरों की इस हड़ताल को खत्म करवाने के लिए मिल-मालिकों ने क्या-क्या प्रयास नहीं किए! पर उनके सारे प्रयास विफल रहे। अन्त में, उन्हें हार मानकर मिल बन्द करनी पड़ी। परिणामस्वरूप, मिल में रोज़ी-रोटी कमानेवाले हजारों मज़दूर-परिवार उजड़ गए। बेघर और बेरोज़गार हो गए। बेचारे मदनलाल शर्मा अपने परिवार का बोझ अधिक दिनों तक ढो नहीं पाए। दिन-प्रतिदिन सुरसा के मुँह की तरह बढ़ती पारिवारिक-परेशानियों के कारण वह अवसादग्रस्त होते चले गए। स्वास्थ्य गिरता गया, और उनका शरीर क्षीण होता गया। और फिर एक दिन, ऐसा कुछ हो गया, जिसकी कभी किसी ने कल्पना भी नहीं की थी। शर्मा जी सीलिंग-फैन से लटके पाए गए। कहते हैं—उन्होंने आत्म-हत्या कर ली थी। कौन जानता था—'कुआनों नदी' जैसी लम्बी कविता का रचयिता, मदनलाल शर्मा, अचानक आई नदी की बाढ़ में एक दिन खुद भी बह जाएगा। उसका अस्तित्व सदा-सदा के लिए समाप्त हो जाएगा।

मदनलाल शर्मा को याद कर तब सर्वेश का रोम-रोम सिहर उठा था। 'ईश्वर किसी को भी ऐसा दिन न दिखाए!' उसके मुँह से निकला। उसने यह प्रार्थना भी की, कि 'मरज़ादपुर सूती मिल का हश्र कभी हिसार-टेक्स्टाइल-मिल जैसा न हो! उसे किसी की नज़र न लगे। मिल में काम कर रहे लोग खुशी-खुशी जीवन-बसर करते रहें!'

पर क्या उसकी प्रार्थना फलीभूत हो पाई?

रामचरितमानस की एक चौपाई है, 'होइहि सोइ जो राम रचि राखा...।'

मरज़ादपुर सूती मिल भी लोगों की गिद्ध-दृष्टि से कहाँ बच पाई थी! हिसार-टेक्स्टाइल-मिल तो फिर भी दशकों तक चली और तब जाकर कहीं बन्द हुई। पर मरज़ादपुर सूती मिल तो अपने जीवन-काल के दो दशक भी

पूरे नहीं कर पाई थी और दम तोड़ दिया था। हजारों लोग जो मिल में काम कर रहे थे, रातोंरात बेघर हो गए थे। उनकी रोज़ी-रोटी का आसरा छिन गया था। परिवार बिखर गए और उनके बच्चों का भविष्य अन्धकार की गर्त में समा गया था।

मिल की युवा होती-पीढ़ी की इसी ज़मात की एक लड़की थी—पद्मिनी। उसके भी सारे सपने टूटकर बिखर गए थे। यद्यपि उस घटना को बीते वर्षों हो गए थे, किन्तु वह आज भी अपने उन्हीं सपनों के टुकड़ों को जोड़ने की जद्दोजहद में लगी हुई है। 'ईश्वर उसे शक्ति दे! वह अपने अधूरे सपने पूरा कर सके!'

उसने मन-ही-मन कहा, और उसके मुँह से 'आह' निकल गई।

❍

पेशे से, वह एक वैज्ञानिक था। खेती-बारी का विशेषज्ञ। देश-विदेश के अनेक विश्वविद्यालयों एवं शोध-संस्थानों में काम करने के बाद अन्त में, जब वह एक अन्तरराष्ट्रीय शोध-संस्थान से रिटायर हुआ, तब उसने एक निजी संस्था बनाकर पूर्वांचल के किसानों के साथ मिलकर काम करना शुरू कर दिया। उसे अपने गाँव और गाँववालों से बहुत लगाव था। देश में रहा हो अथवा विदेश में; वह अपने गाँव को कभी भुला नहीं पाया। इसीलिए तो, उसने रिटायरमेंट के बाद कोई और नौकरी नहीं की। हालाँकि, कई देशी-विदेशी प्राइवेट-बीज कम्पनियों ने अपने यहाँ काम के लिए उसे 'ऑफर' दिए थे। बड़े-बड़े 'पैकेज़' का लालच भी दिया। पर वह अपने निश्चय पर अडिग था। अपने और अपने परिवार के लिए तो वह जीवन-भर कुछ-न-कुछ करता ही रहा। अब वह अपना पूरा समय अपने ग्रामवासियों के लिए देना चाहता था। उन्हें उनकी खेती-बारी में मदद कर समृद्ध और खुशहाल बनाना, उसके जीवन का एकमात्र लक्ष्य हो गया था। इसलिए वह अपनी संस्था के काम में जी-जान से जुट गया था।

सुविधा की दृष्टि से, वह दिल्ली छोड़कर लखनऊ आ गया था। वहाँ उसने अपनी संस्था का हेड-क्वार्टर बनाया और मरज़ादपुर में अपने गाँव के

पास एक फ़ील्ड-ऑफ़िस स्थापित कर अपने काम को विस्तार देने लगा। अब वह लखनऊ से पूर्वांचल के जिलों का अपनी निजी कार से आसानी से दौरा कर सकता था और वहाँ संस्था द्वारा चलाए जा रहे कार्यों की निगरानी भी बेहतर ढंग से कर सकता था।

उन्हीं दिनों, लखनऊ में एक अन्य गैर-सरकारी संस्था काम कर रही थी। उसका फ़ोकस मुख्य रूप से प्राकृतिक आपदाओं जैसे बाढ़, सूखा या अन्य महामारी के समय आमजन की मदद करने पर था।

प्राकृतिक आपदाओं में खेती-बारी का प्रभावित होना लाज़िमी है। डॉ. भान संस्था के निदेशक थे और वे सर्वेश को बहुत पहले से जानते थे। डॉ. भान की बहुत इच्छा थी कि वह रिटायरमेंट के बाद उनकी संस्था के लिए काम करे। पर वह तैयार नहीं हुआ। उसने उन्हें मना कर दिया। लेकिन वे निरन्तर दबाव बनाते रहे। अन्त में, उसे हामी भरनी पड़ी। वह उनकी संस्था में एक कन्सल्टेंट के रूप में काम करने को राजी हो गया, परन्तु एक शर्त के साथ। उसने उन्हें साफ़-साफ़ बता दिया था, कि वह उनकी संस्था को पूरा समय नहीं दे पाएगा। इस तरह वह हफ़्ते में बस दो-तीन दिन, कुछ घंटों के लिए, वहाँ जाता और उनके काम में सहयोग करता।

संस्था में आते-जाते, वहाँ कार्यरत लगभग सभी कर्मचारियों-अधिकारियों से उसका परिचय हो गया था। उन्हीं में एक नाम पद्मिनी का भी था।

पद्मिनी कभी-कभी उसके पास कुछ काग़ज़ों पर दस्तख़त कराने आया करती। उसकी उससे कोई बातचीत नहीं होती। वह ज़रूरी काग़ज़ात उसके सामने रख देती और सर्वेश चुपचाप उन पर यथास्थान दस्तख़त कर देता। फिर वह उन्हें लेकर चली जाती।

एक दिन वह इसी तरह उसके कमरे में आई और दस्तख़त के लिए फ़ाइल उसकी ओर बढ़ाकर चुपचाप एक तरफ खड़ी हो गई। वह उन कागज़ों पर दस्तख़त करने लगा।

"सर! क्या आप मरज़ादपुर के रहनेवाले हैं?" उसने उससे अचानक प्रश्न किया।

"हाँ!... मरज़ादपुर से सटा हुआ एक गाँव है; मैं वहीं का रहनेवाला हूँ।" उसने बिना उसकी ओर देखे, उत्तर दिया। पद्मिनी ने कोई प्रतिक्रिया

व्यक्त नहीं की। वह चुप रही।

सर्वेश को उत्सुकता हुई और उसने उससे पूछा,

"क्यों? ... क्या कोई बात है?"

"नहीं, नहीं, सर! बस ऐसे ही।" उसने इतना-भर कहा और चुप हो गई।

सर्वेश ने काग़ज़ों पर दस्तख़त कर फ़ाइल उसकी ओर बढ़ा दी। वह फ़ाइल लेकर जाने को हुई, तभी उसने धीरे से कहा,

"सर! दरअसल, मैं भी मरज़ादपुर की ही रहनेवाली हूँ।"

यह जानकर कि वह मरज़ादपुर की रहनेवाली है, उसे कुछ उत्सुकता हुई और आश्चर्य भी। आश्चर्य इसलिए क्योंकि मरज़ादपुर जैसे पिछड़े हुए एक छोटे-से टाउन की लड़की इतनी दूर आकर एक प्राइवेट संस्था में काम कर रही थी। जब कि वेतन भी वह कम ही पा रही थी।

"अच्छा-अच्छा।" कुछ रुककर उसने पूछा, "मरज़ादपुर में-कहाँ?"

"सर! हम रह तो मरज़ादपुर-मिल में रहे थे। हमारे पिता जी मिल के वित्त-विभाग में सुपरवाइज़र थे। मिल के परिसर में ही हमें एक क्वार्टर मिला हुआ था। हम उसी में रह रहे थे। पर...!"

इतना कहकर वह चुप हो गई। लगा, उसका गला भर आया था।

सर्वेश समझ गया था—वह क्या कहना चाह रही थी?

"अब वे मरज़ादपुर में एक किराए के मकान में रहते हैं।" ऐसा उसने सर्वेश को कभी बाद में बताया था।

पद्मिनी फ़ाइल लेकर चली गई। परन्तु उसकी आवाज़ सर्वेश के कानों में देर तक गूँजती रही।

वह उसकी आँखों की नमी को बहुत अच्छी तरह महसूस कर पा रहा था। उसका मन भी भर आया था।

सर्वेश जानता था; पद्मिनी अकेली नहीं थी, जिसकी ज़िन्दगी मिल के बन्द हो जाने से दाँव पर लगी थी। बल्कि उसकी तरह अनगिनत जन थे, जिनकी ज़िन्दगियाँ अधर में लटक गई थीं। यद्यपि मिल को बन्द हुए वर्षों हो गए थे, परन्तु कुछ लोग आज भी आस लगाए बैठे हैं—'शायद मिल

फिर से चालू हो जाए; वे पूर्ववत काम करने लगें और सुकूनभरी ज़िन्दगी जीने लगें।'

पर क्या... सचमुच कोई उम्मीद शेष थी?

उसे याद है। मिल के बन्द हो जाने के कुछ थोड़े समय बाद तक खूब शोर-शराबा हुआ। मुकदमेबाजी भी हुई। पर धीरे-धीरे मामला शान्त पड़ गया। पूर्वांचल में किसी अच्छे नेतृत्व के अभाव में हजारों लोगों की रोज़ी-रोटी का सहारा बनी वह मिल, जैसे हमेशा के लिए बन्द हो गई।

अचानक कुछ घटनाएँ उसकी आँखों में तैर गई।

2

पहली घटना।

संस्था के काम के सिलसिले में, सर्वेश का गाँव आना-जाना काफी बढ़ गया था। खेती-बारी के साथ-साथ, वह उनके व्यक्तिगत और पारिवारिक मसलों से भी रूबरू होता रहता। अपनों की मदद करने में उसे बहुत खुशी होती। उसे अपने गाँव और देहात के लोगों का भरपूर सहयोग भी प्राप्त होने लगा था। अकसर ही, जब वह गाँव आता, उसके जाननेवाले उससे मिलने उसके घर आते। कुछ तो, बस हाल-चाल लेने, और कुछ, अपने किसी काम के लिए-चाहे उनके किसी बच्चे की नौकरी के लिए सिफ़ारिश करवानी होती अथवा कहीं ट्रान्सफर-उसके लिए सोर्स लगवाने को लेकर।

इस बार वह किसी विशेष कार्य के लिए गाँव आया हुआ था। वह सुबह जल्दी उठ गया था। नहा-धोकर उसने नाश्ता किया और तैयार होकर अपने ऑफिस चला गया। पूरे दिन वह वहाँ व्यस्त रहा। घर आते-आते शाम हो गई। जब वह घर पहुँचा तो देखा—कुछ लोग वहाँ पहले से बैठे उसका इन्तज़ार कर रहे हैं। अपने भतीजे रमन को चाय लाने के लिए कहकर वह उनसे बातें करने लगा। थोड़ी ही देर में पूरब की गली की ओर से दयालु चाचा आते दिखे। दोनों हाथ पीछे कमर पर बाँधे, सिर नीचा किए, वे धीमी-धीमी गति से आगे बढ़ रहे थे। भइया ने उन्हें देखा तो कहा, "आवऽ आवऽ दयालु आवऽ!" दयालु आकर भइया के पास ही एक कुर्सी पर बैठ गए। इसी बीच रमन चाय लेकर आ गया, तो सब चाय पीने लगे।

दयालु को चुप देखकर भइया ने पूछा,

"का हो! कवनो बात हऽ का? तूँ एतना गुमशुम काहे बइठल हउवऽ?"

"का बताईं, मास्टर! परसा क लइका 'सलून' खोलले हऽ। दाढ़ी बनवला

क दू रुपया दिहलीं हँ त झटक के फेंक दिहलस हऽ! कहत ह—'पाँच रुपया लेइब!' भला बताव, पवनी-परजा क एतना मन बढ़ गइल बा!"

"काहें ना माँगी, भाई? एगो बड़का अइना के सग्मने, एगो बड़की कुर्सी पर बइठाके महकउआ साबुन से तोहार दाढ़ी घंटा भर रगड़ी अउर नयकी पत्ती छुरा में लगाके दाढ़ी बनाई, त पइसा जियादा लेइबे करी।" बेचन दादा ने व्यंग्यात्मक लहज़े में कहा। दयालु चिढ़ गए। बोले, 'जलले पर नमक मत छिड़कऽ! तूँ चुप रहऽ!'

बात आगे बढ़े, इसके पहले सर्वेश ने बीच में टोकते हुए कहा, "आप दोनों का कहना सही है। पहले पवनी-परजा को फसलों की कटाई के समय 'बोझा' दिया जाता था। उनकी श्रम-सेवा के लिए कोई पैसा नहीं देता था। हाँ, जब घर में कोई कार-परोज़ जैसे शादी-विवाह, मुंडन, कथा अथवा मरण-जियन आदि होता तो, कुछ पैसे उन्हें अवश्य मिल जाते थे। पर अब समय बदल रहा है। जैसे-जैसे अन्य चीजों के दाम बढ़ रहे हैं; श्रम-सेवा भी महँगा होता जा रहा है। नई पीढ़ी के लोग अब पुरानी शर्तों पर काम नहीं करेंगे। और फिर, नाई ही क्यों, अब तो कोई भी पवनी पुरानी शर्तों पर जजमानी करने को तैयार नहीं है। कहार, लोहार, कोहार, बाम्हन या डोम सब जजमानी का काम छोड़कर छोटा-मोटा धन्धा करने लगे हैं। यदि हमें, आपको उनकी जरूरत है, तो उन्हें नकद तो देना ही पड़ेगा। भाव भी वे खुद ही तय करेंगे, हम नहीं!"

"तोहार बात सोलहो आना सच हऽ। बाकी सवाल ई हऽ कि हमरी जइसन लोगन क का होई? जेकर कवनों अमदनी ना बाटे। एगो छोट-मोट नोकरी रहे, उहो आन्दोलन क भेंट चढ़ गइल।" दयालु ने मजबूरी जताते हुए कहा। सर्वेश ने कहा, "चाचा हम समय के बदलाव को रोक नहीं सकते। समय हमारे-आपके हिसाब से नहीं चलता, बल्कि हमें समय के अनुसार अपने को ढालना पड़ता है।"

"एगो अउर बात!" बेचन दादा ने बीच में ही टोकते हुए कहा, "आखिर भगियो तऽ कुछ होला न! जेकरा भाग में जेवन लिखल रही, ओकरा के त ऊ भोग ही के परी।"

उन्होंने अपनी बात समाप्त की ही थी कि तभी बगल के गाँव के कम्युनिस्ट पार्टी के एक नेता जी अपने कुछ साथियों के साथ वहाँ आ गए।

वे अपने रिश्ते के किसी लड़के की सिफारिश करने आए थे। ऐसा ही उन्होंने आने से पहले सर्वेश को फोन पर बताया था। भइया ने रमन को उनके लिए भी चाय लाने को कहा। दुआ-सलाम के बाद, वे लोग अभी बैठ ही रहे थे कि दयालु भाई, जो वहाँ पहले से विरजमान थे, अपनी कुर्सी से उठकर खड़े हो गए। उन्होंने अपने हाथ में लिए प्याली की चाय ज़मीन पर गिरा दी और गुस्सा होकर बोले—

"मास्टर साहब! अब हम चलते हैं।"

"क्यों? क्या हो गया?... और आपने चाय क्यों गिरा दी?" भइया ने कुछ असहज होते हुए पूछा।

"अब क्या कहें मास्टर साहब! कुछ कहना तो नहीं चाहता था, परन्तु जब आपने पूछ ही लिया तो बतलाना पड़ेगा ही। दरअसल, किसी गद्दार के साथ बैठकर हम चाय तो पी नहीं सकते, न! चाय पीना तो दूर, उसके साथ बैठना, उसकी शकल देखना तक मुझे मंजूर नहीं है।" उनका इशारा नेता जी की तरफ था।

दयालु यहीं नहीं रुके। उन्होंने आगे कहना शुरू किया,

"आपको पता तो है, न! इनकी करतूतों के चलते ही आज मेरी यह दशा हुई है। कहाँ इज़्ज़त के साथ मिल में काम करता था। अब कबाड़ी की दुकान पर कबाड़ बिनता हूँ। मैं ही क्या? मार्कंडेय को तो भूले नहीं होंगे न! वह तो पागल होकर मरे थे। और रामदीन भाई—उन्होंने तो फाँसी ही लगा ली थी। किस-किस का नाम गिनाऊँ मैं, आपको! ...किन्तु यह सब क्यों हुआ? इसीलिए न, कि मिल बन्द हो गई थी और उन सबकी रोज़ी-रोटी का जरिया छिन गया था। वे ना-उम्मीद हो गए थे। जो बचे रह गए हैं, उनकी हालत तो आप देख ही रहे हैं, न! क्या कोई भी खुश है?"

इतना कहकर दयालु चाचा पैर झटकते हुए वहाँ से चले गए।

दयालु की बात सुनकर वहाँ बैठे सभी लोग हक्का-बक्का रह गए। कोई एक शब्द बोल न सका। अचानक हुई इस घटना की किसी को भी उम्मीद नहीं थी। नेता जी का सिर नीचे झुक गया था। वह भी दयालु चाचा का उत्तर नहीं दे पाए थे।

सर्वेश और उसके भइया की स्थिति बड़ी एम्बैरेसिंग हो गई थी। वे कहते भी तो, क्या कहते!

खैर, इसी बीच रमन चाय लेकर आ गया। उन लोगों ने चुपचाप चाय पी और यह कहकर कि फिर कभी आएँगे, हाथ जोड़कर नेता जी और उनके साथी विदा लेकर चले गए।

नेता जी और उनके साथियों के चले जाने के बाद भी, बड़ी देर तक वहाँ सन्नाटा-सा छाया रहा। सब चुप थे। किसी को कुछ सूझ नहीं रहा था। अन्त में, बेचन दादा ने चुप्पी तोड़ते हुए कहा,

"बुरा तो ज़रूर लगा। दरवाज़े पर आए हुए किसी व्यक्ति की बेइज़्ज़ती करना कोई ठीक बात नहीं होती। पर जो कुछ हुआ, वह अचानक हुआ। दयालु ने नेता जी को देखा और वे उबल पड़े। उनके अन्दर का दर्द छलककर बाहर आ गया।" इतना कहकर वह कुछ क्षण के लिए रुके, और फिर अपनी बात को आगे बढ़ाते हुए, उन्होंने कहा-

"यदि देखा जाए तो, दयालु भी गलत नहीं था; वह कह तो ठीक ही रहा था।"

"हाँ, हाँ! वह कह तो ठीक ही रहा था।" बेचन दादा को बीच में ही टोकते हुए भइया ने कहा। "पर... जो बीत गया, सो बीत गया। उस बात को बीते वर्षों हो गए हैं। अब गड़े मुर्दे उंखाड़ने से क्या फायदा?" भइया ने अफ़सोस जताते हुए कहा।

"नहीं भइया, नहीं! कभी-कभी गड़े मुर्दे उखाड़ना भी ज़रूरी होता है। अब इस बात को ही ले लीजिए! जो लोग मिल बन्द करवाने-जैसा जघन्य कार्य किए, उनको एक्सपोज़ करना, क्या गलत है? नहीं! क्योंकि जब समाज में थू-थू होगी, तभी तो कोई व्यक्ति ऐसे कुकृत्य करने से पहले दस-बार सोचेगा।"

कुछ रुककर उसने अपनी बात को आगे बढ़ाते हुए कहा,

"कभी वह भी समय था, जब सामाजिक-प्रतिबन्ध बड़ी सजा समझी जाती थी। लोक-लज्जा के डर से लोग गलत काम करने से बचते थे। अब शिवपाल काका का किस्सा ही देख लीजिए! उन्होंने एक दलित कन्या के साथ दुष्कर्म किया, तो पूरे समाज में जैसे खलबली-सी मच गई। शिवपाल सिंह को बिरादरी से बहिष्कृत कर 'कुजात' घोषित कर दिया गया। निकुम्भ-वंशीय-क्षत्रीय-समाज के किसी भी सामूहिक कार्यक्रम या जलसे में वे भाग नहीं ले सकते थे। बिरादरी के भाइयों के साथ बैठकर 'भात' न खा सकने

का दंश वह और उनका परिवार जीवनभर झेलता रहा। उस परिवार की अगली पीढ़ी को अपने भाइयों से अलग रहना असह्य हो गया। उन्होंने सार्वजनिक तौर पर माफी माँगी। बहुत मान-मनौवल के बाद, लोग तैयार हुए और उन्हें फिर से बिरादरी में सम्मिलित कर लिया गया।...मेरा मानना है कि नेता जी जैसे लोगों के खिलाफ भी बिरादरी को कुछ ठोस कदम उठाने चाहिए थे। पर अफ़सोस, सब चुप रहे। यह उसी का परिणाम है कि ऐसे लोग छाती उतान कर चलते हैं। समाज को लात मारते हैं।"

सर्वेश के चेहरे पर वितृष्णा के भाव उभर आए थे।

○

दयालु का असली नाम दयानन्द सिंह था। पर सब उन्हें 'दयालु' कहकर पुकारते थे। वे भी कभी मरज़ादपुर सूती मिल में नौकरी करते थे। छोटी-सी खेती बारी थी; उससे गुजारा होना मुश्किल था। खेती बँटाई पर देकर खुद मिल में मज़दूरी करने लगे थे। साफ-सुथरा काम था। साथ ही, मिल में नौकरी करने का एक गुमान भी। किसी को बताने में गर्व होता। तब उन्हें हर महीने इक्कीस सौ रुपये मिलते थे, जो बहुत ज़्यादा तो नहीं थे, पर उससे उनका काम चल जाता। इसी के सहारे वे अपने बेटे को स्कूल भेज पाए थे। मिल बन्द क्या हुई, उनके ऊपर जैसे विपत्ति का पहाड़ टूट पड़ा। मज़बूरी थी। मरज़ादपुर जाकर छोटे-मोटे काम करने लगे। उमर के साथ शरीर भी कमज़ोर होता गया। इसलिए इधर कई सालों से अब वे एक कबाड़ी की दुकान पर कबाड़ छाँटने का काम करने लगे हैं। छँटे हुए कबाड़ के तौल के अनुसार कबाड़ी उन्हें पैसे देता है। बमुश्किल दस-बारह रुपये का काम वे रोज़ कर पाते हैं। इस तरह कभी तीन सौ, तो कभी साढ़े तीन-सौ रुपये महीने का कमा पाते हैं। कुछ उम्र का तकाजा, कुछ घर की परेशानी। शरीर गलकर हड्डी का ढाँचा मात्र रह गया है। यह समझना कतई मुश्किल नहीं है कि उस दिन नेता जी को देखते ही उनका पारा सातवें आसमान पर क्यों चढ़ गया था! आखिर नेता जी जैसे लोग ही तो उनकी इस हालात के जिम्मेवार हैं! उनकी अपनी नेतागिरी तो खूब चमकी। दलाली करके उन लोगों ने खूब पैसे कमाए। तभी तो, यद्यपि जिन्दगी-भर कोई नौकरी नहीं की, न ही कोई

व्यवसाय किया, तथापि हमेशा बड़ी-बड़ी गाड़ियों में बैठकर चलते रहे। अच्छी-बड़ी कोठी बनवाई। आखिर यह सब कैसे सम्भव हुआ? यह सवाल तो हर कोई पूछता है।

o

दूसरी घटना भी कम हृदयविदारक नहीं है।

दो साल पहले की बात है। सर्वेश की संस्था द्वारा एक स्थानीय दिवंगत कवि की स्मृति में आयोजित कवि-सम्मेलन बस आरम्भ ही होनेवाला था। कवि-सम्मेलन के लिए आमन्त्रित सभी कविगण स्टेज़ पर अपना-अपना स्थान ले चुके थे। संचालक महोदय कवियों की क्रमवार लिस्ट तैयार कर रहे थे। सर्वेश स्वागत-भाषण कर रहा था। उसने देखा—एक युवक उसकी संस्था के प्रभारी प्रेमशंकर से बार-बार कुछ कह रहा है और प्रेमशंकर उसे वहाँ से चले जाने को कह रहा है। उनकी बातों से सर्वेश 'डिस्टर्ब' हो रहा था। उसने कई बार प्रेमशंकर की ओर घूरकर देखा भी। पर वह भी मज़बूर था। वह युवक जिद कर रहा था कि उसका नाम भी कवियों की लिस्ट में सम्मिलित कर लिया जाए और उसे भी कविता-पाठ करने का मौका दिया जाए।

सर्वेश ने जल्दी-जल्दी अपना भाषण समाप्त किया और माइक संचालक को सौंपकर प्रेमशंकर के पास गया, तो उसे वस्तुस्थिति का पता चला। वह युवक कोई कवि नहीं था, बस कुछ छोटी-मोटी हास्य-व्यंग्य की तुकबन्दियाँ कर लेता था। वह एक राष्ट्रीय मंच था। मंच पर जहाँ दिवंगत महाकवि की स्मृति को नमन करने हेतु एक से बढ़कर एक नामचीन कवि उपस्थित थे, वहाँ उसे काव्य-पाठ के लिए खड़ा करना सही नहीं था। सर्वेश ने उसे बहुत समझाया। पर वह युवक समझने को कतई तैयार नहीं था। अन्त में, सर्वेश ने कुछ खीझते हुए, उससे पूछा-

"आप हैं कौन? और कहाँ से आए हैं? क्या आपको किसी ने इस सम्मेलन में भाग लेने के लिए आमन्त्रित किया है?"

"नहीं अंकल! मुझे किसी ने आमन्त्रित नहीं किया है। मैं स्वयं आया हूँ। मैं मीरपुर गाँव का रहनेवाला हूँ; स्वर्गीय मार्कंडेय सिंह का बेटा हूँ।" उसने एक साँस में पूरी बात बता दी।

"मार्कंडेय सिंह?"

यह नाम सुनते ही सर्वेश के बदन में सिहरन-सी हुई। कुछ क्षण के लिए वह संज्ञा-शून्य-सा हो गया। जब वह कुछ संयत हुआ, तब उसने प्रेमशंकर से उसको भी कविता पढ़ने का अवसर देने को कहा। उसने काव्य-पाठ किया। पर उसे शीघ्र ही मंच से उतार दिया गया। क्योंकि हॉल में बैठे श्रोतागण उसे सुनने के लिए कतई तैयार नहीं थे। खैर, जब कवि-सम्मेलन समाप्त हो गया, तब प्रेमशंकर ने पहले से तैयार किया हुआ लिफाफा एक-एक कर कवियों को देना शुरू किया। जब सबका पेमेंट हो गया, तब वह युवक भी पेमेंट माँगने लगा। सामान्यतया, हम स्थानीय कवियों को काव्य-पाठ का मौका तो देते हैं, पर उनको पेमेंट नहीं किया जाता। फिर भी, उसने प्रेमशंकर से कहकर पाँच-सौ रुपये का एक लिफाफा उसे भी दिलवा दिया। वह बहुत खुश हुआ। उसके लिए ये पाँच सौ रुपये शायद बहुत मायने रखते थे! उसने उसके पाँव छुए और चला गया।

सर्वेश जब तक घर पहुँचा, सुबह के चार बज रहे थे। वह बिस्तर पर लेट गया। थका हुआ होने के बावजूद, उसे नींद नहीं आ रही थी। बार-बार उस युवक का चेहरा उसकी आँखों के सामने घूम जाता।

मार्कंडेय भइया से उसका परिचय बहुत पुराना था। वह उसके गाँव की धनुषयज्ञ-नाटक-मंडली के एक मुख्य कलाकार रहे थे। अव्वल दर्जे के कॉमेडियन। उनके स्टेज़ पर आते ही पूरा हॉल तालियों की गड़गड़ाहट से गूँज उठता। वे मुँह से तो कम ही बोलते, पर उनके हाव-भाव से लोगों की हँसी अपने आप फूट पड़ती। धनुषयज्ञ के अवसर पर वे कोई-न-कोई नया एक्ट प्रस्तुत करते। उनके एक्ट लोगों के चेहरे पर खुशी तो लाते ही, साथ ही समाज की कुरीतियों-अन्धविश्वासों पर प्रहार भी करते। कभी-कभी उनके कुछ एक्ट देखने-सुनने में बेसिर-पैर के भी लगते। पर क्या पता? वे कुछ कहना चाह रहे होते, किन्तु लोग उसे समझ नहीं पाते; बस हँस भर देते। उनका 'तुम्हारा मुर्दा पैदल जाएगा' शीर्षक एक्ट उसे अचानक याद आता है।

पर्दा उठता है, स्टेज़ पर रखी एक कुर्सी पर नवाबजादे की वेशभूषा में एक व्यक्ति बैठा तलवार से नाखून काटने का उपक्रम करता दिखता है और 'यह देश है वीर जवानों का, अलबेलों का मस्तानों का...' गीत गा रहा है।

तभी वहाँ से एक साधु गुजरते हैं। वह उसे तलवार से नाखून काटते देखकर चकित होते हैं। कहते हैं, 'अरे भाई, यह क्या कर रहे हो?' इसके पहले कि वे कुछ और कहते, नवाबज़ादे बोल पड़ते हैं, 'क्यों? आपको दिख नहीं रहा है—मैं नाखून काट रहा हूँ।' 'वह तो मैं देख रहा हूँ। और इसीलिए पूछ रहा हूँ। कहीं तलवार फिसल गई और नाखून के बजाय तुम्हारी अँगुली कट गई, तो क्या?'

"जी नहीं! ऐसा नहीं होगा। आप अपने गन्तव्य पर जाएँ, मुझे सीख न दें।"

"ठीक है, भाई!" कहकर साधु आगे बढ़ गए।

संजोग कुछ ऐसा बना, उनकी तलवार नाखून की जगह अँगुली पर चल गई और उनके मुँह से 'आह' निकल गई। साधु ने मुड़कर देखा—उनकी अँगुली से खून बह रहा है। वह अपने गमछे का एक टुकड़ा फाड़कर उनकी अँगुली पर बाँध देता है और कहता है, 'देखा, मैं कह रहा था न कि अँगुली कट जाएगी, पर तुम नहीं माने।'

'जी, जी बाबा! पर बाबा, आप कैसे जानते थे कि मेरी अँगुली कट जाएगी?'

'क्यों? यह कोई पहेली थोड़ी ही है।'

'नहीं बाबा! आप मुझे कोई भविष्य-वक्ता लगते हैं।'

'अरे नहीं भाई।' कहकर बाबा हँस पड़े।

'नहीं, नहीं! आप अवश्य ही भविष्य-वक्ता हैं। कृपया बताएँ—मेरी मौत कब होगी?'

'अरे भाई, मैं खुद अपनी मौत के बारे में नहीं जानता, तो तुम्हारी या किसी और की मृत्यु के बारे में कैसे बता सकता हूँ।'

'बाबा! मुझे बहकाएँ नहीं, बताएँ मेरी मौत कब होगी?' वह जिद करते हुए बोले।

बाबा पसो-पेश में पड़ गए। नवाबज़ादे अपनी ज़िद पर अड़े थे। फिर बाबा को एक उपाय सूझा। उन्होंने अपनी झोली से कलावा निकालकर उसका एक टुकड़ा उनकी कमर में बाँध दिया। कहा, 'जब तक यह कलावा तुम्हारी कमर में बँधा रहेगा, तुम सुरक्षित रहोगे। पर जिस घड़ी यह कलावा टूट गया उसी क्षण तुम्हारी मृत्यु हो जाएगी।'

उन्होंने बाबा को जी-भरकर के धन्यवाद दिया और अपने घर चले गए। घर पहुँचते ही, जब उनकी पत्नी उन्हें पानी का गिलास पकड़ाती हैं, वह छिटककर दूर हट जाते हैं। कहते हैं, 'प्रिये! मुझसे दूर रहो।'

'पर क्यों? ऐसी क्या बात हो गई, जो मैं आपको छू नहीं सकती?'

'यह मेरी कमर पर बँधा कलावा देख रही हो न!'

'हाँ, देख रही हूँ।'

'तो, यह जान लो—जब तक यह कलावा सुरक्षित रहेगा, मैं जिन्दा रहूँगा। इसके टूटते ही मेरी मृत्यु हो जाएगी।'

उनकी पत्नी मुस्कराकर बोलीं, 'यह क्या मज़ाक है?' और उन्होंने अपना हाथ बढ़ाकर कमर पर बँधे कलावा को खींचकर तोड़ दिया।

'ओह, यह क्या कर दिया, अभागे? अपने ही हाथों अपना सुहाग उजाड़ दिया। मैं अब मर गया।' इतना कहकर वह ज़मीन पर मुर्दे की तरह लेट गए और बोले, 'अब खड़ी-खड़ी मेरा मुँह क्या देख रही हो? जाओ, जल्दी से पड़ोसियों को बुलाकर लाओ! वे मुझे श्मशान घाट लेकर जाएं।'

उनकी पत्नी पैर पटकती हुईं पर्दे के पीछे चली जाती हैं। थोड़ी देर में बाहर आकर बताती हैं,

'पड़ोसियों ने आने से मना कर दिया।'

'तो फिर कोई सवारी ढूँढ़कर लाओ।'

वह दुबारा लौटकर आती हैं, और बताती हैं, 'कोई भी सवारी मुर्दा-घाट जाने को तैयार नहीं है।'

'तो ठीक है। तुम्हारा मुर्दा पैदल ही श्मशान घाट जाएगा।' इतना कहकर वह धीरे-धीरे उठते हैं; पत्नी के कन्धे का सहारा लेकर लुढ़कते-पुढ़कते जाने लगते हैं। तभी पर्दा गिरता है। हॉल तालियों की गड़गड़ाहट से गूँज उठता है।

सर्वेश धनुषयज्ञ में लक्ष्मण की भूमिका निभाता था। किन्तु जब वह कुछ बड़ा हुआ, तब उसने अभिमन्यु-वध नाटक में राजकुमार अभिमन्यु, पितृभक्त श्रवण कुमार आदि नाटकों में भी भूमिका निभाई थी। वह खुद मार्कंडेय भइया का बहुत बड़ा फ़ैन था।

मार्कंडेय भाई मिल में दरबानी करते थे। जब तक मिल चली, सब-कुछ ठीक-ठाक रहा। पर मिल के बन्द होते ही मार्कंडेय भाई को न जाने क्या

हो गया! वे धीरे-धीरे गहरे अवसाद में चले गए। उनका शरीर गलता गया और एक दिन सबको छोड़कर वह इस दुनिया से विदा हो गए। बच्चों की पढ़ाई छूट गई। खेती-बारी बहुत थी नहीं। किसी तरह उनका गुजारा चलता।

कवि-सम्मेलन के दूसरे दिन उनका बेटा सर्वेश से मिलने आया। वह अपने बेटे के लिए नौकरी की बात कर रहा था। सर्वेश ने उसके परिवार के बारे में पूछा, तो उसने बताया कि उसने किसी तरह प्राइवेट बी.ए. कर लिया है। पर कोई नौकरी नहीं मिली। अब वह घर-गृहस्थी का काम सँभाल रहा है। छोटा भाई रवीन्द्र पढ़ नहीं पाया। सर से पिता की छाया कम उम्र में ही उठ गई थी। माँ इस हालत में नहीं थीं जो उसे सँभाल पातीं। वह गलत रास्ते पर चल पड़ा। बड़ा हुआ तो एक स्थानीय माफिया की शरण में चला गया। उसके सहयोग से छोटा-मोटा धन्धा, ठेकेदारी आदि का काम करने लगा। वह उससे गैर-कानूनी धन्धे करवाता। एक दिन उसके हाथों पड़ोस के गाँव के एक व्यक्ति का कत्ल हो गया। या यूँ कहें, उससे कत्ल करवाया गया। उसे जेल हो गई। और तब से आज तक वह जेल की हवा खा रहा है। निचली अदालत से उसे आजीवन कारावास की सजा सुनाई जा चुकी है। अब बड़ी कोर्ट में मुकदमा चल रहा है। छूटकर आने की कोई उम्मीद नहीं है।

अपने भाई की बात बताते-बताते वह सिसक पड़ा था। उसका ढाँढ़स बँधाने के लिए सर्वेश के पास कोई शब्द नहीं थे। उसने उसके कन्धे पर हाथ रखा, तो उसकी खुद की आँखें भी भर आईं।

सर्वेश उसकी मदद करना चाहता था। पर नौकरी का मिलना भी तो इतना आसान नहीं था! खैर, साल बीतते-बीतते उसने उसके बेटे की एक प्राइवेट फर्म में नौकरी लगवा दी थी। सुना है, अब उनका काम ठीक-ठाक चल रहा है।

3

सर्वेश की प्राथमिकता में किसान अवश्य थे। वह उनके उत्थान के लिए ही सब-कुछ छोड़कर गाँव आया था। उसके प्रयास का प्रतिफल भी दिखने लगा था। हर तरफ उसकी और उसकी संस्था की चर्चा होने लगी थी। किसानों को एक आशा बँधी थी। वह खुश था। पर इसके साथ ही उसने, मिल के पुनर्निर्माण को भी अपने अभियान का एक हिस्सा बना लिया था। वह मिल को चालू कराकर ही दम लेगा। उसे आज भी पूरी तरह याद है। कई साल पहले जब उसकी संस्था की ओर से किसान-मेले का आयोजन किया गया था, तब उस क्षेत्र के एक जाने-माने सांसद, मुख्य अतिथि के रूप में पधारे थे। वह बहुत ही लोकप्रिय नेता थे। उनके आने की ख़बर सुनकर आसपास के गाँवों से हजारों की संख्या में लोग, जिसमें कई पार्टियों के नेता भी शामिल थे, उस मेले में उपस्थित हुए थे। इस बीच एक अच्छी बात यह हुई थी कि वे अब प्रदेश के सर्वोच्च पद पर आसीन थे और तन-मन से पूर्वांचल के विकास के लिए कृत-संकल्प थे। उनके एजेंडे में पूर्वांचल में बन्द पड़ीं गन्ना-मिलों व खाद के कारखानों को पुनर्स्थापित करना प्राथमिकता में आते थे। वे अपने इस अभियान में पूरी ताकत से जुट गए थे। सर्वेश उनकी मंशा से भली-भाँति परिचित था। इसलिए तब उसने अपने स्वागत-वक्तव्य में मरज़ादपुर मिल का ज़िक्र करते हुए, उनके समक्ष यह माँग रखी थी कि वे अपने कामों की लिस्ट में मरज़ादपुर सूती मिल को पुनः चालू कराने का काम भी दर्ज़ कर लें। उसने उन्हें यह याद दिलाते हुए कहा था—इस मिल से न केवल हजारों परिवारों की रोज़ी-रोटी का मामला जुड़ा हुआ है, बल्कि उससे उस क्षेत्र में टेक्सटाइल-कारोबार से जुड़े अनगिनत व्यावसायिक परिवारों की ज़िन्दगियाँ भी जुड़ी हैं। उसके इस निवेदन का समर्थन तब मेले में उपस्थित भारी भीड़

ने तालियों की गड़गड़ाहट से किया था। सांसद जी ने भी तब अपने वक्तव्य में यह आश्वासन दिया था, कि मरज़ादपुर सूती मिल को खुलवाने का वह जी-जान से प्रयास करेंगे। दुर्भाग्य से, उसके बाद पूर्वांचल के किसी नेता ने इस बात की ठीक से पैरवी नहीं की। और शायद नेता जी के दिमाग से भी यह बात निकल गई। परिणाम यह हुआ कि इस दिशा में कोई पहल न हो सकी और स्थिति जस-की-तस बरकरार रही।

पर अब तो, वे उस बड़े प्रदेश के मुख्यमन्त्री हैं और उन्होंने अपने क्षेत्र के मिलों के पुनरुद्धार का कार्य शुरू भी कर दिया है। सुनते हैं—खाद का एक कारखाना तो अब चलने भी लगा है।

सर्वेश को पूरा विश्वास था, यदि मरज़ादपुर सूती मिल के पुनर्निर्माण का एक तथ्यात्मक प्रस्ताव तैयार कर मुख्यमन्त्री जी से मिला जाए, तो वे इस प्रस्ताव पर विचार अवश्य करेंगे। वैसे भी चुनाव का समय नजदीक था और उनके तथा उनकी पार्टी के लिए यह एक बड़ा मुद्‌दा बन सकता था। यही सब सोचकर वह, इस बार गाँव आया था।

सर्वेश का मुख्य उद्‌देश्य मिल की वास्तविक स्थिति से परिचित होकर एक प्रस्ताव तैयार करना था, जिसको लेकर उसकी योजना मुख्यमन्त्री से मिलने की थी। वर्तमान सरकार ने बन्द पड़ी गन्ना मिलों और खाद के कारखानों को पुनर्जीवित करने का बीड़ा उठाया है, तो फिर, मरज़ादपुर सूती मिल क्यों नहीं? एक बात और। वह जानता था, प्रस्ताव तैयार करने की प्रक्रिया में उन लोगों के चेहरे भी बेनकाब हो जाएँगे, जिनके हाथ पूर्वांचल की शान कही जानेवाली इस मिल के खून से रँगे थे। सच तो बाहर आना ही चाहिए। इसलिए सच को सबके सामने लाना भी उसका एक बड़ा उद्‌देश्य था। उसको किस-किस से मिलना है, यह सब उसने पहले से ही सोच रखा था। इनमें सबसे पहला नाम उसके दोस्त सन्तोष का था, जिसके ऊपर मिल के बन्द कराने का इल्ज़ाम लगता रहा है, और जिसका आघात वह ज़िन्दगी-भर झेलता रहा है।

सर्वेश जानता था, सन्तोष मिल के बन्द होने का राज़ सही-सही खोल सकता है। इसलिए उससे मिलना आवश्यक है। दिन में तो, उसे समय नहीं मिल पाएगा, यह बात सर्वेश जानता था। अतः उस दिन शाम को उसके घर जाने की बात उसने पहले ही सोच ली थी।

अगले दिन सर्वेश का पूरा समय संस्था के काम में बीता। शाम को जब वह खाली हुआ, तब उसे अपने दोस्तों की याद आई। वह उन्हें साथ लेकर यादव टी-स्टॉल पर चला गया। चाय का ऑर्डर देकर वे सब अपनी बातों में मशगूल हो गए। बातों-बातों में सन्तोष का नाम उछला। दरअसल, उन्हें उसकी कमी बहुत खल रही थी। वह उनके बचपन के दोस्तों में से एक था। सर्वेश का तो वह ज़िगरी दोस्त रहा था। सालों बाद जब उसकी बात चली, तो सर्वेश की आँखों में आँसू आ गए। उसने उसके दुर्दिन के अनेक किस्से सुन रखे थे। उसके ज़्यादातर दोस्त, उसकी अपनी इस हालत के लिए उसे ही जिम्मेवार ठहराते और बात वहीं-की-वहीं खत्म हो जाती। किन्तु सर्वेश ऐसा नहीं सोचता था। इसलिए वह उससे मिलने जाने की जिद कर रहा था। उसको पता था, वह आज भी खंडहर हो चुके मिल के आवासों के बीच एक टूटे-फूटे मकान में रह रहा है। वह फालिज़ का शिकार हो गया है। इसलिए वह कहीं आने-जाने लायक नहीं है। वैसे तो, जब वह ठीक था, स्वस्थ था, तब भी अपने गाँव जाने और अपने लोगों को मिलने से कतराता था। क्योंकि उसके मन में मिल के बन्द हो जाने का भारी 'गिल्ट' था। वह अपने को मिल के बन्द हो जाने का कारण समझता था और खुद को उसका दोषी मानता था।

खैर, सर्वेश की जिद के आगे किसी की नहीं चली। उसके दोस्त उसे लेकर मिल की ओर चल दिए।

शाम का वक्त था। धीरे-धीरे अँधियारा फैल रहा था। दूर-दूर तक पसरा सूती मिल का परिसर तब एक सुनसान खंडहर में तब्दील हो गया था। उस भूतहे-से खंडहर के बीच एक टूटे-फूटे मकान के सामने जब सर्वेश और उसके साथी पहुँचे, तो उन्होंने देखा—एक टिमटिमाती हुई मद्धिम रोशनीवाली लालटेन सन्तोष के घर के आगे दरवाजे पर लटक रही है। घर के बाहर, दरवाजे के ठीक सामने एक बँसहटी चारपाई पड़ी थी और एक फटी-सी मटमैली चादर उस पर बिछी थी। तार-तार सी हुई बनियान और छींटवाली मऊवाली लुंगी पहने सन्तोष चारपाई की बगल में एक व्हील-चेयर पर बैठा कुछ पुराने पन्ने पलट रहा था। बाल बिखरे हुए और दाढ़ी बढ़ी हुई थी। सन्तोष रह-रहकर अपने बाएँ हाथ से गमछा घुमा रहा था; शायद मच्छर काट रहे थे। और वह, उन्हें भगाने की कोशिश कर रहा था।

सर्वेश और उसके साथी जब उसकी चारपाई के करीब पहुँच गए, तब

रघुनाथ ने उसका नाम लेकर पुकारा और कहा, 'सन्तोष! देखो तो, कौन आया है, तुमसे मिलने?'

सर्वेश को देखकर वह चिहुँक-सा गया। वह हड़बड़ी में उठने लगा, तो गिरते-गिरते बचा। सर्वेश ने आगे बढ़कर उसको बाँहों में भर लिया। दोनों दोस्त एक-दूसरे को पकड़े बहुत देर तक खड़े रहे। यद्यपि वे चुप थे, परन्तु उनके आँसू उनकी व्यथा-कथा अवश्य सुना रहे थे।

एक लम्बे अरसे के बाद सर्वेश सन्तोष से मिला था। उसकी दयनीय दशा देखकर, सर्वेश के मन में अपार पीड़ा हुई। समझ में नहीं आ रहा था, वह कहे भी तो क्या कहे? माहौल बहुत गमगीन हो गया था। सभी मौन थे। कोई कुछ भी कहने की स्थिति में नहीं था। कुछ देर बाद चुप्पी तोड़ी, खुद सन्तोष ने। उसने आवाज़ देकर अपनी पत्नी को पानी लाने के लिए कहा। उसकी पत्नी एक लोटे में पानी भरकर ले आईं, तो सभी मित्रों ने उठकर उनका अभिवादन किया।

माहौल को हलका करने और सन्तोष की ओर से सबका ध्यान हटाने के उद्देश्य से सचिन्द्र ने जोर से ताली बजाते हुए, हँसकर कहा, "देखो तो, मैं क्या ले आया हूँ?" सब उसकी ओर देखने लगे। सचिन्द्र ने कागज़ के एक लिफाफे से कुछ समोसे और भुजिया नमकीन का एक पैकेट निकाला। वह उनके मनपसन्द ढाबा, 'यादव टी स्टॉल' से एक थर्मस में गर्म-गर्म चाय भी साथ लेकर आया था। कभी वह भी समय था, जब ये चारों दोस्त यादव टी स्टॉल पर बैठकर समोसे और नमकीन खाते, चाय पीते और गपशप करते। इसका ध्यान आते ही, सन्तोष एक बार फिर सिसक पड़ा। सर्वेश ने उसे किसी तरह शान्त कराया और उसके कन्धे पर हाथ रखकर, ढाँढ़स बँधाते हुए कहा, 'मित्र सन्तोष! दुःखी मत हो। समय-समय की बात है। कौन जाने, अपना समय फिर बहुरे!'

बहुत दिनों बाद उस शाम मित्रों ने साथ बैठकर चाय पी।

बातों का सिलसिला शुरू हुआ तो खत्म होने का नाम नहीं ले रहा था। बहुत सारी बातें जो करनी थीं। मिल बन्द होने के पीछे की साजिश का पर्दाफ़ाश तो करना ही था, उसे दुबारा चालू कराने की सम्भावनाओं पर विचार भी करना था। सन्तोष ने सारी बातों का विस्तार में खुलासा करते हुए, उससे जुड़े कई अहम दस्तावेज़ भी सर्वेश को दिए। मिल की बात खत्म

हुई तो सन्तोष ने एक और मुद्दा उठाया। उसे इस बात की खुशी थी कि पूर्वांचल से कम्युनिस्टों का सफाया हो गया था। परन्तु दुःख इस बात का था कि वैकल्पिक नेतृत्व के अभाव में, पूर्वांचल गुंडों व माफियाओं के चंगुल में फँस गया था। राजनीति पर भी उन्हीं का कब्ज़ा था; वे ही अब विधायक बनते और वे ही सांसद भी। परिणामस्वरूप पूर्वांचल के विकास का पहिया अवरुद्ध हो गया था। वह माफिया-राज के खिलाफ़ खड़े होने और उन्हें जड़ से उखाड़ फेंकने की बात कह रहा था। उसकी बात सुनकर रघुनाथ जैसे भड़क-सा गया। उसने सन्तोष को टोकते हुए कहा,

"क्या तुम, हम उन माफ़ियाओं के खिलाफ़ लड़ने की पोजीशन में हैं? क्या तुम उनके सरगना को नहीं जानते? वह नेता नहीं है, मर्डरर है! जिस दिन उसे पता चला, तुम उसके खिलाफ़ आवाज़ उठाने की कोशिश कर रहे हो, उसी दिन वह अपने किसी एक शूटर को भेजकर तुम्हारे जर्जर शरीर को छलनी कर देगा। तुम तो अब भाग भी नहीं सकते, मेरे दोस्त!"

"चुप रहो रघुनाथ! मैं मरने से नहीं डरता।" सन्तोष ने तेज आवाज़ में कहा, तो रघुनाथ कुछ सहम-सा गया। सर्वेश ने तब हस्तक्षेप करते हुए कहा, "हम मानते हैं, यह मुद्दा बहुत अहम है। परन्तु अभी हमारी प्राथमिकता मिल के खुलवाने की होनी चाहिए। दूसरे मुद्दे हम बाद में उठाएँगे।" इतना कहकर वह रुक गया। सब चुप रहे, तो उसने आगे कहा, "बहुत देर हो गई है। अब हमें चलना चाहिए! जल्दी ही हम दुबारा मिलेंगे!" इतना कहकर वह उठा और चलने को तैयार हुआ, कि तभी सन्तोष की बेटी, रश्मी आ गई। उसने सबके पाँव छुए और बिना कुछ कहे, घर के अन्दर चली गई।

सर्वेश को याद आया, 'रश्मी तब कितनी छोटी थी! जब वह उसे अपनी गोद में बैठाकर खिलाया करता था। समय कितनी जल्दी बीत जाता है! पता ही नहीं चलता।'

रश्मी की उम्र अब 35-36 साल की होगी। यद्यपि देखने में वह और भी बड़ी लग रही थी। समय की मार का असर उसके चेहरे और शरीर पर साफ-साफ दिख रहा था।

सर्वेश का मन ग्लानि से भर आया।

सन्तोष से मिलकर उसके दोस्त चले गए। सन्तोष मिल पर हुई चर्चा

से सन्तुष्ट था। साथ ही, पूर्वांचल को गुंडों-माफियाओं से मुक्त कराने की उसकी लालसा और भी बलवती हो गई थी।

रास्ते में आते समय रघुनाथ ने सर्वेश को बताया कि सन्तोष अपनी बेटी, रश्मी की शादी नहीं कर पाया। अब तो उसने खुद भी शादी करने से मना कर दिया है। इधर दो-तीन सालों से वह मीरपुर गाँव के छेदी सिंह के घर चौका-बर्तन करने लगी है। रघुनाथ ने ही यह सेटिंग करवाई थी। वे उसे हर महीने पाँच हजार रुपये देते हैं। उसका खाना-पीना भी वहीं होता है। बेटी को मिलनेवाले पैसे ही अब सन्तोष के घर की एकमात्र आमदनी है। किसी तरह उनका काम चल जाता है।

"और उसका बेटा, प्रत्यूष ?" सर्वेश ने रघु से जानना चाहा।

रघुनाथ कुछ देर चुप रहा। फिर उसने आह भरते हुए कहा।

"यह एक और भी दुःख-भरी कहानी है, सन्तोष के जीवन की। यह उन्हीं दिनों की बात है, जब मिल में झगड़े होने प्रारम्भ हो गए थे। मिल के बन्द हो जाने का अन्देशा दिनोंदिन बढ़ता जा रहा था। सन्तोष को खलनायक बना दिया गया था। पूरा परिवार एक अजीब किस्म के दबाव में था। घर का माहौल अशान्त हो गया था। प्रत्यूष किसी बात पर नाराज़ होकर, एक दिन घर छोड़कर चला गया। कहाँ? किसी को पता नहीं! सन्तोष ने उसे सब जगह ढूँढ़ा। जहाँ-जहाँ भी उसके होने की सम्भावना थी, वहाँ-वहाँ उसका पता किया। पर वह कहीं नहीं मिला। आज तक उसका पता नहीं है, वह कहाँ है? ज़िन्दा है भी या...?

दरअसल, मिल के बन्द हो जाने के बाद, चारों तरफ सन्तोष की थू-थू होने लगी थी। यहाँ तक कि लोग उसके बच्चों को भी ताने मारते रहते। घर में आमदनी कोई थी नहीं। पढ़ाई-लिखाई बन्द ही हो गई थी। तो, उसने घर छोड़कर चले जाना ही बेहतर समझा। राम जाने, वह कहाँ होगा?

आज भी, जब कभी उसे प्रत्यूष की याद आ जाती है, तब वह पागलों की भाँति रोने-चिल्लाने लगता है।

घर के खर्च का दबाव। बेटी की शादी न कर पाना। बेटे का घर छोड़कर चले जाना; विकलांगता का शिकार हो जाना और... ऊपर से, लोगों के ताने-जैसे अनेक दबावों के चलते, सन्तोष को ब्रेन-हैमरेज़ हो गया, जिसके कारण उसका चेहरा कुछ टेढ़ा हो गया था। बोलने में जुबान

लड़खड़ाती है। काम-काज करना तो दूर, चलना-फिरना भी मुश्किल हो गया है, उसके लिए।"

'ओह! कितना दु:खद है, यह सब।'—सर्वेश ने गहरी आह भरी।

सन्तोष से मिलकर सर्वेश अपने घर आ गया था। दिन-भर की भाग-दौड़ और फिर, सन्तोष की दशा देखकर वह तन-मन दोनों से थका महसूस कर रहा था। बिना कपड़े बदले ही, वह चारपाई पर लेट गया। लाख चाहकर भी वह अपना ध्यान सन्तोष से हटा नहीं पा रहा था। कहते हैं—जब कोई व्यक्ति परिस्थितिवश बेबश और लाचार हो जाता है, तब उसका विवेक भी काम करना बन्द कर देता है। वह गलत-सही का निर्णय नहीं कर पाता है। सन्तोष के साथ भी कुछ ऐसा ही हुआ था। परेशानियाँ तो बहुत थीं ही, ऊपर से पत्नी की बीमारी ने उसे तोड़कर रख दिया था। लगता था, जैसे उसका दिमाग काम करना छोड़ दिया हो। लोग, जो भी कुछ कहते, सलाह देते, वह करने को तैयार हो जाता। एक बार की बात है, किसी ने शंका व्यक्त की, 'कहीं पकवा-इनार के किसी भूत ने तो उसे नहीं पकड़ लिया है? तो, क्यों न किसी ओझा को बुलाकर दिखा लिया जाए!' सन्तोष झट तैयार हो गया। नसीरपुर गाँव के नामी-गिरामी ओझा, रमज़ान अली बुलाए गए। बोहार के लिए एक मन सामग्री मँगायी गई। जिसमें कई किलो तो लाल मिर्चें थीं। झाड़-फूँक शुरू हुई। बोहार का धुआँ सन्तोष की पत्नी के रग-रग में समा गया। उसका सिर घूमने लगा। वह छटपटाती रही। रमज़ान अली मन्त्र पढ़ते रहे और मुट्ठी-मुट्ठी भर मिर्च बोहार में डालते रहे। यह क्रम तब तक चलता रहा, जब तक कि वह बेहोश होकर गिर नहीं पड़ी। उसे किसी तरह उठाकर चारपाई पर लेटा दिया गया। रमज़ान अली अपना मेहनताना लेकर चले गए।

यह ओझैती सन्तोष के लिए बहुत मँहगी पड़ी। पैसा जो खर्च हुआ वह अलग, पत्नी महीनों बीमार रहीं।

सर्वेश यह सोच ही रहा था कि अचानक उसे कुछ याद आया। मिल अभी चालू नहीं हुई थी, उसके पहले से ही पकवा-इनार के भूतों का खौफ पूरे इलाके में फैला हुआ था। मीरपुर और उसके दक्षिण के गाँवों के लोगों के लिए मरज़ादपुर जाने का एकमात्र रास्ता पकवा-इनार से होकर गुजरता था। वह और उसके साथी भी तब उसी रास्ते से मरज़ादपुर पढ़ने जाया

करते थे। उस रास्ते से अकेले जाने का तब कोई प्रश्न था ही नहीं। उसे याद है, सब बच्चे कॉलेज जाने के लिए साथ-साथ घर से निकलते। जब वे पकवा-इनार के पास से गुज़रते, तब वे ज़ोर-ज़ोर से कोई गाना गाने लगते अथवा 'भारत माता की जय' बोलते। उन्हें स्काउट की ट्रेनिंग के दौरान यह बताया गया था कि जोर-जोर से चिल्लाने से मन के भीतर का डर समाप्त हो जाता है। कॉलेज से लौटते वक्त वे कभी उस रास्ते से अपने घर नहीं जाते। दरअसल, कॉलेज बन्द हो जाने के बाद, वे सब कॉलेज के प्लेग्राउंड पर फुटबॉल खेलते और इस कारण उन्हें घर लौटने में देरी हो जाती। इसलिए वे पकवा-इनार के बज़ाय, मरज़ादपुर-गाज़ीपुर रोड से होते हुए, अपने घर लौटते। हाँ, ऐसा ही था तब पकवा इनार के भूतों का खौफ़!

'कितनी तो किंवदन्तियाँ मशहूर थीं!' उसने मन-ही-मन कहा।

एक मशहूर और मज़ेदार किस्सा तो शिव-मन्दिर के पुजारी जी का था। तब मन्दिर पर सुबह-शाम आसपास के युवा पहलवानों की खूब भीड़ होती थी। पुजारी जी खुद एक बड़े पहलवान थे। वह उन्हें कुश्ती के गुर सिखाते। तमाम लोग कुश्ती देखने के लिए भी आ जाते। उनमें से किसी ने एक दिन पकवा-इनार के भूतों की बात छेड़ दी, तो पुजारी जी गुस्सा हो गए। उन्होंने उसे डाँटकर चुप करा दिया, और कहा, "मन्दिर पर आकर, इस तरह की अनर्गल बातें मत किया करो! भूत-प्रेत-जैसा कुछ नहीं होता। यह केवल लोगों के मन का भ्रम है। ...क्या तुममें से किसी ने कभी कोई भूत देखा है?" उन्होंने प्रश्न किया।

कुछ लोगों के मन में भूत-प्रेतों की बात ज़रूर आई। पर वे पुजारी जी के डर से चुप रहे। किसी ने कुछ नहीं कहा। पुजारी जी ने तब एक एलान किया,

"आज रात को मैं पकवा-इनार पर जाऊँगा। वहाँ के भूतों को लड़ने की चुनौती दूँगा। देखता हूँ—कोई भूत मुझसे लड़ने आता है क्या?"

यों तो तब किसी ने कुछ कहा नहीं, पर सबके मन में एक शंका अवश्य थी—न जाने कल क्या होनेवाला है?

पुजारी जी आधी रात को पकवा-इनार पहुँचे। उन्होंने चारों तरफ नज़र घुमाई। पर उन्हें वहाँ कोई दिखाई नहीं दिया। सब तरफ सन्नाटा पसरा था। उन्होंने ताल ठोंककर, भूतों को ललकारते हुए कहा,

"यदि तुममें से किसी की हिम्मत हो, तो आकर मुझसे दो-दो हाथ करो! मैं लड़ने के लिए तैयार हूँ।"

वह काफ़ी देर तक वहाँ खड़े भूतों को चुनौती देते रहे। पर कोई सामने नहीं आया। फिर वे वहाँ से विजयी मुद्रा में कुटी की ओर लौटे। कुछ दूर जाने के बाद, उन्हें कुछ ऐसा प्रतीत हुआ, जैसे कोई उनका पीछा कर रहा हो! पुजारी जी ने पीछे मुड़कर कई बार देखा। कुछ देर वे वहाँ रुके भी रहे। पर उन्हें कोई दिखाई नहीं दिया। उन्हें लगा—यह उनका वहम है और कुछ नहीं। वे मन्दिर पर लौट आए।

दूसरे दिन सुबह, यह ख़बर जंगल में आग की तरह चारों ओर फैल गई।

पुजारी जी ने अखाड़े पर आए लोगों को बताया—"वे रात में पकवा-इनार गए थे। उन्होंने भूतों को लड़ने की चुनौती भी दी। पर कोई भूत-ऊत सामने नहीं आया। आता भी कैसे? जब कोई भूत होता, तब न!"

जिसने भी यह बात सुनी, चकित हुए बिना नहीं रहा। सभी पुजारी जी की हिम्मत की दाद दे रहे थे।

उस घटना को बीते तीन-चार दिन हो गए थे। सब-कुछ सामान्य गति से चल रहा था। तभी अचानक, लोगों को पुजारी जी के व्यवहार में कुछ बदलाव-सा दिखने लगा। उन्हें रात-रात-भर नींद नहीं आती। वे उठकर इधर-उधर घूमते रहते। किसी-किसी दिन वह अर्धरात्रि में ही मन्दिर का घंटा बजाने लगते। उन्हें लेकर, लोग चिन्तित रहने लगे। एक दिन तो गज़ब ही हो गया। वह सुबह जब किसी पहलवान को दाँव सिखा रहे थे, तब उन्होंने उसे उठाकर ज़मीन पर ज़ोर से पटक दिया। उसकी रीढ़ की हड्डी टूट गई। वह बेहोश हो गया। उसे तुरन्त अस्पताल पहुँचाया गया। परिणाम यह हुआ कि दूसरे दिन से उनका अखाड़ा बन्द हो गया। लोग डर गए और मन्दिर जाने से कतराने लगे। तरह-तरह की बातें होने लगीं। जितने मुँह, उतनी बातें। 'पुजारी जी ने भूतों को चुनौती देकर गलती की; अब वे ही उन्हें परेशान कर रहें हैं।... वे सुधि-बुधि खो चुके हैं। आदि-आदि।' रोज़ एक नई बात। एक नई कहानी। यही स्थिति कई दिनों तक बनी रही।

इधर एक बात और भी हुई। कई दिन हो गए थे, पुजारी जी कहीं दिखाई नहीं दे रहे थे। न तो मन्दिर से घंटा बजने की आवाज आती, न ही दीए की रोशनी दिखाई देती। लोगों के मन में शंका हुई तो कुछ लोग मन्दिर पर गए।

भीतर-बाहर, सब तरफ देखा। पर पुजारी जी नहीं मिले। वे कहाँ चले गए? किसी को पता नहीं।

इस भूत-प्रेत की कहानी में कितनी सच्चाई है? यह तो राम ही जानें। पर यह बात तो सही है, कि पुजारी जी लौटकर फिर मन्दिर पर कभी वापस नहीं आए। और न ही, उनका कहीं पता चला। दु:खद बात यह रही, कि पुजारी जी के चले जाने के बाद, शिव-मन्दिर क्रमश: श्रीहीन होता गया और अन्तत: एक खंडहर में तबदील हो गया।

बचपन से ही वह भूत-प्रेत के किस्से सुनता आया है। गाँव की कितनी जगहें तो, उन्हीं के नाते कुख्यात थीं। सिरबन्नी का पोखरा, पाँड़े का बगइचा, तरकुलवातर, रैमून भर की गड़ही, आदि उनमें से कुछ ऐसी जगहें थीं, जहाँ दिन में भी अकेले जाने से डरते थे, लोग। सबके अपने-अपने किस्से थे; अपनी-अपनी कहानियाँ थीं। एक डरा हुआ समाज था और सोखा-ओझाओं का फलता-फूलता संसार। लोग करते भी तो क्या करते? तब अस्पताल और डॉक्टरी सुविधाएँ ग्रामीणांचल में थीं ही कहाँ?

आज वह स्थिति नहीं है। सब-कुछ या यों कहें, बहुत कुछ बदल गया है। विकास की आँधी में भूतों का वज़ूद उड़-सा गया है। पकवा-इनार तो बहुत पहले ही अपना अस्तित्व खो चुका था।

सर्वेश यह सब सोच ही रहा था कि उसे नींद आ गई। वह गहरी निद्रा में सो गया। उस रात सपने में उसने पुजारी जी को देखा। अपनी पत्नी और दो बच्चों के साथ वे बहुत खुश लग रहे थे। सर्वेश ने जब उन्हें प्रश्न-भरी नज़रों से देखा, तब उन्होंने अपनी प्रेम-कहानी का राज खोला। रेलवे-लाइन के उस पार हरिजन-बस्ती की एक विधवा युवती से उन्हें प्यार हो गया था। वे उससे शादी करना चाहते थे। मुश्किल यह थी कि शादी करके वे उसे मन्दिर पर ला नहीं सकते थे। इसलिए मन्दिर छोड़कर चले जाना ही उन्हें श्रेयस्कर लगा। 'बाबा, चाय!' रमन की आवाज़ उसके कानों में पड़ी और उसकी नींद खुल गई। वह उठकर बैठा तो रात का सपना एक बार फिर उसकी आँखों के सामने सिनेमा की रील की तरह घूम गया।

सर्वेश ने इस सपने की बात कभी किसी से साझा नहीं की। सपने के 'सच या झूठ' को बेमतलब वह बहस का मुद्दा नहीं बनाना चाहता था।

4

सर्वेश और उसके दोस्तों की विज़िट ने थमे हुए जल में पत्थर फेंकने का काम किया। अचानक सन्तोष की बेचैनी बढ़ गई। लाख कोशिशों के बावजूद, उस रात उसे नींद नहीं आ रही थी। वह अतीत के सागर में गोते लगाने लगा। अचानक बचपन की याद ताजा हो गई—

गाँव का एक अदना-सा परिवार। छोटी जोत की खेती-किसानी; किसी तरह गुजारा चलता। यह अकेले उसी के परिवार की कहानी नहीं थी, बल्कि पूरे पूर्वांचल की ही कहानी यही थी। छोटी जोत के किसानों का बाहुल्य था। खेती पूरी तरह राम-भरोसे यानी वर्षा पर आधारित थी। जिस साल मौसम अनुकूल रहा, पानी अच्छा बरस गया, खाने-पीने-भर को अनाज पैदा हो जाता। अन्यथा कभी सूखा, तो कभी बाढ़; सालों-साल यही क्रम चलता रहता। गरीबी चरम पर थी। लोगों के पास आमदनी का कोई और जरिया नहीं था। स्वतन्त्रता-प्राप्ति के दशकों बाद भी इस पूरे इलाके में कहीं कोई फैक्ट्री या कल-कारखाने नहीं लगे। लोग बेरोज़गार घूमते रहते। चोरी-डकैती, लूटपाट आदि जैसी घटनाएँ आम थीं। कुछ एक हिम्मत करते, तो कलकत्ता या मुम्बई चले जाते। तब कल-कारखाने इन्हीं बड़े शहरों में होते थे। जो लोग घर से निकलकर वहाँ जाते, कई-कई साल बाद लौटकर घर आते। परिवार के लोग, खासतौर पर बीवी और बच्चे, उनकी राह देखते रहते। कई लोग तो वहाँ गए और फिर लौटकर आए ही नहीं। वहीं के होकर रह गए। तब सुनने में आता था—बंगाल की बंगालिनें जादू-टोना करने में माहिर होती हैं। वे बाहर से आए नौजवानों को अपने प्रेम-जाल में फँसा लेतीं और वे सब, वहीं के होकर रह जाते। उसे बचपन में देखे भिखारी ठाकुर के 'विदेसिया' नाटक की याद आई। बहुत पहले कभी लिखे उसके अपने खुद

के एक गीत में ऐसी ही स्त्री का वर्णन है, जिसका पति वर्षों से परदेश में है, और वह उसकी राह देखते-देखते विक्षिप्त-सी हो गई है। अपने मकान के मुँडेर पर बैठे काग की काँव-काँव सुनकर वह:

'दौड़ी-दौड़ी गई दुआरे, बिन सुधि रूप निहारे,
पूछा पथ के रखवारों से, देखा पिया हमारे?
देख हँसे, वे उसको जैसे कोई पागल आए,
साजन तेरी याद दिलाए!'

खैर! घर के हालात को देखते हुए सन्तोष के छोटके भैया कम उम्र में ही कोएलरी में नौकरी करने 'सिरका' चले गए। उसके एक रिश्तेदार वहाँ किसी बड़ी पोस्ट पर तैनात थे। इसलिए उसके भैया को आसानी से नौकरी मिल गई। सिरका-कोएलरी में उसके गाँव के पास के बहरीपुर गाँव के, बाबू संकठा सिंह भी नौकरी करते थे। पड़ोसी गाँव के होने के नाते दोनों में दोस्ती हो गई थी। और इस तरह, उन दोनों का परिवार भी एक रिश्ते में बँध गया था। शादी-विवाह अथवा अन्य त्योहारी मौकों पर वे एक-दूसरे के घर आमन्त्रित होते और साथ-साथ खुशियाँ मनाते।

संकठा सिंह के दो बेटे थे। छोटेवाले का नाम श्यामबिहारी था, जो लगभग उसी की उम्र का था। सन्तोष से उसकी अच्छी दोस्ती हो गई थी। दोनों साथ-साथ खेलते, मजे लेते। दूसरे भाई, जो उससे बड़े थे, उनका नाम प्रहलाद था। वह शायद इंटर तक पढ़े थे; इंटर पास थे या नहीं, यह उसे याद नहीं है। उन्होंने आगे क्यों नहीं पढ़ा? वह यह भी नहीं जानता। पर एक बात जो उसे आज भी अच्छी तरह से याद है—वह यह कि वे कम्युनिस्ट पार्टी से जुड़े थे और उनकी रुचि मार्क्सवाद में थी। वे मार्क्सवादी साहित्य पढ़ते और दूसरे लोगों को भी उसके बारे में बताते। सुनने में आता था कि वे आसपास के हरिजन और दलित बस्तियों में जाते। उनके साथ उठते-बैठते; खाते-पीते और न जाने उन्हें क्या-क्या समझाते! इस नाते सवर्ण-जाति के लोग उन्हें पसन्द नहीं करते थे। बल्कि उनसे बहुत नाराज़ रहते थे। इस बात को लेकर उनके पिता जी भी कम चिन्तित नहीं रहते। वे भी जब सिरका से गाँव आते, उन्हें प्रह्लाद के विषय में बहुत-कुछ सुनना पड़ता। हर कोई उनकी शिकायत करता। पर वे बेचारे करते भी तो क्या! वे प्रह्लाद को बहुत समझाते। पर

प्रह्लाद के व्यवहार में कोई बदलाव नहीं आता।

यह तब की बात है, जब सन्तोष अभी नवीं-दसवीं में पढ़ रहा था। वह पढ़ने-लिखने में बहुत तेज माना जाता था। काव्य-पाठ, वाद-विवाद प्रतियोगिता, अन्त्याक्षरी आदि गतिविधियों में वह बढ़-चढ़कर भाग लेता। सब उसकी तारीफ़ करते। वह तब अकसर अपने मित्र, श्यामबिहारी से मिलने उसके घर जाता। उनके परिवार के लोगों का सौहार्दपूर्ण व्यवहार उसे बहुत अच्छा लगता। इसलिए वह वहाँ जाना पसन्द करता था। यों तो वह मुख्य रूप से श्यामबिहारी से ही मिलता और उसके साथ खेलता; बातें करता। पर कभी-कभार, बड़के भैया प्रह्लाद से भी उसकी बातें होतीं। वे उससे बहुत प्रभावित लगते।

एक दिन की बात है; शायद रविवार का दिन था। वह घर बैठे-बैठे बोर हो रहा था, तो सोचा—चलो श्यामबिहारी से मिल आते हैं। वह उसके घर पहुँचा, तो पता चला कि श्यामबिहारी घर पर नहीं है। वह किसी काम से अपनी माँ के साथ मरज़ादपुर गया हुआ था। निराश होकर वह वहाँ से लौट रहा था कि प्रह्लाद भैया ने उसे देख लिया। उन्होंने उसको अपने पास बुला लिया और उससे बातें करने लगे। सन्तोष ने उन्हें बताया कि वह आजकल प्रेमचन्द का उपन्यास 'गोदान' पढ़ रहा है। इसे पढ़ने में उसे बहुत आनन्द आ रहा है। इसके पहले भी वह उनके कई और उपन्यास पढ़ चुका है। रवीन्द्र ठाकुर के उपन्यास व कहानियों के बारे में भी उसने उन्हें बताया। प्रह्लाद ने इसके लिए उसकी बड़ी तारीफ़ की और कहा, "यह बहुत अच्छी आदत है जो तुम स्कूल-सम्बन्धी-पुस्तकों के अतिरिक्त अन्य प्रकार के साहित्य में रुचि रखते हो। निश्चित ही यह बहुत सराहनीय है। किन्तु उपन्यास, कविता या कहानियाँ मनोरंजन-भर करती हैं, जबकि जीवन में आगे बढ़ने के लिए तुम-जैसे होनहार बच्चों को कार्ल मार्क्स जैसे महान क्रान्तिकारी लेखकों और दार्शनिकों का साहित्य पढ़ना चाहिए।"

सन्तोष को उत्सुकता हुई। उसने उनसे कई सवाल पूछ लिए।

प्रह्लाद ने उसे बताया कि मार्क्स ने एक ऐसी सामाजिक व्यवस्था की बात की है, जिसमें ऊँच-नीच, जाति-पाँति या अमीर-गरीब न हों। सबको बराबर का हक मिले। सबको अपनी क्षमता के अनुसार काम करने के लिए समान अवसर मिले।... हमारे देश में कितनी आर्थिक विषमताएँ हैं? किसी-

किसी के पास तो अकूत धन है, जिससे वह मनचाही सुविधाएँ खरीद सकता है, तो वहीं, ऐसे तमाम लोग भी हैं, जिनको दो-जून की रोटी भी मुहैया नहीं हो पाती। तुम्हीं सोचो—कितनी दुःखद और भयावह स्थिति है यह!

"जी, बात तो सही है! पर क्या, ऐसे समाज का निर्माण सम्भव है, जिसमें अमीर-गरीब न हों? सभी बराबर हों।" सन्तोष ने उन्हें बीच में टोकते हुए पूछा।

"क्यों नहीं! अवश्य सम्भव है। पर हाँ, यह इतना आसान भी नहीं है। ऐसी व्यवस्था लाने के लिए संघर्ष करना पड़ेगा। लड़ाई लड़नी पड़ेगी—ठीक वैसे ही जैसे कभी रूस में लड़ी गई थी।

"क्यों, रूस में क्या हुआ था? कुछ विस्तार में बताइए न!" उसने उत्सुकता व्यक्त करते हुए प्रश्न किया।

उन्होंने उसे बताया।

बहुत पहले किसी जमाने में रूस में ज़ार-वंश का शासन था। देश में चारों तरफ बदहाली का माहौल था। प्रजा में घोर असन्तोष व्याप्त था। लोग जी-तोड़ मेहनत करते; पसीना बहाते, फिर भी उनको पेट-भर खाने को नहीं मिलता। किसान रात-दिन मेहनत करते, पर उनके हाथ कुछ नहीं आता। किसी तरह ज़िन्दगी बसर करते। फिर, लेनिन नाम के एक व्यक्ति ने इन मेहनतकश लोगों—मजदूरों और किसानों—से बात की। उनकी समस्याओं को सुना और समझा। उन्हें एकजुट किया। और फिर, वे ज़ार से भिड़ गए। लड़ाई लम्बी चली। कइयों ने जानें गँवाईं। खून खराबा भी खूब हुआ। पर अन्ततः लेनिन और उसके साथी सफल हुए। ज़ार को गद्दी छोड़नी पड़ी। लेनिन की मज़दूर-पार्टी सत्ता में आई। रूस दुनिया का वह पहला देश बना, जहाँ राज-सत्ता मजदूरों के हाथ में थी। लेनिन और उसके साथियों ने एक ऐसे समतामूलक-समाज की स्थापना की, जिसमें न कोई बड़ा था, न छोटा। न अमीर, न गरीब। सब बराबर थे और सबको समान अवसर प्राप्त था।

"अद्‌भुत! सुनकर विश्वास नहीं होता। यदि हमारे देश में भी ऐसी ही व्यवस्था हो जाए, तो इससे बढ़िया और क्या हो सकता है!" सर्वेश ने चकित होते हुए कहा।

बातों का सिलसिला बढ़ता गया। सन्तोष को उस दिन कई नई

जानकारियाँ मिलीं। जब वह अपने घर जाने लगा, तब प्रह्लाद ने उसे कई छोटी-छोटी पुस्तिकाएँ भेंट कीं, जो मार्क्सवाद के सिद्धान्तों से जुड़ी थीं। वह बहुत खुश हुआ। घर आकर वह उनको पढ़ने में जुट गया।

पिछले कई रोज़ से उसे देर रात तक ढिबरी के पास बैठकर पढ़ते देख घरवालों को कुछ अज़ीब अवश्य लगा। पर किसी ने उससे कुछ पूछा नहीं। क्योंकि सभी जानते थे, उसको पढ़ने का बहुत शौक है और वह हमेशा नई-नई पुस्तकें लाकर पढ़ता रहता है। एक दिन, रात को वह पढ़ते-पढ़ते सो गया। पुस्तक खुली रह गई और ढिबरी जलती रही। उसके पिता जी जब रात में लघुशंका करने उठे, तब उन्होंने देखा—सन्तोष सो गया है, पर ढिबरी जल रही है। वह उसे बुझाने गए, तो उनकी नज़र उस खुली हुई किताब पर पड़ी। उन्होंने उसे उठाकर गौर से देखा। उस पर लिखा था, 'कम्युनिस्ट-मैनिफ़ेस्टो।' उनका माथा ठनका।

"यह लड़का इसी उम्र में कम्युनिस्ट-मैनिफ़ेस्टो-जैसा साहित्य पढ़ रहा है!"

उन्होंने उसे नींद से जगाकर कुछ कहना उचित नहीं समझा। पुस्तिका को ज्यों-की-त्यों छोड़कर वे पुन: सोने चले गए। सुबह जब वह उनके साथ बैठकर नाश्ता कर रहा था, तब उन्होंने उससे पूछा, "सन्तोष, ये मार्क्सवाद पर लिखी पुस्तकें तुमको किसने दीं?"

सन्तोष के मन में कोई चोर तो था नहीं। न तो वह यह जानता था कि ऐसी किताबें पढ़ना निषेध है। उसने उन्हें साफ़-साफ़ बता दिया,

"ये किताबें प्रह्लाद भया ने दी थी।"

"ओह, तो यह उसका काम है! खुद तो वह नीचे गिर ही गया है, अब वह तुम जैसे बच्चों के मन में भी मार्क्सवाद का ज़हर घोल रहा है।"

सन्तोष ने देखा—उसके पिता जी का चेहरा गुस्से से लाल हो गया था। उन्होंने उससे किताबें लेकर आग के हवाले कर दिया और उसे समझाया। अभी उसकी उम्र ऐसे साहित्य पढ़ने की नहीं है। जब वह बड़ा हो जाएगा; सब-कुछ समझने-बूझने लगेगा, तब उसे जो सही लगे, वह वही करे। जो पढ़ना चाहे, पढ़े। पर अभी नहीं।

उन्होंने उसे सख़्त शब्दों में बता दिया था कि आज के बाद वह न तो

बहरीपुर गाँव जाएगा, और न ही, कभी प्रह्लाद से मिलेगा।

खैर, यह बात आई-गई हो गई। और प्रह्लाद का किस्सा वहीं ख़त्म हो गया। धीरे-धीरे सन्तोष भी इस बात को भूल गया। पर कौन जानता था; प्रह्लाद सिंह का भूत उसे एक-न-एक दिन फिर धर दबोचेगा!

आज उसे अपने बाबू जी की वर्षों पहले कही बात फिर याद आ गई।

"मार्क्सवाद एक ज़हर है।"

हाँ, यही कहा था, तब उन्होंने। इस मुहावरे का मतलब तब उसकी समझ में नहीं आया था। दरअसल, उसे तो मार्क्सवाद की बस उतनी ही समझ थी, जितनी वह प्रह्लाद भाई की मुलाकातों में जान-समझ पाया था। मार्क्सवाद का सर्वोत्तम उद्देश्य था: समतामूलक-समाज की स्थापना। 'ऐसा समाज जहाँ ग़ैर-बराबरी न हो।' यह बात तब उसे बहुत अच्छी लगी थी। अच्छी तो आज भी लगती है। परन्तु मार्क्स का यह सुझाव कि समतामूलक-समाज की स्थापना का रास्ता खूनी-क्रान्ति से होकर गुजरता है, तब उसकी समझ में नहीं आया था। पर उस दिन, जब वह मज़दूर-क्रान्ति के नाम पर मिल में आगज़नी, तोड-फोड़ और खून-खराबे का नंगा नाच अपनी आँखों के सामने होते देख रहा था, तब वह इसका सही अर्थ समझ पाया था।

मिल में मज़दूर-संगठन बनाने की बात से वह सहमत हुआ था, तो उसके मन में एक ख़ास बात थी। वह जानता था कि मज़दूरों की संगठित शक्ति और एड्मिनिस्ट्रेशन के सहयोग से मिल में उत्पादन और 'ग्रोथ' का एक सकारात्मक माहौल निर्मित होगा। मिल का लाभांश तेजी से बढ़ेगा। इससे मिल का विकास और विस्तार तो होगा ही, मज़दूर और कर्मचारी भी लाभान्वित होंगे। सामाजिक सुरक्षा से लेकर उनके व्यक्तिगत उत्थान की सम्भावनाएँ बनेंगी।... और ऐसा हुआ भी! शुरुआती दौर में, मिल में बहुत तेजी से विकास हुआ। उसका लाभ भी मज़दूरों को खूब मिला। तो, क्या वह सही रास्ता नहीं था?... फिर वे लोग क्रान्ति करने पर क्यों तुले हुए थे? और... उस क्रान्ति का परिणाम क्या हुआ? मज़दूरों के नाम पर की गई वह क्रान्ति, क्या उन्हें सच में सुकून दे पाई थी! नहीं न!

वह यह सब सोच ही रहा था कि अचानक उसे महात्मा गाँधी का ध्यान हो आया।

ब्रिटिश साम्राज्य के खिलाफ़ छेड़ी गई गाँधी जी की मुहिम भी तो एक प्रकार की क्रान्ति ही थी। लम्बे अरसे तक चली उस क्रान्ति में उन्होंने हिंसा, खून-खराबा को कतई बढ़ावा नहीं दिया। यहाँ तक कि उन्होंने चन्द्रशेखर आज़ाद, भगतसिंह और सुभाषचन्द्र बोस जैसे देशभक्त-क्रान्तिकारियों को भी अपनी मुहिम से दूर रखा। उनका मानना था कि हिंसात्मक यात्रा में तानाशाही की सम्भावनाएँ ज्यादा होती हैं, जबकि अहिंसा में तानाशाही के लिए कोई जगह ही नहीं है। इसका सबसे बड़ा उदाहरण तो खुद लेनिन का देश सोवियत-यूनियन ही है। सोवियत-यूनियन ही क्यों; पूर्वी यूरोप के सभी कम्युनिस्ट देशों में पार्टी की तानाशाही से वहाँ की जनता त्रस्त हो गई थी। पार्टी की तानाशाही ने लोगों का हँसना-बोलना तक, सब-कुछ छीन लिया था। आख़िर परिणाम क्या हुआ? लोगों के मन में पनप रही विद्रोह की आग एक दिन ज्वाला बनकर भड़क उठी और सब-कुछ जलकर स्वाहा हो गया। समतावादी व्यवस्था का हौआ हवा हो गया। जबकि बापू द्वारा सत्य और अहिंसा को अपने अभियान का आधार बनाकर छेड़ा गया सत्याग्रह, शक्तिशाली ब्रिटिश साम्राज्य की जड़ें हिलाकर रख दी। उन्हें देश छोड़कर जाने के लिए मज़बूर कर दिया। सत्याग्रह का अभीष्ट पूरा हुआ। देश स्वतन्त्र हो गया। गाँधी जी की 'ग्राम-स्वराज' अवधारणा भी एक तरह से समतामूलक-समाज की स्थापना ही तो थी। 'भारत छोड़ो' आन्दोलन का प्रस्ताव रखते हुए उन्होंने अपने भाषण में कहा था, 'जिस लोकतन्त्र का मैंने विचार कर रखा है, उसका निर्माण अहिंसा से होगा, जहाँ हर किसी के पास स्वतन्त्रता और समान अधिकार होगा। हर कोई खुद का शिक्षक होगा और इसी लोकतन्त्र के निर्माण के लिए आज मैं आपको आमन्त्रित करने आया हूँ।'

भारत गाँवों का देश है। जब गाँव में बसे गरीब, मज़दूर और किसान आत्मनिर्भर बनेंगे, तब चारों ओर देश में खुशहाली आएगी। गाँधी जी यही तो चाहते थे। तो फिर... हमने गाँधी जी के बताए गए रास्ते पर चलने के बजाय, मार्क्स के खूनी क्रान्तिवाले रास्ते को ही क्यों चुना?

वह इसी उधेड़बुन में खोया हुआ था कि घर के भीतर से पत्नी की जोर-जोर से रोने-पीटने की आवाज़ सुनाई दी। वह हड़बड़ाकर अपनी चारपाई से उठा, तो गिरते-गिरते बचा। 'लगता है, फिर दौरा पड़ा है।' उसने मन-ही-मन सोचा।

उसकी पत्नी अवसाद की मरीज़ थीं। अकसर रात में उनकी नींद खुल जाती है, और वह रह-रहकर 'बचाओ-बचाओ' कहकर रोने-चिल्लाने लगती हैं। फिर उन्हें अफीम की एक गोली दी जाती है। जिसे खाने के बाद वह धीरे-धीरे शान्त हो जाती हैं और सो जाती हैं।

उस रात भी वही हुआ। उन्हें गोली खिला दी गई और वह नींद में सो गईं।

सन्तोष को नींद नहीं आ रही थी। मच्छरों का प्रकोप भी बढ़ गया था। वह अपने गमछे से उन्हें भगाने की कोशिश में लग गया।

5

सूती मिल की स्थापना कोई साधारण घटना नहीं थी। एक छोटा-सा नगर मरज़ादपुर जहाँ व्यवसायियों और बुनकरों का एक बड़ा वर्ग देश और दुनिया की हलचलों से बेखबर अपनी धुन में सुबह से शाम तक अपने-अपने काम में लगा रहता है, अचानक सुर्खियों में आ गया था। अमुमन शान्त रहनेवाली तमसा नदी इतरा उठी। उसकी तरंगें आसमान छूने को आतुर हो उठीं। सूती मिल के खुलने की सूचना जब अख़बारों में आई, तब मरज़ादपुर और आसपास के जिलों में, खासकर गाँवों में, खुशी की एक लहर-सी दौड़ पड़ी। उनकी इस बेइन्तहा खुशी के पीछे अनेक कारण थे। मिल के खुलने से रोज़गार के अवसर तो बढ़ेंगे ही, हज़ारों युवा, जो आज बेरोज़गार घूम रहें हैं, किसी-न-किसी काम में लग जाएँगे। इसलिए सब उत्साहित दिख रहे थे। चारों तरफ, सड़कों से लेकर चौराहों और चाय की दुकानों तक, जहाँ देखो वहीं, बस सूती मिल की चर्चा होती सुनाई देती। हो भी क्यों न! आखिर आज़ादी के दशकों बाद पूर्वांचल में एक मिल लगने जा रही थी। हजारों लोगों की उम्मीदें जुड़ी थीं, इससे। सबके अपने-अपने सपने थे। अब गाज़ीपुर जिले के गंगवली गाँव के अजीत राय को ही देख लीजिए! उस दिन वे किसी काम से शहर आए हुए थे। काम खत्म हो गया, तो सोचा—'क्यों न, यादव-टी-स्टॉल पर जाकर एक कप चाय पी ली जाए!' तो, वे वहाँ चले गए।

यादव टी-स्टॉल पर हर घड़ी दो-चार लोग बैठे मिलते ही हैं। उस दिन भी, जब राय साहब वहाँ पहुँचे, तब देखा, पहले से ही कई लोग वहाँ बैठे हुए हैं; और चाय पी रहे हैं। वे लोग उस दिन के अख़बार में छपी सूती मिल के खुलने की बात को लेकर चर्चा कर रहे थे। राय साहब के कान में ख़बर

पड़ी, तो उनकी उत्सुकता जगी, जो स्वाभाविक था। उन्होंने अपनी बगल में बैठे व्यक्ति से पूछा,

"अरे भाई! किस ख़बर की बात हो रही है, यहाँ? तनिक हमें भी तो बताइए!"

इसके पहले कि वह कुछ जवाब देता, उनके सामने स्टूल पर बैठे एक अन्य सज्जन ने अपने हाथ में लिए 'आज' अख़बार की प्रति उनकी ओर बढ़ाते हुए कहा,

"दरअसल, बात यह है, भाई साहब, कि मरज़ादपुर अब दुनिया के नक्शे पर निशान बनानेवाला है; यहाँ सूती मिल खुलने जा रही है। उसके उद्‍घाटन के लिए स्वयं देश की प्रधानमन्त्री श्रीमती इन्दिरा गाँधी पधारनेवाली हैं। जी हाँ; यही बात आज के अख़बार में छपी है; और हम सब उसी खबर के बारे में चर्चा कर रहे थे।"

"यदि इन्दिरा गाँधी के आने की बात है, तब तो ख़बर अवश्य पक्की होगी।" राय साहब ने उस व्यक्ति की ओर देखकर मुस्कराते हुए कहा। किन्तु फिर भी वे अपने मन की तसल्ली के लिए अख़बार में छपी वह ख़बर ग़ौर से पढ़ने लगे।

'बात तो सही है।' उन्होंने धीरे से कहा, और दुबारा एक बार फिर इत्मीनान से ख़बर पढ़ी और अपने को विश्वास दिलाया कि ख़बर एकदम पक्की है।

सूती मिल के खुलने की ख़बर पढ़कर वे कितने खुश थे, उसे शब्दों में बयाँ करना सम्भव नहीं है। शहर से घर लौटते वक्त रास्ते-भर वे मिल और अपने से सम्बन्धित तमाम बातें सोच गए। उन्हें लगा—अब उनका सपना पूरा हो जाएगा।

राय साहब ने पास के शहर से बी.ए. की डिग्री ली थी। पर जब कहीं नौकरी नहीं मिली, तब थक-हारकर उन्होंने अपने गाँव के स्कूल में ही बाबू की नौकरी कर ली थी। उनके मम्मी-पापा इस बात से बहुत ख़ुश थे। उनका अपना तर्क था—लड़का घर पर रहता है, घर का काम-काज़ देखता है और चार पैसे कमा कर लाता भी है। उन्हें भला और क्या चाहिए! पर खुद राय साहब अपनी इस स्थिति से कतई खुश नहीं थे। उनकी नाखुशी के अपने कारण थे। राय साहब की दो प्यारी-प्यारी बेटियाँ थीं—पद्‍मिनी और

ज्योत्स्ना। उनके भविष्य को लेकर वे हरदम चिन्तित रहते। गाँव में रहकर वे उनके लिए कुछ कर भी तो नहीं सकते थे! उनकी माता जी वैसे ही बच्चियों को लेकर उनकी पत्नी को रोज़ ताने देती रहती हैं। कहती हैं-

"हमारा बेटा ठगा गया। भला बच्चियों से किसी का वंश चलता है आदि-आदि।"

उनकी बातें सुनकर राय साहब की पत्नी की आँखों में आँसू आ जाते। वे कातर-भाव से राय साहब की ओर देखतीं। पर राय साहब असहाय थे। वे बेचारे क्या करते! माँ से झगड़ा तो कर नहीं सकते थे। बस, यही सोचा करते—कहीं बाहर कोई नौकरी मिल जाए और वह अपने बच्चों को लेकर वहाँ चले जाएँ, तो यह रोज़-रोज़ की तकरार अपने-आप समाप्त हो जाएगी—'न रहेगा बाँस, न बजेगी बाँसुरी'।

इसीलिए वह आज मरज़ादपुर में सूती मिल के खुलने की ख़बर पढ़कर विशेष खुश थे। उनके मन में आशा की एक किरण जगी थी। उन्हें विश्वास था, उन्हें मिल में नौकरी मिल जाएगी। उनके विश्वास का कारण उनके फूफा जी थे, जो कानपुर में किसी एक टेक्सटाइल-मिल में कोई बड़े अधिकारी थे। उन्होंने आश्वासन दिलाया था कि वे मरज़ादपुर मिल में उनकी नौकरी अवश्य लगवा देंगे।

खैर, मिल शुरू हुई, तो अप्वाइंटमेंट का सिलसिला भी शुरू हुआ। फूफा जी ने अपना वादा पूरा किया। राय साहब की मिल में नौकरी लग गई। राय साहब की खुशी का ठिकाना नहीं था। पद्मिनी और ज्योत्स्ना तो जैसे खुशी से फूली नहीं समा रही थीं। वे अपने भविष्य को लेकर जहाँ अति उत्साहित थीं, तो वहीं उनकी माँ इसे सासू-माँ के रोज-रोज के ताने से बचने के लिए एक सुअवसर के रूप में देख रही थीं। लोक-लज्जा के कारण वह अपनी खुशी व्यक्त तो कर नहीं सकती थीं, पर भीतर-ही-भीतर खुश बहुत थीं। थोड़े दिनों बाद ही राय साहब को मिल के अन्दर बने क्वार्टर में से एक क्वार्टर एलॉट हो गया। फिर वह अपने बीबी-बच्चों को लेकर वहीं, मिल में शिफ्ट कर गए। बच्चियाँ पास के शहर मे पढ़ने जाने लगीं। उन्हें नया संग-साथ मिला, नया वातावरण मिला और वे इस नए रंग में पूरी तरह घुल-मिल गईं। हाँ, पर राय साहब अपने गाँव आते-जाते रहे। पहले की तरह ही, घर के काम-काज में अपने पिता जी की मदद करते रहे। वह हर महीने अपने पापा

जी को कुछ पैसे भी दे आते। इस तरह, सिर्फ वे ही नहीं, बल्कि उनका पूरा परिवार खुश रहने लगा था।

राय साहब की एक खास बात थी। वह मिल के काम को अपना काम समझकर पूरे मनोयोग से अपनी ड्यूटी निभाते। उनके काम की तारीफ़ मिल के सभी अधिकारी भी करते। यह उनके लिए कम गर्व की बात नहीं थी।

सूती मिल खुलने का स्वागत सबने किया। गाँव-गाँव में इसकी चर्चा हुई। यहाँ तक कि कुछ लोगों ने मन्दिरों में पूजा-अर्चना भी की। हर कोई इस जुगाड़ में लगा था, उसे किसी तरह मिल में नौकरी मिल जाए! एक विशेष बात यह हुई थी कि जिनकी जमीनें मिल के लिए ली गई थीं, उनको यह आश्वासन दिया गया था कि उनके घर के किसी एक सदस्य को यथायोग्य नौकरी अवश्य दी जाएगी। ऐसे ही लोगों में एक नाम मीरपुर गाँव के बाबू रामनगीना सिंह का भी था। उनकी काफी ज़मीन मिल के लिए अधिगृहीत कर ली गई थी। यद्यपि उन्हें यथोचित मुआवज़ा मिला था, पर उनकी सबसे बड़ी खुशी इस बात की थी कि उनके इकलौते बेटे को मिल में नौकरी मिलनेवाली है। उनका सुन्दर छरहरा, लगभग छह-फुटा जवान बेटा, बेरोज़गार बैठा था। उसका बहुत मन था, वह फ़ौज में भर्ती हो जाए। वह वहाँ सलेक्ट भी हो जाता। क्योंकि उसमें कोई कमी थी ही नहीं। पर रामनगीना ने उसे फौज़ में जाने नहीं दिया। अकेला बेटा था। फौ़ज में कैसे जाने देते? वे सोचते—'जिस दिन मेरा बेटा मिल में दरबान बन जाएगा और फौज़ी-जैसा ड्रेस पहनकर ड्यूटी करने लगेगा, उस दिन उसका फौज़ी बनने का सपना भी पूरा हो जाएगा।'

गाँव के लोगों के लिए छोटी-छोटी खुशियाँ भी कितनी मायने रखती हैं! इसका अन्दाजा इस बात से लगाया जा सकता है कि रामनगीना सिंह को अपनी ज़मीन अधिगृहीत कर लिए जाने का दु:ख अपने बेटे को नौकरी दिला पाने के सुख के आगे कुछ भी नहीं था।

बाबू रामनगीना सिंह बहुत 'दुअरहा' माने जाते थे। उनके दरवाज़े पर दो-चार लोग हर घड़ी जमा रहते। वे खुद, उनके छोटे भाई रामवृक्ष और बेटा मार्कंडेय, सभी दरवाज़े पर आए मेहमानों की पूरी मन से आवभगत करते। तब आजकल की तरह भागमभाग की ज़िन्दगी तो थी नहीं। शाम होते ही,

लोगों का उनके घर जुमावड़ा शुरू हो जाता। हर आनेवाले का यथायोग्य स्वागत-सत्कार होता। सुर्ती, तम्बाकू अथवा गुड़ के साथ पानी पीने-जैसी व्यवस्था तो रहती ही। उन दिनों टीवी और रेडियो का अभी चलन नहीं हुआ था। लोग ऐसे ही चौपालों में अथवा अलाव के चारों तरफ बैठकर गपशप करते, और खुश हो लेते। हाँ, तब यही था उनके मनोरंजन का एकमात्र साधन।

बीरिछ चाचा के नाम से मशहूर रामवृक्ष कुँवारे थे; उनकी शादी नहीं हुई थी। वे बहुत ही मेहनती, कर्मठ और खुश रहनेवाले इनसान थे। वे अपने बड़े भाई को यथासम्भव कोई काम करने नहीं देते। मार्कंडेय जब बड़ा हुआ, तब कुछ काम उसने भी सँभाल लिया। बीरिछ चाचा को किस्से-कहानियाँ सुनाने का शौक़ तो था ही, उनकी एक मज़ेदार विशेषता और भी थी। यद्यपि वे पढ़े-लिखे नहीं थे और न ही, तब गाँव में कोई अख़बार आता था। पर बीरिछ चाचा अख़बारी खबरें ऐसे सुनाते, जैसे वे उन्हें ताजा-ताजा पढ़े हों। कभी-कभी तो वे अमेरिका, इंग्लैंड की खबरें भी सुनाते। और सब चकित हो, सुनते रहते। वे कहते—"देखब हो, अखबरवा में लिखले ह कि...।" और फिर कोई अजूबी, मनगढ़न्त ख़बर सुनाते। पर यदि खुदा-न-खास्ता, उनके भतीजे मार्कंडेय वहाँ उपस्थित होते, तो उनमें द्वन्द्व होना तय था। मार्कंडेय उन्हें ताना देते हुए कहते, "हाँ-हाँ, चाचा तो अभी कल ही अमेरिका से वापस लौटे हैं। सब-कुछ आँखों-देखा सुना रहे हैं। विश्वास कीजिए! वे जो कुछ कह रहें है, उसमें कुछ भी झूठ नहीं है।"

मार्कंडेय का बस इतना-भर कहना होता, कि लोग खिलखिलाकर हँस पड़ते। और चाचा गुस्से से लाल होकर मार्कंडेय को भद्दी-भद्दी गालियाँ देने लगते। कभी-कभी तो वह इतना गुस्सा हो जाते कि घर छोड़कर अपने किसी रिश्तेदार के यहाँ चले जाते और बड़ी मान-मनौवल के बाद ही वापस लौटकर घर आते।

रामनगीना सिंह की महफिल के एक दूसरे सदस्य, पारस नाई के बाबू भी कम मज़ेदार आदमी नहीं थे। वे 'बुझौवल' बुझाने के शौकीन थे। उन्हें तमाम पहेलियाँ याद थीं। बच्चों से लेकर बूढ़ों तक के लिए उनके पास पहेलियों का खज़ाना था। 'बूझो तो जाने' शाम की महफिल का एक ऐसा कार्यक्रम था जिसमें खासतौर पर स्कूल के बच्चे भी बहुत इंट्रेस्ट के साथ

भाग लेते। कुछ पहेलियाँ जैसे : 'हरी थी मन भरी थी, लाल मोती जड़ी थी, राजा जी के बाग में दुशाला ओढ़े खड़ी थी' ; 'काली है पर काग नहीं, लम्बी है पर नाग नहीं, बलखाती है ढोर नहीं, बाँधते है पर डोर नहीं,' 'अपनों के घर ये जाए, तीन अक्षर का नाम बताए, शुरू के दो अति हो जाए, अन्तिम दो से तिथि बताए'; 'खाते नहीं चबाते लोग, काठ में कड़वा रस संयोग, दाँत जीभ की करे सफाई, बोलो बात समझ में आई?'; 'चार हैं रानियाँ और एक है राजा, हर एक काम में उनका अपना साझा'; 'अन्त कटे कौआ बन जाए, प्रथम कटे दूरी का माप, मध्य कटे तो कार्य बने, तीन अक्षर का उसका नाम', आदि तो लोगों को आज भी बहुत पसन्द आती हैं।

यही तो था, तब गाँव का जीवन। गाँव के लोगों ने अपने लिए मनोरंजन के मार्ग स्वयं ढूँढ़ लिए थे।

एक दिन इसी तरह शाम को रामनगीना सिंह के घर उनके मित्रों की महफ़िल जमी थी। शिवधन अहिर को सुर्ती मलते आधे-घंटे से ऊपर हो गया था। बाबू साहब ने मज़ाक के लहज़े में कहा,

"का हो शिवधन! अइसन लगत ह कि तू सुर्ती न बनाके, बीरबल क खिचड़ी पकावत हउव!... बुझात ह, आज केहू के सुर्ती नहिए मिली।'

उनकी बात सुनकर सब हँस पड़े।

शिवधन ने बाएँ हाथ की हथेली पर सुर्ती रखकर अपने दाहिने हाथ की हथेली से कई बार जोर-जोर से ठोका। तो, वहीं पास में बाबू साहब की दाढ़ी बना रहे पारस नाऊ के बाबू की नाक में सूर्ती की धूल भर गई। दमा के मरीज़ थे ही। उनकी साँस उखड़ गई। वह ज़ोर-ज़ोर से खाँसने लगे और शिवधन अहिर को भला-बुरा कहने लगे।

दोनों की नोक-झोंक शुरू हो गई, तो वहाँ बैठे सभी लोग उसका आनन्द लेने लगे।

कुछ देर बाद, बाबू साहब की ओर सुर्ती बढ़ाते हुए, शिवधन अहिर ने मीरपुर में खुलने-वाली सूती मिल की बात छेड़ दी और कहा,

"बाबू साहब! किसी ने ठीक ही कहा है—कभी-न-कभी ज़मीनों के भी भाग्य खुलते हैं।"

"बिलकुल ठीक कहा है।" रामनगीना सिंह ने उत्तर दिया। फिर मुँह में पड़ी सुर्ती को थूककर उन्होंने गला साफ किया और कहने लगे,

"अब अपने गाँव के ऊसर को ही देख लो! बरसों से निर्जन पड़ा था; एकदम सुनसान, बीहड़। और... अब देखो! वहाँ सूती मिल बनने जा रही है, जिसमें हजारों लोग काम करेंगे। उनके लिए वहाँ घर बनेंगे। पानी और बिजली की व्यवस्था होगी। इस तरह यह सुनसान-बीहड़ इलाका अब शीघ्र ही गुलज़ार होनेवाला है।"

"किन्तु, 'पकवा-इनार'? उसका क्या होगा? लोग कहते हैं—वह भूतों का डेरा है। रात में तो क्या, दिन में भी कोई डर के मारे अकेला उस रास्ते से जाने की हिम्मत नहीं करता।" पारस नाई के बाबू ने शंका व्यक्त करते हुए प्रश्न किया।

दरअसल, मीलों में पसरे मीरपुर के इस खाली मैदान को सूती मिल की स्थापना के लिए चुने जाने की ख़बर जब से आई है, वह चर्चा का विषय बना हुआ है। हर कोई जब सुनता है, एक बार नाक-भौंह तो सिकोड़ता ही है। हमेशा से इस भू-खंड को अभिशप्त और दोषपूर्ण माना जाता रहा है। चूँकि पकवा-इनार इसी भू-खंड का एक हिस्सा था, तो मन में शंका होना लाज़िमी था। पारस नाई के बाबू की शंका भी इसी बात को लेकर थी।

"जहाँ लोग रहने लगते हैं, वहाँ से भूत-प्रेत अपने-आप भाग जाते हैं।" रामनगीना सिंह ने मज़ाक के लहजे में कहा और सब खिलखिलाकर हँस दिए। फिर उन्होंने पकवा-इनार के बारे में विस्तार से बताया।

उनके पिता जी के जमाने में पकवा-इनार की ओर से गुजरनेवालों के लिए वह सुस्ताने और शीतल जल पीने की एक सुहावनी जगह थी। तब वह कुआँ अभी ढहा नहीं था। वहाँ एक बाल्टी और लोटा रखा रहता; हर आने-जानेवाला कुएँ से पानी निकालकर मुँह-हाथ धोता और ठंडा पानी पीता। कुएँ की बगल में, एक विशाल बरगद का पेड़ था। उसकी शीतल छाया में बैठकर आने-जानेवाले सुस्ताते और दोपहरी की गर्मी से निज़ात पाते। एक दिन लोगों ने देखा—कुएँ में किसी महिला की लाश पड़ी है। पता चला, पास की हरिजन बस्ती की किसी औरत ने घर की कलह से ऊबकर, अपनी दुधमुँही बच्ची को पीठ पर बाँधकर पकवा-इनार में कूदकर जान दे दी थी। फिर क्या? उस इनार का पानी पीना तो दूर, लोगों ने उधर से आना-जाना भी छोड़ दिया। समय बीतता गया। देखरेख के अभाव में कुआँ ढह गया और बरगद का पेड़ भी गिर कर सूख गया। अब कुएँ की दीवाल पर छोटे-बड़े

अनेक बरगद के पेड़ उग आए हैं और वह भूतों का डेरा बन गया है। ऐसी लोगों की मान्यता है। मीलों में फैले मीरपुर के इस मैदान के उत्तर-पश्चिम कोने पर पकवा-इनार के अवशेष जिसे भूतों का डेरा कहा जाता है, आज भी देखे जा सकते हैं।

"तो क्या मिल में रहनेवालों के लिए ये भूत परेशानी का कारण नहीं बनेंगे?" बच्चू सिंह ने शंका जताते हुए कहा।

"शायद नहीं! मैंने कहा न—जब लोग वहाँ रहने लगेंगे, तब भूत अपना ठिकाना छोड़कर खुद ही कहीं अन्यत्र चले जाएँगे।"

अपनी बात को आगे बढ़ाते हुए उन्होंने बताया, इस मैदान के दक्षिण-पश्चिम कोने पर एक शिव का मन्दिर है। उस मन्दिर पर कभी एक पुजारी रहा करते थे, जो पूजा-पाठ के लिए कम, अपनी पहलवानी के लिए ज़्यादा जाने जाते थे। वे हैवी-वेट-चैम्पियन थे। आसपास के इलाके में कोई ऐसा पहलवान नहीं था, जो उनसे हाथ मिला सके। जब तक वे वहाँ रहे मन्दिर की रौनक बनी रही। सुबह-शाम आसपास के गाँव के युवक वहाँ कुश्ती लड़ने-सीखने आते। पुजारी जी एक दिन अचानक मन्दिर छोड़कर कहीं चले गए। कहाँ और क्यों, किसी को पता नहीं चला। उनके चले जाने के बाद मन्दिर जैसे श्रीहीन हो गया। वह धीरे-धीरे गर्मी-सर्दी के थपेड़े खाता हुआ एक दिन टूटकर बिखर गया। किसी ने उसके पुनर्निर्माण की पहल नहीं की। इसी तरह, ऊसर के पूर्वी और दक्षिणी कोने पर एक प्राइमरी पाठशाला बनी, जो आज भी वर्तमान है। इसको बनाने का श्रेय इस क्षेत्र के एक स्वतन्त्रता सेनानी विधायक को जाता है, जो अब नहीं रहे। स्वतन्त्रता-प्राप्ति के बाद, जब 1952 में प्रथम जनरल इलेक्शन हुआ, तब वे भारी बहुमत से विजयी हुए थे। दुर्भाग्यवश, वह अगला चुनाव जीत नहीं पाए, जिसका दुःख उन्हें जिन्दगी-भर रहा। राजनीति से संन्यास लेकर वे इलाहाबाद चले गए। उनके जाने के साथ ही मरज़ादपुर का विकास जैसे सदा के लिए रुक गया।"

"मैंने अपने जीवन में कभी इस पूरे मैदान में कोई पेड़ तो क्या, घास का एक तिनका भी उगते नहीं देखा।" बाबू साहब की चारपाई के पास ज़मीन पर बैठे, श्यामदेव ने चर्चा में शामिल होते हुए कहा।

"हाँ, श्यामदेव! तुम सही कह रहे हो। तुलसीदास ने रामचरितमानस में लिखा है, 'ऊसर बरसेंहि तृन नहिं जामा' अर्थात् ऐसी ज़मीनों पर कोई

तिनका तक नहीं ऊगता। और मरज़ादपुर की ज़मीन तो बज्र उसर है ही।" रामनगीना सिंह ने कहा।

"भैया, आपको तो याद होगा न! कई साल पहले, जब एक बार देश में भारत सरकार ने 'वन-महोत्सव' का देशव्यापी अभियान चलाया था, तब वृक्षारोपण के लिए हमारे गाँव का यह ऊसर भी चुना गया था।" बीरिछ चाचा ने उन्हें याद दिलाते हुए पूछा।

"हाँ-हाँ! अच्छी तरह याद है, मुझे। पूरे क्षेत्रफल में छोटे-छोटे लाखों गड्ढे खोदे गए थे और उनमें सू-बबूल के बीज डाले गए थे। बरसात शुरू हुई तो कुछ बीज उगे भी और यहाँ-वहाँ कुछ हरे-भरे पौधे दिखाई देने लगे। किन्तु गर्मी का मौसम आते ही, वे पौधे धूप का ताप सह नहीं पाए और एक-एक करके सूख गए। सरकार ने इनकी देखरेख के लिए कोई व्यवस्था नहीं बनाई थी। सब-कुछ भगवान-भरोसे था। इस प्रकार, इस क्षेत्रफल को हरा-भरा बनाने का वह प्रयास पूरी तरह विफ़ल हो गया।" विस्तार में बताते हुए, रामनगीना सिंह ने अफ़सोस जताया।

"कहते हैं—हर चीज का अपना समय होता है। लगता है, मीरपुर के ऊसर के भाग्य भी अब जाग गए हैं। और चूँकि इसके साथ ही इस क्षेत्र के लोगों का भाग्य भी जुड़ा है, तो क्यों न हम ईश्वर से प्रार्थना करें कि यह प्रयास सफल हो! मीरपुर की सूती मिल दिन-दूनी और रात-चौगुनी गति से प्रगति करे।" कहते हुए बेचन दादा ने अपने दोनों हाथ जोड़ लिए थे।

"और यह भी कि पकवा-इनार के भूत कभी मिलवासियों को परेशान न करें!" पारस नाई के बापू ने कहा और उन्होंने भी अपने हाथ जोड़ लिए। वहाँ बैठे अन्य लोग भी उनकी इस प्रार्थना में शामिल होते दिखे।

शाम हो गई थी। अँधियारा गहराने लगा था। सभा विसर्जित हुई और सब एक-दूसरे से विदा लेकर, अपने-अपने घरों को चले गए।

6

सूती मिल का काम सुचारु रूप से चलने लगा था। छोटे-से-छोटे कर्मचारी से लेकर बड़े-से-बड़े अधिकारी तक, सभी जी-जान से लगे थे। मिल में काम करनेवालों में ज़्यादातर लोग आसपास के इलाकों के रहनेवाले थे। उनके लिए मरज़ादपुर सूती मिल का खुलना एक बड़ी घटना थी; ईश्वर के प्रसाद जैसा। दरअसल, वर्षों के इन्तज़ार के बाद ऐसा कुछ पूर्वांचल में हुआ था। इसलिए सबका एक ही ध्येय था—मिल सुचारु रूप से चले और तरक्की करती रहे। वे यह सिद्ध करना चाहते थे, कि पूर्वांचल के लोग इतने भी पिछड़े नहीं हैं; जो अपना हित-अहित नहीं समझते। वे हर हाल में इसे सफल देखना चाह रहे थे। वे जानते थे—मिल चलेगी, तो उनकी जिन्दगी चलेगी; मिल प्रगति करेगी, तो उनकी भी प्रगति होगी। पर यदि... खुदा न खास्ता, किसी कारणवश मिल बन्द हो गई, तो उनके जीवन की राह भी बन्द हो जाएगी। उनका सपना अधूरा रह जाएगा। इसलिए वे लोग तनिक भी कोर-कसर नहीं रखते। हर कोई पूरी लगन और निष्ठा के साथ अपनी ड्यूटी निभाता। उनकी मेहनत और निष्ठा का प्रतिफल दिखने भी लगा। मिल दिन दूनी और रात चौगुनी गति से प्रगति की ओर बढ़ रही थी। जैसे-जैसे मिल का प्रॉफ़िट बढ़ता गया, वैसे-वैसे उसका विस्तार भी होता रहा। कई अत्याधुनिक उपकरण भी आए। मिल के उत्पादों की गुणवत्ता बढ़ी, और उसकी माँग न केवल स्थानीय बाजारों में, बल्कि देश के अन्य शहरों में भी होने लगी।

सर्वेश जब भी गाँव जाता, दयालु चाचा, कमला, श्यामबिहारी जैसे कई लोगों से उसकी मुलाकात होती, जो मिल में काम करते थे। वह यह जानकर खुश होता कि मिल निरन्तर प्रगति कर रही है। वे लोग इसका श्रेय तत्कालीन प्रशासनिक-टीम को देते।

•

मिल में सूत के उत्पादन से लेकर उसकी बिक्री तक का प्रबंधन इतना प्रभावशाली ढंग से किया जाता, कि किसी प्रकार के घाटे की सम्भावना न रहे। अधिकारियों और कर्मचारियों का आपसी तालमेल अव्वल दर्जे का था। अधिकारी मिल के मज़दूरों की सभी ज़रूरतों का ध्यान रखते। उनके घर के किसी सदस्य के बीमार पड़ने पर उन्हें ट्रान्सपोर्ट मुहैया कराने से लेकर अस्पताल तक, उनका ध्यान रखा जाता। मज़दूरों के बच्चों की शादी-ब्याह के लिए मिल की सुविधाएँ निःशुल्क उपलब्ध कराई जातीं। बच्चियों की शादी में तो कुछ वित्तीय सहायता का भी प्रावधान था। मैनेज़र साहब तो इतने अच्छे थे, कि वह कभी भी किसी कर्मचारी के घर अचानक पहुँच जाते। उनके साथ बैठकर चाय पीते और उनका हाल-चाल लेते। कहने का मतलब यह है, कि मिल में एक परिवार का-सा माहौल बन गया था। सब एक-दूसरे की मदद करने के लिए तैयार रहते। यही कारण था, कभी किसी मज़दूर या कर्मचारी ने किसी प्रकार का हो-हल्ला नहीं मचाया।

मिल के कामकाज़ के अतिरिक्त, वहाँ कार्यरत कर्मचारियों-अधिकारियों के सामाजिक एवं पारिवारिक माहौल में भी गुणात्मक बदलाव आया था। छुट्टियों और वीकेण्ड्स पर मिल के रिहाइशी इलाकों में भजन-कीर्तन तथा त्योहारों और पर्वों पर पूजा-पाठ के कार्यक्रम आयोजित किए जाते, जिसमें छोटे-बड़े सभी की भागीदारी होती। रामनवमी, कृष्ण-जन्माष्टमी और शिवरात्रि जैसे पर्वों पर तो वहाँ काफी बड़े पैमाने पर कार्यक्रम किए जाते। मज़दूरों और टेक्निकल-स्टाफ़ के लोगों में से कुछ ऐसे थे, जो इन कार्यक्रमों को सम्पन्न कराने में अग्रणी भूमिका निभाते। कृष्ण-जन्माष्टमी के पर्व का आयोजन सन्तोष के जिम्में था। वह भी मिल में अपनी जिम्मेदारी के साथ-साथ, कृष्ण-जन्माष्टमी की तैयारी में हफ़्तों जुटा रहता। इसमें उसके कई साथी भी उसका हाथ बँटाते। बड़े-बड़े अधिकारी इस कार्यक्रम में भाग लेते और पूजा-अर्चना के बाद, प्रसाद लेकर ही अपने-अपने घर लौटते।

भविष्य हमेशा अन्धकारमय होता है। कोई नहीं जानता—कल क्या होनेवाला है!

मिल अपनी गति से चल रही थी। इसी बीच दो ऐसी घटनाएँ घटीं, जो आगे चलकर मिल और मिलवासियों के लिए बहुत महत्वपूर्ण और निर्णायक साबित हुईं।

मिल में महीने के हर आखिरी सोमवार को विभागीय अधिकारियों की बैठक (ऑफ़िसर्स-मीट) हुआ करती थी। इस बैठक में प्रत्येक विभागाध्यक्ष द्वारा अपने विभाग का प्रगति-प्रतिवेदन प्रस्तुत किया जाता। फिर, उस पर चर्चा होती। यदि कहीं किसी प्रकार के सुधार की आवश्यकता महसूस होती, अथवा किसी तरह का व्यवधान दिखाई देता, तो उसे दूर करने के उपाय सुझाए जाते। इस तरह, इस बैठक का मिल की तरक्की के लिए बहुत महत्व था। उस दिन विशेष सतर्कता बरती जाती। प्रात: 11 बजे से लेकर अपराह्न 3 बजे तक के बीच किसी तरह का डिस्टर्बेन्स अर्थात् व्यवधान न हो, इसके लिए खासतौर पर आदेश पारित किए जाते। मुख्य द्वार पर ड्यूटी दे रहे गार्ड्स को विशेष हिदायत रहती—कोई भी बाहरी व्यक्ति उस अवधि के दौरान मिल में प्रवेश न करे!

उस दिन मिल के मुख्य द्वार पर ताला लगा दिया जाता।

एक बार की बात है। बैठक बस शुरू ही हुई थी कि एक सफ़ेद रंग की एम्बेसेडर कार मिल के मुख्य-द्वार पर आकर रुकी। ड्राइवर ने बाहर निकलकर कार का अगला दरवाजा खोला। उसमें से सफेद कुर्ता-पैज़ामा पहने एक नेतानुमा व्यक्ति कार से उतरा। फिर, कार की पिछली सीट पर बैठे दो लोग और, कार से उतरे और नेता जी के पास जाकर खड़े हो गए। ड्राइवर तेजी से आगे बढ़कर मिल के गेट पर पहुँचा, और दरबान को फाटक खोलने के लिए कहा।

उस दिन मुख्य-द्वार पर मार्कंडेय सिंह और रामदीन यादव की ड्यूटी लगी थी। दोनों छह-फुटा ज़वान, लौह-स्तम्भ की तरह मुख्य द्वार के दोनों तरफ हाथ में लाठी लिए खड़े थे। ड्राइवर ने जब उनसे फाटक खोलने के लिए कहा, तब मार्कंडेय सिंह ने उसे बताया,

'आज किसी को मिल के भीतर जाने की इजाज़त नहीं है। वैसे भी बिना पूर्व अप्वाइंटमेंट के यहाँ कोई किसी से नहीं मिल सकता।'

मार्कंडेय सिंह की बात नेता जी और उनके साथियों को चुभ गई। उनमें से एक ने आगे बढ़कर कहा,

"तुम जानते नहीं हो—ये कौन हैं?" उसने नेता जी की ओर इशारा करते हुए कहा।

मार्कंडेय सिंह और रामदीन दोनों चुप रहे। किसी ने कोई प्रतिक्रिया व्यक्त नहीं की, तो उसने ज़ोर देते हुए आगे कहा,

"ये कम्युनिस्ट पार्टी के एक बड़े नेता हैं। इन्हें भीतर जाने से कोई रोक नहीं सकता!... समझे!"

रामदीन ने, अपनी जगह से बिना हिले, उस व्यक्ति को विनम्रतापूर्वक अपनी असमर्थता व्यक्त करते हुए कहा,

"सर! आज महीने का आखिरी सोमवार है। आज के दिन प्रात: 11 बजे से लेकर दोपहर तीन बजे तक ऑफ़िसर्स-मीट होती है। इस बीच किसी भी व्यक्ति को भीतर जाने या किसी से मिलने की इजाज़त नहीं होती। यदि आपको कोई बहुत ज़रूरी काम है, तो आप तीन बजे के बाद आ जाइएगा। मैं रिसेप्सनिस्ट से कहकर आपके लिए समय ले लूँगा।"

नेता जी, जो अब तक चुपचाप इन दोनों दरबानों की बातें सुन रहे थे, एकाएक भड़क उठे। बोले, "तुम दरबान हो, दरबान ही रहो! अपनी औकात से बाहर जाने की कोशिश मत करो! मुझे किसी से मिलने के लिए अप्वाइंटमेंट लेने की ज़रूरत नहीं पड़ती। मैं जिससे चाहूँ, जब चाहूँ, मिल सकता हूँ। तुम्हारी और तुम्हारे मैनेज़र की औकात क्या है, जी? फिलहाल तो, मैं जा रहा हूँ। पर देखना, एक दिन तुम्हारे मैनेज़र साहब दौड़ते हुए मेरे यहाँ आएँगे और तब, मेरे पास उनसे मिलने के लिए समय नहीं होगा। याद रखना, मैं अपने इस अपमान का बदला अवश्य लूँगा; इस मिल की ईंट से ईंट बजाकर रहूँगा।"

इतना कहकर, नेता जी पैर पटकते हुए जाकर अपनी गाड़ी में बैठ गए। पीछे-पीछे उनके साथी भी। ड्राइवर ने कार स्टार्ट की। देखते-ही-देखते उनकी कार धूल उड़ाती हुई नज़रों से ओझल हो गई।

○

दूसरी घटना कृष्ण जन्माष्टमी के दिन की है।

मिल की एक बहुत अच्छी परम्परा थी। वर्ष के अन्त में ऑडिट का काम पूरा हो जाने के लगभग तुरन्त बाद मिल में एक आम बैठक (जेनेरल बॉडी मिटिंग) आयोजित की जाती, जिसमें छोटे-से-छोटे ग्रूप से लेकर बड़े-

से-बड़े ग्रुप तक का प्रतिनिधत्व करनेवाले कर्मचारी भाग लेते। इस बैठक में बीते वर्ष की समस्त कार्यविधियों की समीक्षा की जाती और अगले वर्ष की रणनीति तैयार की जाती है। मिल की वित्तीय पोजीशन, उत्पादन और सेल की स्थिति तथा सामान्य प्रशासन आदि विषयों पर रपट प्रस्तुत की जाती है और उन पर चर्चा होती है। अन्त में, मिल के मैनेज़र स्वयं अपनी प्रतिक्रिया देते हैं और भावी योजनाओं का खुलासा करते हुए, मिल के सभी कर्मचारियों का आभार व्यक्त करते हैं।

खुशी की बात यह थी कि पिछले कुछ शुरुआती वर्षों से ही मिल फायदे में चल रही थी। उस साल भी मिल प्रॉफ़िट में थी; बल्कि उस साल का प्रॉफ़िट पिछले सालों से कहीं और अधिक था। इस बात पर बल देते हुए मैनेज़र साहब ने मिल के छोटे-बड़े सभी कर्मचारियों की मेहनत और निष्ठा की प्रशंसा की और उनको तहे दिल से धन्यवाद दिया। साथ ही, मिल के विस्तारीकरण और आधुनिकीकरण की रूप-रेखा भी उन्होंने सबके समक्ष रखी। बैठक के सम्मान-सत्र में हर वर्ष की भाँति उस वर्ष भी कुछ चुने हुए कर्मचारियों-अधिकारियों को उनकी विशिष्ट सेवाओं के लिए पुरस्कृत और सम्मानित किया गया। पुरस्कार-वितरण का उद्देश्य मिल में कार्यरत कर्मचारियों को और अधिक लगन से काम करने की प्रेरणा देना था। अन्त में, मैनेज़र साहब ने सबको धन्यवाद देते हुए कहा, 'मिल की सफलता का श्रेय यहाँ कार्यरत सभी कर्मचारियों को जाता है। चाहे वे मज़दूर हों, टेक्नीशियन हों अथवा बड़े-से-बड़ा अधिकारी, बिना हर किसी के सहयोग से मिल को समुचित रूप से चला पाना और उसे लाभकारी बनाना, कतई सम्भव नहीं है। इसलिए मैं आप सभी को इस सफलता के लिए हार्दिक बधाई देता हूँ।'

इस तरह, उस वर्ष की सामान्य बैठक समाप्त हुई। सबने साथ मिलकर 'हाई टी' का आनन्द लिया और फिर, एक-दूसरे से विदा लेकर, अपने-अपने घरों को चले गए।

मिल में हुई सामान्य बैठक के कुछ दिन बाद ही कोई बड़ा त्योहार था—शायद कृष्ण जन्माष्टमी थी। वैसे तो हर त्योहार मिल के लोग मिल-जुलकर बड़ी धूमधाम से मनाते हैं। परन्तु कृष्ण-जन्माष्टमी का दिन उनके लिए कुछ विशेष होता है। उसमें मिल के छोटे-बड़े सभी अधिकारी-कर्मचारी

भाग लेते हैं। यह कार्यक्रम मिल की 'सांस्कृतिक समिति' के तत्वावधान में आयोजित किया जाता है। इसलिए इसका महत्त्व मिल के कर्मचारियों द्वारा आयोजित अन्य त्योहारों व कार्यक्रमों से भिन्न होता है। वित्त-विभाग के अध्यक्ष की देख-रेख में चलनेवाली 'सांस्कृतिक समिति' के कार्यकारी-अध्यक्ष व सचिव का भार सन्तोष के कन्धे पर था। वह बड़ी मेहनत और लगन के साथ अपने साथियों के सहयोग से कृष्ण जन्माष्टमी का कार्यक्रम आयोजित करता।

दिन-भर पूजा-पाठ; कन्हैयालाल के दर्शन; शाम को आरती और अन्त में, प्रसाद-वितरण, कृष्ण जन्माष्टमी के अवसर के मुख्य आकर्षण होते। सन्तोष और उसके साथी पूर्व सन्ध्या से ही इस काम में जुटे थे। प्रभु की कृपा से सब-कुछ अच्छी तरह बीत गया।

आरती समाप्त हुई, तो प्रसाद-वितरण का कार्य प्रारम्भ हुआ। यद्यपि भीड़ अधिक थी, पर सभी अनुशासित होकर अपनी-अपनी जगह बैठे रहे और अपने-अपने हिस्से के प्रसाद का इन्तज़ार करते रहे। प्रसाद-वितरण का काम एक दर्जन से ज्यादा लोग कर रहे थे। उनके सहायतार्थ बीसों लोग लगे थे। अन्ततः प्रसाद-वितरण का काम समाप्त हुआ। बस, आयोजनकर्ता शेष रह गए थे। तभी सन्तोष का दोस्त, रघुनाथ उसके पास आया और बताया कि कुछ लोग बाहर से आए हैं; उससे मिलना चाहते हैं। सन्तोष ने कहा, "तुम उन्हें लेकर मेरे घर चलो। अपनी भाभी से कहकर चाय-पानी पिलाओ। मैं काम समाप्त होते ही घर आकर उनसे मिलता हूँ।"

"ठीक है!" रधुनाथ ने कहा और आगन्तुकों को साथ लेकर सन्तोष के घर चला गया।

थोड़ी देर बाद, सन्तोष भी वहाँ आ गया। वह अपने साथ आगन्तुकों के लिए भी प्रसाद लेकर आया था। उसने उन्हें कृष्ण जन्माष्टमी की बधाई दी और हर एक को प्रसाद का दोना पकड़ा दिया। सन्तोष और रघुनाथ भी प्रसाद खाने लगे। इसी बीच सन्तोष की पत्नी चाय लेकर आ गईं। सबने उठकर उनका अभिवादन किया, तो उन्होंने मुस्कुरा कर उनका जवाब दिया। चाय की ट्रे, ड्रॉइंग-रूम की टेबिल पर रखकर वह पुनः भीतर चली गईं।

जब सभी चाय पीने लगे, तब आगन्तुकों में से एक ने पहले अपना (मोहित) और फिर अपने तीनों साथियों का परिचय दिया। वे चारों लोग

कम्युनिस्ट पार्टी के सदस्य थे और पार्टी के निर्देशन पर सन्तोष से मिलने उसके घर आए थे।

"कहिए! मैं आपकी क्या सेवा कर सकता हूँ?" सन्तोष ने उत्सुकता व्यक्त करते हुए पूछा।

"हम आपसे कुछ ज़रूरी बातें करने आए हैं। हमारा निवेदन है, आप हमारी बात ध्यान से सुनें और उस पर विचार करें।" मोहित ने कहा।

सब चुप रहे। जब किसी ने कुछ नहीं कहा, तब मोहित ने अपनी बात आगे बढ़ायी।

"दरअसल, बात यह है सन्तोष जी, आपका इस मिल में एक महत्वपूर्ण स्थान है। कम-से-कम मज़दूर वर्ग तो आपके वश में है ही।"

"अरे मोहित जी, आप यह क्या कह रहे हैं?" सन्तोष ने उन्हें बीच में टोकते हुए कहा।

"यहाँ कोई किसी के वश में नहीं है। हर कोई अपना-अपना काम करता है और खुश रहता है। हाँ, यह बात ज़रूर है, हम सब एक साथ मिलकर खुशियाँ मनाते हैं! क्योंकि हम सभी इस मिल परिवार के सदस्य हैं। इसलिए एक परिवार की तरह ही रहते भी हैं।" उसने अपनी बात को विस्तार देते हुए कहा।

उसकी इन बातों को सुनकर, मोहित कुछ सहम-सा गया, तो उसके साथ आए बद्री प्रसाद ने जैसे मोर्चा सँभाल लिया। उन्होंने कहा—

"सन्तोष जी! मोहित भाई का वह मतलब नहीं था। उनका भी कहना यही था कि मिल के मज़दूरों का आपस में अच्छा तालमेल है। वे सभी आपकी इज़्ज़त करते हैं; आपकी बातें मानते हैं; सुनते हैं। इसीलिए तो, इतने बड़े-बड़े कार्यक्रम आप आसानी से बिना किसी व्यवधान के कर लेते हैं, और कोई उँगली तक नहीं उठाता। जबकि अकसर देखा जाता है कि जहाँ इतनी बड़ी तादाद में लोग एक जगह काम करते हैं, वहाँ मनमुटाव पैदा होना कोई नई बात नहीं है। उनमें गुटबन्दी हो ही जाती है। किन्तु आपके मिल में कोई आपसी मतभेद नहीं है और निश्चय ही इसका श्रेय आपको जाता है।" इतना कहकर वह चुप हो गया और सन्तोष की प्रतिक्रिया का इन्तज़ार करने लगा।

कुछ देर तक सब चुप रहे। किसी ने कुछ नहीं कहा।

अन्त में, सन्तोष ने ही चुप्पी तोड़ी। उसने कहा,

"आप सब मुझसे क्या चाहते हैं? कृपया साफ़-साफ़ बताइए!"

सन्तोष की इस बात का उत्तर स्वयं मोहित ने दिया।

इस बार वह बहुत सँभल-सँभलकर बोल रहा था।

"दरअसल, मैं कहना यह चाह रहा हूँ, भाई सन्तोष, कि यहाँ लेबर-क्लास की एक बड़ी ज़मात है, जो बस भजन-कीर्तन में मस्त रहती हैं; सभी खुशी-खुशी इन कार्यक्रमों में भाग लेते हैं। हो सकता है, इन सबसे उनको मानसिक सुख मिलता हो और उनका खाली समय खुशी-खुशी बीत जाता हो! परन्तु क्या, इन सबसे उन्हें किसी प्रकार का वित्तीय अथवा अन्य कोई लाभ मिल पाता है? आख़िर एक मज़दूर को सैलरी ही कितनी मिलती है? उसकी तुलना में एक इंजीनियर अथवा ऑफ़िस में बैठे बाबुओं की सैलेरी कितनी गुना अधिक होती है? क्या, आपने या आपके साथियों ने कभी इस बात पर विचार किया है? मुझे नहीं लगता, आप सबने इन प्रश्नों पर कभी सोचा भी होगा? क्योंकि आपको तो जो कुछ मिल रहा है, आप उसी को ईश्वर का प्रसाद मानकर सन्तुष्ट हुए-से लगते हैं। सवाल यह है, क्या आप अपने बच्चों को वह सब-कुछ दे पा रहे हैं, जो इसी मिल में काम कर रहे एक इंजीनियर के बच्चे को प्राप्त होता है?"

"पर हम अपनी तुलना एक पढ़े-लिखे और अनुभवी इंजीनियर या मैनेज़मेंट-डिग्री-प्राप्त किसी बाबू से कैसे कर सकते हैं? हममें से ज़्यादातर तो बस, हाईस्कूल या इण्टमीडिएट पास हैं; डिप्लोमा भी नहीं है, कइयों के पास। फिर भला, हम उनसे बराबरी कैसे करें?" सन्तोष ने कुछ उत्तेजित होते हुए कहा।

"सन्तोष जी! सवाल आपके डिग्री का नहीं है। बल्कि सवाल यह है, कि क्या मिल के कार्य-सम्पादन में आपकी भूमिका किसी से कम है? आप जरा इसे ऐसे समझिए—यदि मज़दूर काम करना छोड़ दें, तो क्या इंजीनियर और बाबू मिल चला पाएँगे? नहीं न! इसलिए मेरा मानना है, मिल के लिए जितना ज़रूरी एक इंजीनियर या बाबू है, उससे कम ज़रूरी आप भी नहीं हैं। तो फिर, उनकी और आपकी सैलेरी में इतना बड़ा अन्तर क्यों होना चाहिए?" मोहित ने तर्क देते हुए अपनी बात रखी।

"देखिए मोहित जी! सपना देखना बुरी बात नहीं है। पर ऐसे सपनों

का क्या मतलब, जो कभी पूरे नहीं हो सकते? यह सरकारी मिल है। यहाँ अलग-अलग कैटेगरी के कर्मचारी काम करते हैं; सबका अलग-अलग ग्रेड है, और वह सबको मिल रहा है। अब ऐसा कैसे हो सकता है, कि 'सन्तोष' को, यानी मुझे, मिल के मैनेज़र के बराबर सैलेरी मिले?"

इतना कहकर सन्तोष चुप हो गया। तभी उसकी पत्नी ने भीतर से आवाज़ लगायी—

"चाय बन गई है, आकर ले जाइए!"

रघुनाथ भीतर गया और चाय की ट्रे ले आया। साथ में एक प्लेट में भुना हुआ चना और लाई भी ले आया। सबने चुपचाप चाय पी। चाय समाप्त हुई तो मोहित ने बात को आगे बढ़ाते हुए कहा-

"खैर, सैलरी की बात अभी छोड़ते हैं। पर छोटी-मोटी ऐसी तमाम सुविधाएँ हैं जो कम तनख्वाह पानेवाले मजदूरों को तो मिलनी ही चाहिए, जिससे वे अपनी छोटी सैलरी से भी अपने परिवार की आवश्यक ज़रूरतें पूरी कर सकें।"

"किन सुविधाओं की बात कर रहे हैं, आप?" सन्तोष ने मोहित की ओर देखकर बोला।

"सन्तोष जी! ऐसी तमाम चीज़ें हैं, जो मिल का प्रशासन मज़दूरों के लिए मुहैया करा सकता है। जैसे, एक बात तो यही हो सकती है कि मज़दूरों से उनके घर का किराया न लिया जाए और बिजली मुफ्त दी जाए।"

"जी, यह सब हो जाए, तो अच्छा ही है। पर मिल को अपने खर्चे भी नियन्त्रित करने आवश्यक हैं। तभी तो प्रॉफ़िट बढ़ेगा और मिल का विस्तार हो सकेगा।" सन्तोष ने उत्तर दिया।

"आपने मिल के प्रॉफ़िट की बात की, तो एक और सवाल मेरी जेहन में आ रहा है।" मोहित ने कहा।

"क्या? कौन-सा सवाल?" सन्तोष ने बीच में टोकते हुए पूछा।

"मेरा सवाल यह है, आख़िर मिल के इस प्रॉफ़िट में मज़दूरों का कोई हक बनता है या नहीं? हम मानते हैं कि प्रॉफ़िट का एक अंश मिल की बेहतरी के लिए खर्च करना आवश्यक है। पर शेष पैसा कहाँ जाता है? सरकार की तिजोरी में न? क्यों, सही कह रहा हूँ न? इसलिए यह सवाल

उठना लाज़िमी है—क्या उस प्रॉफ़िट में मज़दूरों की साझेदारी नहीं होनी चाहिए?"

मोहित ने अपनी बात खत्म की, तो सन्तोष ने उसका उत्तर कुछ इस तरह दिया-

"प्रॉफ़िट का कुछ अंश मज़दूरों को भी मिलता है—बोनस के रूप में। क्यों, सही कह रहा हूँ न, रघुनाथ?"

रघुनाथ ने भी सन्तोष की 'हाँ में हाँ' मिलाया।

"बोनस! बोनस प्रॉफ़िट का वह हिस्सा नहीं होता, जिसकी मैं बात कर रहा हूँ। बोनस तो ठीक वैसे ही है, जैसे, किसी कुत्ते के आगे फेंकी गई रोटी का टुकड़ा, ताकि कुत्ता वफ़ादार बना रहे। वफ़ादार होना ठीक है, पर अपना हक माँगना, उसके लिए लड़ना, कतई गलत नहीं है।" मोहित ने अपनी आखिरी बात पर जोर देते हुए कहा।

सन्तोष को मोहित की बात अच्छी नहीं लगी थी। वह कुछ कहने ही जा रहा था कि उसकी नज़र अपने हाथ की कलाई पर बँधी घड़ी पर पड़ी। काफ़ी देर हो गई थी। वह डायबिटीज़ का मरीज़ था। उसे समय से दवा लेनी पड़ती है। तो, उसने उनके आने का धन्यवाद किया और उन्हें बाहर उनकी कार तक छोड़ने गया। जाते-जाते मोहित कहता गया—

"सन्तोष भाई, मेरी बात पर विचार अवश्य करिएगा। हम फिर आएँगे और तब हम अपने साथ अपनी पार्टी के एक बड़े अधिकारी को भी साथ ले आएँगे। उम्मीद है, वह आपकी सभी शंकाओं का समाधान और बेहतर ढंग से कर पाएँगे!"

"नमस्कार।"

"नमस्कार"। हाथ उठाकर मोहित के साथियों ने विदा लिया और चले गए।

सन्तोष दिन-भर की भागम-भाग से बहुत थका महसूस कर रहा था। उसके पैर दुख रहे थे। वह चाहकर भी सो नहीं पा रहा था। उसकी पत्नी उठकर गईं और किचन से गाय का घी गर्म करके ले आईं। उसके तलवों पर घी लगाकर आहिस्ता-आहिस्ता मलने लगीं। अकसर ऐसा करने पर वह सो जाता है। पर आज नहीं। उसकी नींद न जाने कहाँ फुर्र हो गई थी। दुःखद

बात तो यह थी कि वह दिन-भर बाल-कृष्ण की पूजा-अर्चना में लगा रहा। पर जब वह बिस्तर पर लेटा, तब बाल-कन्हैया नहीं, बल्कि मोहित और उसके साथी उसके ध्यान में आ रहे थे। उसका ध्यान बार-बार मोहित की कही हुई बातों की ओर जाता।

वह सोचता—

आखिर मोहित मज़दूरों के किस हक की बात कर रहा था! यहाँ मिल में सबको समय से यथा-योग्य सैलरी मिल रही है। हर साल बोनस मिलता है। ज़रूरत पड़ने पर प्रशासन हर कर्मचारी की मदद करने के लिए उद्यत रहता है। भला एक मज़दूर के लिए एक इंजीनियर के बराबर सैलरी माँगना कहाँ तक ज़ायज़ है? स्वतन्त्रता-प्राप्ति के इतने सालों बाद जाकर पूर्वांचल में कहीं एक मिल खुली, जो हजारों लोगों की रोज़ी-रोटी का साधन बनी। उसी के खिलाफ़ लड़ाई लड़ें? भला यह कहाँ का न्याय है? यह तो अपने ही पाँव में कुल्हाड़ी मारने जैसा है। उसके मन में एक डर-सा समा गया था। सब उसकी तरह ही सोचें, आवश्यक नहीं है। यह बात वह अच्छी तरह जानता था। वह यह भी जानता था कि ऐसे तमाम लोग हैं, जो निजी स्वार्थ को संस्था के हित से ऊपर रखते हैं। उन्हें तात्कालिक लाभ आकृष्ट करते हैं। उससे संस्था का कितना भी अहित हो, इसकी उन्हें तनिक भी परवाह नहीं होती। समाज के ऐसे ही लोगों का फायदा उठाकर मोहित सेन जैसे लोग अपना उल्लू सीधा करते हैं।

वह मिल के भविष्य को लेकर चिन्तित हो उठा।

उसे नींद नहीं आ रही थी। वह करवटें बदलता रहा।

उसकी बगल में लेटी रेखा को अपने पति की हालत देखी नहीं जा रही थी। वह खिसक कर उसके करीब आ गई। और उसके सिर पर धीरे-धीरे अपने कोमल हाथ फेरने लगी। सन्तोष को राहत-सी महसूस हूई। उसने करवट ली और रेखा को अपनी बाँहों में भर लिया।

सुबह जब वह सोकर उठा, तो काफी फ्रेश महसूस कर रहा था। उसने एक कप चाय पी और नहा-धोकर नाश्ता किया। वह ऑफ़िस जाने के लिए निकलने ही वाला था कि सम्पत आ गया। दोनों ने साथ-साथ चाय पी और ऑफ़िस के लिए निकल गए।

रास्ते में सम्पत ने पिछली शाम कम्युनिस्ट पार्टी के नेताओं के साथ

हुई वार्ता की याद दिलायी और उसकी राय जाननी चाही, तो सन्तोष ने उसे तुरन्त चुप करा दिया। उसने कहा,

"यहाँ सब-कुछ ठीक-ठाक चल रहा है। सब खुश हैं। मिल की दिनों-दिन तरक्की हो रही है—ऐसे में किसी प्रकार का व्यवधान खड़ा करना तो दूर, सोचना भी गलत होगा। अच्छा होगा, तुम भी उन्हें महज़ एक सपना समझकर भूल जाओ और अपने काम पर ध्यान दो।"

"नहीं, नहीं! मैं तो बस तुम्हारा विचार जानना चाहता था। अब मैं फिर कभी इस विषय में बात नहीं करूँगा।" सम्पत ने कुछ झेंपते हुए कहा। सन्तोष चुप रहा। उसने कोई उत्तर नहीं दिया। थोड़ी ही देर में, वे मिल के भीतर थे। हाजिरी-रजिस्टर पर दस्तख़त कर, अपने-अपने काम पर चले गए।

7

मोहित और उसके साथियों से हुई बातचीत को बीते काफी समय हो गया था। कम्युनिस्ट पार्टी की ओर से भी कोई पहल नहीं हुई थी। सन्तोष के दिमाग से वे सब बातें निकल-सी गई थीं। वह और उसके साथी पूर्ववत अपने कामों में लग गए थे।

एक बार की बात है; रविवार का दिन था। सन्तोष के एक साथी, रामलखन के घर कीर्तन का आयोजन था। सन्तोष ढोलक बजा रहा था और उसके दर्जन-भर साथी झाल बजाकर कीर्तन गा रहे थे। कीर्तन गानेवालों में मार्कंडेय भाई और महेश यादव का कोई सानी नहीं था। वे गा रहे थे—

"दशरथ के चारों ललन की, श्री भगवन की, भजन हमें गाना है।
माता कैकेई ने राजा दशरथ से माँगे यही दो वर,
चौदह बरस वनवास राम को, राज भरत के सर,
माता ने ये ही परन की, कठिन ठनबन की,
भजन हमें गाना है।..."

कीर्तन में उमड़ी भीड़ वाह-वाह कर रही थी और बीच-बीच में, उनके स्वर-में-स्वर मिलाकर गा भी रही थी। रामलखन ने प्रसाद के लिए पूड़ी और आटे का हलवा बनवा रखा था। कीर्तन का कार्यक्रम समाप्त हुआ, तो प्रसाद बँटना शुरू हुआ। सन्तोष प्रसाद का दोना हाथ में लिए पूड़ी का एक टुकड़ा तोड़कर अपने मुँह में डालने ही वाला था कि किसी ने आकर उसे एक लिफाफा पकड़ाया। सन्तोष ने अपना दोना सम्पत को पकड़ाया और लिफाफे से चिट्ठी निकालकर पढ़ना शुरू किया।

चिट्ठी, मोहित ने लिखी थी। जी हाँ, वही मोहित जो कुछ महीने पूर्व

अपने साथियों के साथ कृष्ण जन्माष्टमी के दिन सन्तोष से मिला था। मोहित ने लिखा था—

"प्रिय सन्तोष जी,

हमारी आपसे बात हुए कई महीने बीत गए। उम्मीद है, इस बीच आपने हमारी बातों पर ग़ौर किया होगा और अपने साथियों के साथ राय-मशविरा भी की होगी। हम अपनी इस बातचीत को आगे बढ़ाना चाहते हैं। जैसा मैंने आपको कहा था—इस बार हम अपने पार्टी के एक वरिष्ठ और अनुभवी नेता को साथ लेकर आएँगे। मुझे उम्मीद है, वह आप सबकी सभी शंकाओं का सही ढंग से समाधान कर पाएँगे। हमने उन्हें इस बारे में अवगत करा दिया है। उनका समय निर्धारित होते ही हम आपको सूचित करेंगे। बस, आपसे एक ही निवेदन है, हमारी अगली बैठक के लिए आप अपने साथियों में से पन्द्रह-बीस चुनिन्दा लोगों को इस बैठक के लिए आमन्त्रित करें। इससे आगे चलकर आपको सामूहिक-निर्णय लेने में सहूलियत होगी।

बस, इस बार इतना ही। शेष मिलने पर।

आपका, शुभेच्छु

मोहित।

मोहित का पत्र पढ़कर, सन्तोष चिन्तित हो उठा। उसके माथे पर पड़े बल को देखकर उसके पास खड़े सम्पत को कुछ हैरानी हुई। उसने उसकी ओर प्रश्न-भरी नज़रों से देखा, तो सन्तोष ने बिना कुछ कहे, वह पत्र उसकी ओर बढ़ा दिया। सम्पत जल्दी-जल्दी पत्र पढ़ गया और फिर उसकी ओर मुख़ातिब होकर बोला, "इसमें कौन-सी ऐसी बात है, जो तुम इतने उद्विग्न हो रहे हो! यही न, कि वे लोग एक बार फिर आकर अपनी बातें हमारे सामने रखना चाहते हैं। तो, क्या हुआ? उनकी बात सुनने में हर्ज़ क्या है? मानना, न मानना तो, हमारे ऊपर है। वे अपनी बात हम पर थोप थोड़े ही सकते हैं! तो फिर, इसमें चिन्ता करनेवाली बात क्या है? मेरी समझ से, उनकी बात सुनने में कोई हर्ज़ नहीं है। हो सकता है, उनकी कोई बात हमारे काम आ जाए।"

सन्तोष ने उसकी बात का उत्तर नहीं दिया। बस, 'हाँ' में सिर हिला दिया।

कीर्तन का काम समाप्त हो चुका था। सबलोग अपने-अपने घरों को जा चुके थे। सन्तोष और सम्पत जब चलने लगे, तब रामलखन ने उन्हें धन्यवाद देकर विदा किया। रास्ते-भर दोनों चुप रहे। किसी ने कुछ कहा नहीं। पर सन्तोष का दिमाग तेजी से चल रहा था। मोहित ने पन्द्रह-बीस लोगों को एकत्रित करने को क्यों कहा है? सन्तोष का डर इस बात को लेकर था—'कहीं उसके साथियों में से कुछ को भीमसेन और उनके साथियों की बात सही लगे और वे उनके कहे के अनुसार अपने हक की लड़ाई लड़ने के लिए तैयार हो जाएँ! तब क्या होगा? कोई ज़रूरी तो है नहीं, कि सब-के-सब उसकी ही बात को सही मानें!'

चिट्ठी आने के एक हफ्ते बाद, मोहित ने सन्तोष को खबर भिजवाई कि उसकी पार्टी के नेता, भीमसेन जी ने अगले दो दिन बाद की तिथि निर्धारित की है। सन्तोष ने सम्पत को बुलाकर पन्द्रह-बीस मन-पसन्द (लाइक-माइंडेड) लोगों की लिस्ट बनाने का जिम्मा सौंप दिया। सम्पत सन्तोष की मन्शा समझ गया था। उसने बहुत सोच-समझकर लिस्ट बनाई थी। लिस्ट में उन्हीं लोगों के नाम थे, जो किसी भी कीमत पर सन्तोष से बिना पूछे कोई कदम उठा नहीं सकते थे। बैठक की बात गुप्त रखी गई थी। कुछ लोगों को बस इतना-भर पता था कि उसके घर कुछ मेहमान आनेवाले हैं।

सन्तोष के घर के छोटे-से ड्रॉइंग-रूम में बीस लोगों को कुर्सी पर बैठने के लिए जगह काफी नहीं थी। इसलिए ड्रॉइंग-रूम से टेबिल और कुर्सी हटाकर, फर्श पर ही एक दरी बिछा दी गई थी। उसके एक तरफ, एक गाव-तकिया रख दी गई थी, जहाँ मुख्य-अतिथि को बैठना था।

शाम को, पाँच बजे के आसपास मोहित अपने दो साथियों और भीमसेन जी को लेकर आ गया। सन्तोष और उसके साथी वहाँ पहले से मौजूद थे।

"जगह की कमी के कारण, फ़र्श पर बैठने की व्यवस्था की गई है। इसके लिए क्षमा प्रार्थी हूँ।" कहते हुए सन्तोष ने हाथ जोड़ लिए थे।

जब सभी अपनी-अपनी जगह बैठ गए, तब सम्पत और सन्तोष की बिटिया रश्मी मिठाई की ट्रे और पानी लेकर आई। सबने पानी पीया और उसके बाद बैठक शुरू हुई। सबसे पहले मोहित ने बात शुरू की।

उसने अपने नेता श्री भीमसेन का परिचय दिया और उन्हें इस बात के लिए धन्यवाद भी दिया कि वह इस बैठक के लिए समय निकाल पाए। उसने सन्तोष और उसके साथियों का भी अभिवादन किया। उसके बाद भीमसेन जी ने सबका स्वागत करते हुए, अपनी बात एक पुरानी कहानी से शुरू की।

"बचपन में मैंने एक कहानी पढ़ी थी। शायद आप लोगों ने भी पढ़ी हो! किसी गाँव में एक किसान रहता था। उसके पाँच नवजवान बेटे थे। उनमें आपस में पटती नहीं थी। वे हर घड़ी लड़ते-झगड़ते रहते। किसान इस बात से बहुत दुःखी रहता। वह उन्हें बहुत समझाता। मिल-जुलकर रहने की सलाह देता। पर उन पर उसकी सलाह का कोई असर नहीं होता। एक दिन उसे एक उपाय सूझा। वह जंगल से पतली-पतली लकड़ियों के दस टुकड़े ले आया। उनमें से पाँच लकड़ियाँ अपने बच्चों में बाँट दीं। हर एक को एक-एक टुकड़ा देकर उसने कहा,

'तुम इन्हें तोड़कर दिखाओ!'

उनके बेटों को उन लकड़ियों को तोड़ने में तनिक परेशानी नहीं हुई। फिर उसने शेष पाँच लकड़ियों के टुकड़ों का, रस्सी से बाँधकर, एक बण्डल बनाया और सबसे पहले अपने छोटे बेटे को देकर कहा,

'अब ज़रा इसे तोड़कर दिखाओ!'

उस लड़के ने बहुत ज़ोर लगाया। एक बार नहीं, कई बार उसने प्रयास किए। पर लकड़ियाँ नहीं टूटीं। इस प्रकार, जब एक-एक करके, उसके सभी लड़के एक-साथ बँधी लकड़ियों के बण्डल तोड़ने में विफल हो गए, तब उसने उन्हें समझाया। 'जिस तरह अलग-अलग लकड़ियों के एक-एक टुकड़े को तोड़ना आसान था, पर जब वे एक साथ बाँध दी गई, तब तुम सब उन्हें तोड़ नहीं पाए; ठीक उसी तरह, यदि तुम अलग-अलग रहकर एक-दूसरे से लड़ते रहोगे, तो कोई भी तुम लोगों को नीचा दिखा सकता है। तुम्हारा हक तक छीन सकता है। किन्तु यदि तुम पाँचों भाई एक मत होकर, एक-दूसरे की ताकत बनोगे, फिर इस गाँव में तो क्या, कहीं भी, कोई तुम्हें परास्त नहीं कर सकता। न ही, तुम्हारा हक छीन सकता है!'

कहानी का मॉरल यह है कि, "संगठन में जहाँ अपार शक्ति होती है, वहीं विघटन और बिखराव व्यक्ति को कमजोर बना देते हैं।"

"मित्रो! मैंने यह कहानी इसलिए सुनाई, ताकि मैं जो कुछ आगे कहने जा रहा हूँ, आप उसे आसानी से समझ सकें। मज़दूरों व किसानों की संगठित शक्ति का सबसे पहले भान कराया था, लेनिन ने। जर्मनी में जन्में कार्ल मार्क्स नामक एक अर्थशास्त्री ने एक पुस्तक लिखी, जिसका शीर्षक था 'दास कैपिटल'। इस पुस्तक में मार्क्स ने पूँजी और पूँजीवाद का गहन विश्लेषण किया था। अमूमन पूँजी और उत्पादन के साधन कुछ चन्द लोगों के हाथ में होते हैं, जिससे वे मेहनतकश मज़दूरों का श्रम खरीदते हैं और अपनी पूँजी का विस्तार करते हैं। इस तरह, साल-दर-साल पूँजीपति तो अमीर से और अमीर बनता जाता है; किन्तु मज़दूर की स्थिति ज्यों-की-त्यों बनी रहती है। वह खुद तो ज़िन्दगी-भर पूँजीपतियों के लिए खटता ही है, विडम्बना यह है कि उसके बच्चे भी आगे चलकर मज़दूरी करने के लिए विवश होते हैं।

मार्क्स का मानना था—यह स्थिति क्रान्ति के द्वारा बदली जा सकती है। पर इसके लिए देश के किसानों, मज़दूरों व कमजोर वर्ग के लोगों को एक होना पड़ेगा। क्योंकि यह काम किसी एक के वश का नहीं है। यदि देश के मज़दूर और किसान संगठित होकर पूँजीपतियों और राज-सत्ता के खिलाफ क्रान्ति का आह्वान कर दें, तो अन्ततः विजय उन्हीं की होगी। और रूस में, लेनिन ने यह करके दिखाया था।

अपनी बात को आगे बढ़ाते हुए, उन्होंने बताया :

बहुत पहले की बात है, तब रूस में ज़ार का शासन था। वह बहुत ही क्रूर और अत्याचारी राजा था। इस कारण वहाँ की प्रजा में सदा असन्तोष बना रहता। मज़दूर और किसान रात-दिन मेहनत करते। फिर भी, उन्हें दो-जून की रोटी नसीब नहीं हो पाती। लेनिन ने ज़ार के शासन को उखाड़ फेंकने की योजना बनाई। उन्होंने गाँव-गाँव, नगर-नगर घूमकर किसानों, मज़दूरों और कमजोर तबकों के लोगों को संगठित किया, और उन्हें ज़ार के खिलाफ युद्ध छेड़ने का आह्वान किया। यह एक खूनी-क्रांति साबित हुई। खूब खून-खराबा हुआ। हजारों-लाखों जन मारे गए। पर अन्त में, लेनिन

और उसके साथियों की विजय हुई। रूस की सत्ता मज़दूरों के हाथ में आ गई। वहाँ एक समतामूलक समाज की स्थापना हुई—जहाँ न कोई बहुत गरीब था, न बहुत अमीर। समाज में किसी तरह का भेदभाव नहीं था। तो, इस तरह आप देख सकते हैं, लेनिन की सफलता के पीछे एक मात्र कारण था, किसान और मज़दूरों की संगठन-शक्ति। इसमें कोई सन्देह नहीं, किसी भी देश के मज़दूर, किसान और कमज़ोर-वर्ग के लोग यदि एक साथ खड़े हो जाएँ, तो निश्चय ही वे वहाँ अपनी सत्ता कायम कर सकते हैं, जैसा कि रूस में हुआ था।"

सन्तोष को अचानक प्रह्लाद भाई की याद हो आई। उन्होंने भी तो उसे यही कहानी सुनाई थी। वह यह सोच ही रहा था कि उसे भीमसेन की आवाज़ सुनाई दी। वह कह रहे थे—

"किसी भी प्रतिष्ठान की रीढ़ उसमें कार्यरत मज़दूर होते हैं। किन्तु दुर्भाग्यवश, उनकी भूमिका तो बस, रात-दिन खटना और पूँजीपति के लाभ के लिए अपना पसीना बहाना होता है।"

"पर सर! किसी मिल या फैक्ट्री में 'तख़्तापलट' का क्या मतलब? क्या मज़दूर फैक्ट्री चलाएँगे?" सम्पत ने भीमसेन को बीच में टोकते हुए पूछा।

"आपने सही सवाल किया है। मिल में तख़्ता पलटने-जैसी कोई बात नहीं है। किन्तु मज़दूर मिल के मैनेज़मेंट का हिस्सा बनकर अपना हित साध तो सकते हैं न! जैसा मैंने पहले कहा था—मिल में होने वाले लाभांश का हकदार मज़दूर भी होता है। पर यह लाभांश अपने-आप नहीं मिलेगा। इसके लिए ज़रूरी है कि मजदूर एकजुट होकर पहले एक मजबूत संगठन बनाएँ, जो पंजीकृत हो और मिल के मैनेज़मेंट द्वारा रिकग्नाइज़्ड हो। क्योंकि किसी संस्थान में किसी एक व्यक्ति की आवाज़ का शायद कोई मतलब भले न हो, पर यदि सब मिलकर एक स्वर में अपनी बात कहेंगे, तो मैनेज़मेंट उनकी बात सुनने के लिए मज़बूर हो जाएगा।" भीमसेन ने जवाब देते हुए कहा।

"पर हमें जब यहाँ कोई समस्या नहीं है; मैनेज़मेंट हमारी समस्याओं के समाधान हेतु हमेशा तत्पर रहता है। ऐसी दशा में, क्या यह उचित होगा कि हम मैनेज़मेंट के खिलाफ मोर्चा खोल लें!" रघुनाथ ने प्रश्न किया।

"आपकी बात ज़ायज़ है। आज शायद हालात ऐसे नहीं है कि आपको

मैनेज़मेंट के खिलाफ लड़ाई लड़नी पड़े। पर ज़रा सोचें! कल को यदि यह मैनेज़मेंट बदल जाता है; मैनेज़र साहब की जगह कोई दूसरा प्रशासनिक अधिकारी (आई.ए.एस) आ जाता है और वह अपने ढंग से मिल चलाने लगता है। आपकी उचित माँगों पर भी वह ध्यान नहीं देता, तब आप क्या करेंगे? 'प्यास लगने पर कुआँ खोदना' समझदारी की बात नहीं होती।" भीमसेन ने रघुनाथ की ओर इशारा करते हुए कहा।

"हाँ, ऐसा तो हो ही सकता है कि आनेवाला व्यक्ति हमारी माँगों पर ध्यान न दे।" कृष्ण मुरारी ने, जो पीछे बैठा था, धीरे से कहा।

"मैं अपनी बात को और स्पष्ट करने के उद्‌देश्य से एक उदाहरण देता हूँ।" भीमसेन ने अपनी बात को आगे बढ़ाते हुए, कहा—

"कल्पना कीजिए! आप में से किसी एक की कोई जेन्यूविन समस्या है, जिसका समाधान मैनेज़र साहब के द्वारा ही सम्भव है। उस हालत में, आप क्या करेंगे? आप किसी तरह अनुनय-विनय करके मैनेज़र साहब से मिलने के लिए समय माँगेंगे। वैसे इतनी आसानी से अप्वाइंटमेंट तो मिलने से रहा। पर यदि मिल भी गया और आप उनसे मिलने उनके ऑफ़िस में गए, तो भी आप हाथ जोड़कर उनकी मेज़ के सामने तब तक चुपचाप खड़े रहेंगे, जब तक कि मैनेज़र साहब स्वयं कुछ न कहें। वे तो पूर्ववत सिर नीचा किए फ़ाइल देखते रहेंगे। कुछ समय बाद, वह उसी मुद्रा में रहते हुए, बिना आपकी ओर देखे, पूछेंगे, "कहो, कैसे आए? क्या काम है?" आप डरे-सहमे जल्दी-जल्दी अपनी बात कहने की कोशिश करेंगे। आप की जुबान लड़खड़ाएगी। और यदि किसी तरह आपने अपनी बात कह भी ली, तो ज़रूरी नहीं कि साहब ने उसे सुनी ही हो।"

"ठीक है, जाओ! एप्लीकेशन लिखकर ऑफिस में दे दो। देखेंगे, क्या हो सकता है!"

बस, इससे ज़्यादा कुछ नहीं। यदि आप लकी रहे, तो आपका काम हो जाएगा। अन्यथा आप इन्तज़ार करते रहेंगे और आपको जवाब तक नहीं मिलेगा।

अब एक दूसरी स्थिति की कल्पना कीजिए! आपकी एक पंजीकृत-संस्था है, जो मिल के द्वारा भी रिकग्नाइज़्ड है। उस दशा में आप स्वयं

नहीं, बल्कि आपकी समस्या को लेकर संस्था के सचिव मैनेज़र साहब से मिलेंगे। उन्हें अप्वाइंटमेंट मिलने में तनिक भी कठिनाई नहीं होगी। इतना ही नहीं, आपके सचिव मैनेज़र साहब के सामने हाथ जोड़कर खड़े नहीं रहेंगे, बल्कि मेज़ की दूसरी तरफ रखी कुर्सिओं में से एक पर बैठकर उनसे बातें करेंगे। वे उनसे तर्क-विर्तक भी कर सकते हैं। यही नहीं, यदि ज़रूरत पड़ी तो वह मैनेज़र साहब को मिल बन्द करा देने की धमकी भी दे आएँगे। एक बात और। मिल के मैनेज़मेंट को संगठन के प्रतिनिधि को अपनी कार्यकारिणी में भी स्थान देना होगा, ताकि वह इस बात पर नज़र रख सके कि मैनेज़मेंट कोई ऐसा-वैसा निर्णय न ले ले, जो मज़दूरों के हित में न हो। मैं संगठन की इसी शक्ति की बात कर रहा हूँ। आशा है आप सब मेरी बात समझ गए होंगे।"

भीमसेन ने अपनी बात समाप्त ही की थी, कि सम्पत और सन्तोष की बेटी, रश्मी चाय तथा नाश्ते की कुछ चीजें लेकर आ गए।

सन्तोष ने निवेदन किया, पहले चाय पी ली जाए और तब चर्चा को आगे बढ़ाया जाए।

चाय पीकर जब सब अपनी-अपनी जगह इत्मीनान से बैठ गए, तब सन्तोष ने कहा-

"देखिए भीमसेन जी! बहरहाल, हम लोगों को मिल के मैनेज़मेंट से कोई समस्या नहीं है। अतः हम ऐसा कोई भी कदम उठाना नहीं चाहेंगे, जिससे मिल में खलबली मचे और लोगों के सुकून में खलल पड़े।"

"सन्तोष जी! मैं यह नहीं कह रहा हूँ कि आप संगठित होकर मिल के कामकाज में दखलअन्दाजी करने लगें; हड़ताल कराएँ और मिल बन्द करा दें। नहीं! अभी के लिए तो बस इतना ही काफी है कि आप मिल के मज़दूरों को एकजुट करके 'मरज़ादपुर सूती मिल मजदूर-संघ' जैसे किसी नाम से एक संस्था पंजीकृत करा लें और मैनेज़मेंट से उसकी रिकग्नीशन ले लें। एक बार जब यह काम हो जाए, फिर आप कोशिश करें कि मैनेज़मेंट की कार्यकारिणी में आपकी संस्था का एक प्रतिनिधि सदस्य अवश्य बने। मज़दूरों के हित-अहित पर दृष्टि रखने के लिए यह कदम काफी होगा।

फिलहाल, तो बस इतना ही काफी है।"

इतना कहकर भीमसेन ने सबको धन्यवाद दिया और अपनी बात समाप्त की।

"ठीक है सर! हम आपके सुझावों पर गम्भीरता से विचार कर आगे की रणनीति बनाएँगे। आवश्यकता पड़ी, तो हम आपका सहयोग भी लेंगे।" सन्तोष ने संक्षेप में अपनी बात रखी।

अन्त में, सम्पत ने भीमसेन और उनके साथियों को धन्यवाद दिया और अपने मिल के साथियों के सहयोग के लिए आभार व्यक्त किया।

इस तरह, उस दिन की बैठक समाप्त हुई। सब एक-दूसरे से विदा लेकर अपने-अपने गन्तव्य को चले गए।

8

मिल में मज़दूरों-कर्मचारियों की समस्याओं के समाधान हेतु एक 'ग्रीवांस-सेल' बनाया गया था। अजीत राय जो वित्त-विभाग देखते थे, वही उस सेल के अध्यक्ष थे। उन्होंने अपने इस कार्य को सही ढंग से सम्पादित करने हेतु, एक तन्त्र विकसित किया था, जिसके माध्यम से मिल में चल रही सभी गतिविधियों की उन्हें सही-सही जानकारी मिलती रहती थी। उन्हें शीघ्र ही पता चल गया था, कि इधर कुछ समय से कम्युनिस्ट पार्टी के लोगों का मिल में आना-जाना काफी बढ़ गया है। वह यह भी जान गए थे, कि सन्तोष के घर उनकी कई बैठकें हुई हैं। उन्होंने पहला कदम यह उठाया, कि मिल के गार्ड्स को विशेष रूप से चौकन्ना रहने और बाहरी तथा अवांछित व्यक्तियों के मिल में प्रवेश पर रोक लगाने की सख़्त हिदायत दे दी। इसके साथ ही, उन्हें इस बात पर भी नज़र रखनी थी, कि ये लोग कब और किससे मिलते रहते हैं! दूसरा, उन्होंने मिल के मैनेज़र को उक्त बैठकों के बारे में सूचना देकर उनकी राय लेना उचित समझा। मैनेज़र साहब की राय थी कि सबसे पहले सन्तोष को विश्वास में लेकर उससे सीधे-सीधे बात करना सही रहेगा। अजीत राय ने यही किया।

ऑफ़िस के आवश्यक कार्य निपटाकर जब राय साहब को कुछ फुर्सत मिली, तब उन्होंने अपने चपरासी को भेजकर सन्तोष को अपने ऑफ़िस में ही बुलवा लिया। उन्होंने अपने चपरासी को ताकीद कर दिया था, कि जब सन्तोष उनके ऑफ़िस में आ जाए, तब वह किसी और को ऑफ़िस में आने न दे। सन्तोष के आते ही वह अपनी कुर्सी से उठकर सामने रखे सोफ़ा पर जाकर बैठ गए। सन्तोष को भी वहीं बैठा लिया। थोड़ी ही देर में कैंटीन का बेयरा चाय और बिस्किट की ट्रे लेकर आ गया। वे दोनों चाय पीने लगे।

राय साहब ने सन्तोष से उसकी पत्नी का हाल-चाल पूछा। सन्तोष की पत्नी काफी दिनों से बीमार चल रही थीं। सन्तोष ने उन्हें हो रही दिक्कतों के बारे में बताया और उनके पूरे इलाज़ का ब्यौरा दिया। राय साहब ने उसे आश्वस्त करते हुए कहा, "चिन्ता मत करो! वह जल्दी ही ठीक हो जाएँगी। पर हाँ, जब भी कोई ज़रूरत हो, हमें सूचित अवश्य करना!"

कुछ देर तक इसी तरह की बातें होती रहीं। फिर राय साहब ने मिल में चल रही गतिविधियों के बारे में उससे पूछा और जानना चाहा, 'सब-कुछ ठीक-ठाक तो है न!'

सन्तोष यह अच्छी तरह जानता था—राय साहब से कुछ भी छिपा नहीं होगा। उन्हें मिल के बारे में सब-कुछ पता रहता है। इसलिए उसने उन्हें पूरी बात साफ़-साफ़ बता देना ही उचित समझा। उसने उन्हें बताया, इधर कुछ दिनों में कम्युनिस्ट पार्टी के लोगों के साथ, एक-दो बैठकें हुई हैं। वे चाहते हैं, कि मिल में एक लेबर-यूनियन की स्थापना हो।

"तो, तुम्हारी क्या राय है,... इस बारे में?" राय साहब ने सीधा सवाल किया।

सन्तोष ने पूरी बात सच-सच बता दी। उसने कहा, "लेबर-यूनियन बनाने के लिए हामी भरना उसकी मज़बूरी थी। उसके पास दूसरा कोई चारा नहीं था। यदि वह मना कर देता, तो श्रमिकों के बीच गुटबन्दी हो जाती और उसका फायदा बाहर के लोगों को ही मिलता।"

इतना कहकर वह चुप हो गया और राय साहब की प्रतिक्रिया का इन्तज़ार करने लगा। पर वह चुप रहे। जब उन्होंने कोई प्रतिक्रिया व्यक्त नहीं की, तब सन्तोष ने ही बात को आगे बढ़ाया। उसने कहा-

"सर! मुझे इसमें आपकी मदद चाहिए!"

"कैसी मदद?"

" सर! यह तो अब तय हो ही गया है, कि लेबर-यूनियन बनेगी। तो, उसके 'एक्ट एंड स्टेच्यूट' बनाने में आप हमारी मदद करें, ताकि उसमें ऐसा-वैसा कुछ न हो, जिससे आगे चलकर मज़दूरों अथवा मिल को कोई नुकसान उठाना पड़े।"

"ठीक है! हम इसमें तुम्हारी मदद करेंगे।" राय साहब ने उसे आश्वासन दिया। साथ ही, उन्होंने उसे बाहरी लोगों से सावधान रहने की सलाह भी दी।

सन्तोष ने सिर हिलाकर सहमति दी और उन्हें प्रणाम कर अपने काम पर चला गया।

उसके अगले चार-पाँच महीने लेबर-यूनियन के एक्ट एंड स्टेच्यूट बनाने, उसके रजिस्ट्रेशन कराने आदि में लग गए। सन्तोष ने पूरी कोशिश की कि यूनियन से जुड़े किसी भी काम में खासतौर से इसके एक्ट एंड स्टेच्यूट बनाने में किसी बाहरी व्यक्ति का हस्तक्षेप न हो। अच्छी बात यह हुई थी कि यूनियन चूँकि मिल के एड्मिनिस्ट्रेशन की सहमति से बनी थी, अत: आपसी टकराव जैसा कुछ भी सामने नहीं आया। एक और खास बात यह हुई थी कि मिल के एक बड़े अधिकारी को पदेन संस्था का अध्यक्ष बनाया गया था। यद्यपि मतदान की ज़रूरत पड़ने पर उन्हें मत देने का प्रावधान नहीं था, पर संस्था की सभी गतिविधियाँ उनकी सहमति और स्वीकृति से ही संचालित होनी थी। यह एक ऐसी बात थी, जिससे कम्युनिस्ट पार्टी के लोग कतई खुश नहीं थे। पर यह मिल का आन्तरिक मामला था और सन्तोष तथा उसके साथी ऐसा ही चाहते थे।

यूनियन बनने के बाद एक बड़े पैमाने पर उसके उद्घाटन की बात चलने लगी। इस बात पर यूनियन की कार्यकारिणी में लम्बी बहस चली। एक प्रस्ताव यह आया कि क्यों न, कम्युनिस्ट पार्टी के किसी बड़े नेता के द्वारा इसका उद्घाटन कराया जाए! पर किसी बाहरी व्यक्ति को आमन्त्रित करने से पहले मिल के एड्मिनिस्ट्रेशन की स्वीकृति लेनी ज़रूरी थी। अन्तत: यह प्रस्ताव एड्मिनिस्ट्रेशन के पास पहुँचा। मिल के सीनियर अधिकारियों के साथ हुई बैठक में जब यह प्रस्ताव रखा गया, तब अध्यक्ष महोदय ने संस्था के पदाधिकारियों को समझाया कि यह मिल का अन्दरूनी मामला है। इसमें किसी बाहरी व्यक्ति को बुलाना उचित नहीं होगा। खैर, सन्तोष और उसके साथियों को यह बात समझ में आ गई और अन्त में संस्था का उद्घाटन मिल के मैनेज़र साहब द्वारा ही सम्पन्न करा लिया गया।

संघ का उद्घाटन बड़े ज़ोश-ख़रोश के साथ हुआ। कैम्पस में जहाँ देखो, वहीं लेबर-यूनियन की बात होती रहती। यूँ तो मिल में किसी को किसी प्रकार की कोई खास समस्या या परेशानी नहीं थी और यदि कभी कोई समस्या उठती भी, तो उसका समाधान शीघ्र ही कर लिया जाता। फिर भी, लेबर-यूनियन बन जाने के बाद, लोगों के मन में बड़े बदलाव के भाव

जगने लगे थे। लोगों की उम्मीदें भी काफ़ी बढ़ गई थीं। एक नई बात यह हुई थी, कि इधर जितने भी सामाजिक-सांस्कृतिक कार्यक्रम हुए, वे सभी लेबर-यूनियन के तत्वावधान में हुए और पहले से अधिक बेहतर ढंग से आयोजित किए गए। पर लोग तो कुछ और ही चाहते थे। वे अकसर पूछते—

'आख़िर लेबर-यूनियन कर क्या रही है!'

इस बीच मिल के कुछ लोगों का बाहरी व्यक्तियों से भी सम्पर्क जुड़ गया था, जिनमें कुछ अलग-अलग पार्टियों के लोग थे, तो कुछ मीडिया से जुड़े लोग। ये सभी अपनी-अपनी तरह से लेबर-यूनियन के पदाधिकारियों, ख़ासकर श्रमिकों को प्रभावित करने की कोशिशों में लगे थे। नए-नए विचार, नई-नई सलाह। नतीजा यह हुआ कि लेबर-यूनियन पर 'कुछ' करने का दबाव बनने लगा। यूनियन की कई बैठकें हुईं। माँगों की लिस्ट बनी। उचित-अनुचित माँगों पर चर्चा हुई। और अन्त में, कुल पाँच माँगों पर सहमति बनी। तय यह हुआ कि कार्यकारी अध्यक्ष व सचिव, यानी सन्तोष की तरफ से इस बावत एक माँग-पत्र एड्मिनिस्ट्रेशन को भेजा जाए और उनके यथाशीघ्र निपटारे के लिए दबाव बनाया जाए। ज़रूरत पड़े, तो एड्मिनिस्ट्रेशन के साथ बैठकें भी की जाएँ।

इस तरह बैठकों के एक लम्बे दौर के बाद, एक माँग-पत्र एड्मिनिस्ट्रेशन को भेज दिया गया। लेबर-यूनियन और मिल के एड्मिनिस्ट्रेशन के बीच का यह पहला ऑफ़िशियल पत्र था। इसके बाद तो, पत्राचार का जो सिलसिला शुरू हुआ, वह कभी बन्द नहीं हुआ; पत्रों का आदान-प्रदान निरन्तर चलता रहा।

9

"दो दिल मिल रहे थे, मगर चुपके-चुपके...।"

मिल में इंडोर-गेम्स के लिए एक बड़ा हॉल तो था ही, खेल का एक अलग से बड़ा मैदान भी था, जहाँ मिल में रहनेवाले छोटे-बड़े सभी, अपने-अपने शौक के गेम खेलते अथवा दूसरों को खेलते हुए देखते। यह उनके मिलने-जुलने और मनोरंजन के स्थान थे। यहीं साथ-साथ खेलते-कूदते, पद्मिनी और योगेन्द्र कब एक-दूसरे को चाहने लगे, पता ही नहीं चला। जब वे थोड़े बड़े हुए, तब बैडमिंटन उनका पसन्दीदा गेम बना। शीघ्र ही, वे दोनों बैडमिंटन के अच्छे खिलाड़ी बन गए। अब तो, जब कभी वे दोनों आमने-सामने खेलना शुरू करते, तब सब बैठकर उन्हीं का खेल देखने लगते। कुछ पदिमनी को, तो कुछ योगेन्द्र को चियर-अप करते। तब उनका जोश और भी बढ़ जाता। न कोई किसी से अच्छा था, न ही बुरा। दोनों बराबर के खिलाड़ी थे। इस खेल ने भी उन्हें एक-दूसरे के करीब आने में बहुत मदद की थी।

पद्मिनी और योगेन्द्र, दोनों ही पास के शहर में एक ही कॉलेज में पढ़ते थे। मिल के अन्य बच्चों के साथ वे भी मिल के बस द्वारा अपने कॉलेज आते-जाते। कुछ समय बाद, योगेन्द्र ने अपने पिता से कहकर एक साइकिल खरीदवाई । वह एक अच्छा स्पोर्ट्स-मैन तो था ही, पापा ने सोचा—साइकिल से स्कूल जाने-आने में अच्छी कसरत हो जाया करेगी। उन्होंने उसे साइकिल खरीद दी और वह बस के बजाय, साइकिल से ही स्कूल जाने-आने लगा।

उनकी बस मिल के कैम्पस से चलकर शहर के नियाज़ी चौराहे पर रुकती। वहाँ से आसपास के कुछ और बच्चे भी बस में चढ़ते और उनके साथ स्कूल जाते। कुछ दिन बाद, एक नई बात हुई। नियाज़ी चौराहे पर

जहाँ एक तरफ बच्चे बस पर चढ़ रहे होते, वहीं पद्मिनी बस से उतर जाती। जब बस आगे बढ़ जाती, तब वह कुछ कदम पैदल चलकर पैराडाइज़ सिनेमा-हॉल के सामने पहुँचती। योगेन्द्र वहाँ पहले से ही उसका इन्तज़ार कर रहा होता। वह उसे अपनी साइकिल पर बैठाकर मस्ती से साइकिल चलाता हुआ कॉलेज पहुँचता। कॉलेज से आते समय भी पद्मिनी योगेन्द्र के साथ साइकिल पर बैठकर नियाज़ी चौराहे तक आती। फिर, वह वहाँ से बस पकड़ लेती और अन्य बच्चों के साथ कैम्पस पहुँचकर अपने घर चली जाती।

यह सिलसिला काफ़ी दिनों तक यों ही चलता रहा। दोनों प्रेमी अपने आसपास से बेख़बर, मिलते रहते, और खुश हो लेते। कभी-कभार वे अपने कुछ क्लासेज़ भी मिस कर जाते और साथ-साथ बैठकर सिनेमा देखते। कुछ खाते-पीते और समय से घर पहुँच जाते।

उन्हें क्या पता था, किसी की बुरी नज़र हर कदम पर उनका पीछा कर रही थी!

एक दिन डाकिया राय साहब के घर एक रजिस्टर्ड-लेटर दे गया। पत्र किसी गया प्रसाद नाम के व्यक्ति ने भेजा था। लेटर पर बलिया के किसी गाँव का पता लिखा हुआ था। राय साहब की पत्नी को कुछ अज़ीब-सा अवश्य लगा। पर वे उस लेटर को बिना खोले, राय साहब के ऑफ़िस-रूम में रख आईं। सोचा—आएँगे तो खुद ही देख लेंगे। राय साहब शाम को ऑफ़िस से घर लौटे, तो रोज़ की भाँति उनकी पत्नी ने उन्हें चाय लाकर दिया और वह खुद भी ड्रॉइंग-रूम में उनके साथ बैठकर चाय पीने लगीं। बच्चियाँ घर में नहीं थीं। कहीं बाहर खेल रही थीं। बातों-बातों में उन्हें रजिस्टर्ड-लेटर का ध्यान आया, तो वे उठकर गईं और ऑफ़िस-रूम से उसे लेकर आईं। कहा,

"यह एक रजिस्ट्री आई है।... किसी गयाप्रसाद ने भेजी है।"

"गयाप्रसाद?... यह कौन है? और उसने मुझे रजिस्ट्री क्यों भेजी है? मैं तो इस नाम के किसी व्यक्ति को जानता भी नहीं।"

खैर, उन्होंने लिफाफा खोला तो उसमें एक पत्र मिला। वह उसे निकालकर पढ़ने लगे। लिखा था—

"आदरणीय राय साहब,

मेरा पत्र पढ़कर चौंकिएगा नहीं। मैं यह पत्र आपको आगाह करने के

लिए लिख रहा हूँ। आपकी प्रिय पुत्री का एक विजातीय लड़के से 'लव' चल रहा है। मेरे पास इस बात के पुख़्ता सबूत हैं। यदि आप चाहते हैं कि यह बात छिपी रहे, किसी को इसकी भनक तक न लगे, तो आपको मेरा एक काम करना पड़ेगा। काम समय आने पर बता दूँगा।

आपका

एक शुभेच्छु"

राय साहब पत्र बोल-बोलकर पढ़ रहे थे। पत्र में लिखी बात सुनकर उनकी पत्नी को बेहोशी-सी छाने लगी। राय साहब भी अन्दर-ही-अन्दर कम परेशान नहीं हुए। पर उन्होंने अपनी परेशानी ज़ाहिर नहीं होने दी। उन्होंने अपनी पत्नी से कहा,

"देखो, पद्मिनी की माँ! यह किसी धूर्त-बदमाश व्यक्ति की चाल है। तुम व्यर्थ में परेशान मत हो। वह समझता है, मुझे ब्लैकमेल कर वह अपना काम करा लेगा।"

पर सवाल तो यह था, कि अब किया क्या जाए! यह ऐसा मामला था कि इस पर किसी से राय-मशविरा भी नहीं किया जा सकता था। बच्ची को बुलाकर डाँटना-फटकारना भी ठीक नहीं होगा। ऐसा करने से कई बार उलटा असर पड़ता है। बच्चे जिद पर आ जाते हैं। और फिर, उन्हें समझा पाना नामुमकिन हो जाता है। समस्या बड़ी विकट थी। कुछ समझ में नहीं आ रहा था। उन्होंने अपनी पत्नी से कहा कि वह पद्मिनी को विश्वास में लेकर इस बात की सच्चाई जानने की कोशिश करे। फिर जैसा होगा, कोई समाधान ढूँढ़ा जाएगा।

पद्मिनी ने अपनी माँ को सच-सच बता दिया कि वह योगेन्द्र से प्यार करती है और वह भी, उसे दिल-ओ-जान से चाहता है।

बात आगे न बढ़े, उसका उपाय राय साहब ने सोच लिया था।

दूसरे दिन सुबह ही, वह पद्मिनी और उसकी माँ को लेकर उसके ननिहाल चले गए। पद्मिनी के नाना-नानी बिहार के गया शहर में रहते थे। सोचा था—'दूर रहेगी तो, न वह योगेन्द्र से मिल पाएगी और न ही बात आगे बढ़ेगी।' इसी ख़्याल से वह उसे वहाँ लेकर गए थे। यह एक कठोर निर्णय था, पर क्या करते! लोक-लाज के डर से उन्हें यह कदम उठाना पड़ा था।

उसके नाना-नानी को सब बात ठीक से समझा-बुझाकर और पद्मिनी

को उनके हवाले कर, राय साहब और उनकी पत्नी वापस मरज़ादपुर लौट आए। उन्होंने पद्मिनी को भी समझा दिया था कि वह अच्छी तरह तैयारी कर इंटर की प्राइवेट-परीक्षा में बैठे। इंटर पास कर लेने के बाद आगे की पढ़ाई के बारे में फिर सोचा जाएगा।

वापस मरज़ादपुर लौटकर, राय साहब पूर्ववत अपने काम में लग गए थे। किसी को कानोंकान भनक तक नहीं लगी। बाद में, उन्हें पता चल गया, कि मिल का ही एक आदमी अपने लड़के को नौकरी दिलवाने के उद्‌देश्य से उन्हें ब्लैकमेल करने की कोशिश कर रहा था।

उन दिनों अभी मोबाइल आदि की व्यवस्था चालू नहीं हुई थी। इसलिए चाहकर भी, पद्मिनी और योगेन्द्र आपस में बातें नहीं कर सकते थे। पद्मिनी को अपने परिवार की बदनामी का डर भी था। इसलिए उसने योगेन्द्र को कोई पत्र नहीं लिखा। वह जानती थी—यदि योगेन्द्र को उसके नए ठिकाने का पता चल जाएगा, तो वह उससे मिलने अवश्य आएगा। इससे बात बढ़ जाएगी और पिता जी की परेशानी भी। इसलिए उसने चुप रहना ही उचित समझा और सब-कुछ भूल-भुलाकर, अपनी पढ़ाई में लग गई।

पद्मिनी का अचानक कैम्पस से गायब हो जाना, योगेन्द्र के लिए पहेली बन गई थी। वह उससे मिलने के लिए बेचैन रहता। पर वह कहाँ चली गई? ... योगेन्द्र कभी जान नहीं पाया। पूछता भी तो किससे पूछता? एक पद्मिनी ही ऐसी थी, जो उसे अपना पता बता सकती थी। पर उसने भी बहुत संयम बरता। या कहें कि समाज के डर ने उसकी ज़ुबान पर ताला जड़ दिया था। उसने कभी भी कोई पत्र योगेन्द्र या किसी और को नहीं लिखा।

इस तरह, यह प्रेम कहानी, जो अभी शुरू ही हुई थी, बिना परवान चढ़े अकस्मात ही समाप्त हो गई।

10

अकसर देखा गया है, जो व्यक्ति जितना अधिक ईमानदार, निष्ठावान और मेहनती होता है, उसे उतना ही ज़्यादा काम करना पड़ता है। हर नया काम उसे ही सौंप दिया जाता है। वह मना भी नहीं कर पाता। भले ही उसे अतिरिक्त समय निकालकर सारे काम निपटाने क्यों न पड़ें! राय साहब ऐसे ही लोगों में से एक थे। अपने विभाग का काम तो वह बखूबी सँभालते ही थे, एड्मिनिस्ट्रेशन उन्हें अकसर ऐसे काम सौंप देता, जिसमें अच्छाई तो कम, बुराई मिलने की सम्भावना अधिक रहती। फिर भी वे पूरी निष्ठा के साथ उस काम को अपनी ड्यूटी समझकर निपटाने का प्रयास करते।

लेबर-यूनियन का माँग-पत्र मिला, तो वह पत्र भी एड्मिनिस्ट्रेशन ने उन्हें ही सौंप दिया। अब यह राय साहब की ज़िम्मेदारी थी कि वह इसके लिए आवश्यक कदम उठाएँ और सम्बन्धित लोगों के साथ बैठकर, इस काम को उचित ढंग से जल्द-से-जल्द निपटाएँ।

खैर! लेबर-यूनियन की माँग को लेकर सबसे पहले 'ग्रीवान्स-सेल' की बैठक हुई। इस बैठक में भाग लेने के लिए ख़ासतौर पर मैनेज़र साहब से निवेदन किया गया था। वह बैठक में आए भी। एक-एक कर, लेबर-यूनियन की माँगों पर चर्चा हुई। इन माँगों को मान लेने की दशा में मिल पर पड़नेवाले वित्तीय भार अथवा अन्य प्रकार के प्रभाव पर भी विचार हुआ। साथ ही, यह विचार भी किया गया कि अतिरिक्त वित्तीय-भार की पूर्ति के लिए कौन-कौन से विकल्प हो सकते हैं। अन्त में, तय यह हुआ कि लेबर-यूनियन की माँगों को मान लेना श्रेयस्कर होगा। इसके पीछे, मुख्य उद्देश्य यह था कि इससे यूनियन और एड्मिनिस्ट्रेशन के बीच सौहार्द बना रहेगा। साथ ही, मज़दूरों में सन्तोष और उसके साथियों की साख़ और बढ़ जाएगी।

इसका परिणाम यह होगा कि ऐसे लोग जो हमेशा मिल में भ्रम फैलाने के फिराक में रहते हैं, उनके मनसूबों पर पानी फिर जाएगा।

दरअसल, यह कोई छिपी हुई बात नहीं थी। यूनियन की कार्यकारिणी में कुछ ऐसे सदस्य थे, जो सन्तोष को पसन्द नहीं करते थे। और उन पर कुछ बाहरी नेताओं का प्रभाव भी था। वे लोग तो यह सोचकर आए थे कि कोई-न-कोई बहाना बनाकर, बैठक में हंगामा शुरू कर देंगे। अवसर देखकर वे बैठक का बायकॉट कर बाहर निकल जाएँगे, ताकि बैठक बिना कोई निर्णय लिए समाप्त हो जाए। इससे मिल के मज़दूरों में असन्तोष फैलेगा और यही उनका मुख्य उद्‌देश्य भी था। साथ ही, उन्हें अपनी नेतागिरी चमकाने का अवसर भी मिल जाएगा।

एड्मिन और यूनियन के नेताओं के बीच बैठक की शुरुआत खुद मैनेजर साहब ने की। उन्होंने सबका स्वागत करते हुए, यह आशा व्यक्त की, कि यूनियन के लोग मज़दूरों के हित के साथ-साथ, मिल के हित का भी पूरा-पूरा ध्यान रखेंगे। क्योंकि मिल के हित में ही मिल के मज़दूरों का हित भी निहित है। मिल जितनी तरक्की करेगी, मज़दूरों और कर्मचारियों को उतना ही फायदा होगा।

मैनेजर साहब के स्वागत वक्तव्य के बाद, राय साहब ने यूनियन की एक-एक माँग समिति के समक्ष चर्चा के लिए रखा। यूनियन की तरफ से मुख्य रूप से सन्तोष ने ही मज़दूरों की माँगों के औचित्य आदि के बारे में बताया। हर माँग पर सौहार्दपूर्ण ढंग से थोड़ी-बहुत चर्चा हुई। अन्त में, उनकी सभी माँगों को सर्वसम्मति से स्वीकृति दे दी गई। इस तरह, यह बैठक बिना किसी टकराव या मनमुटाव के समाप्त हो गई। फिर सन्तोष ने यूनियन की तरफ से एड्मिन और ख़ासतौर से, मैनेज़र साहब और राय साहब को इसके लिए खुलकर धन्यवाद दिया। उसने यूनियन की ओर से यह आश्वासन भी दिया कि हम मज़दूर पूरे मनोयोग से अपनी ड्यूटी निभाते रहेंगे। हमारी कोशिश यह भी रहेगी कि माँगों के स्वीकार हो जाने के फलस्वरूप मिल पर जो अतिरिक्त भार बढ़ेगा, उसकी भरपाई हम उत्पादन बढ़ाकर कर सकें।

अन्त में, राय साहब ने धन्यवाद-ज्ञापन किया और बैठक समाप्त हो गई। बैठक समाप्त हो जाने के कुछ समय उपरान्त ही पूरे कैम्पस में एड्मिन

द्वारा यूनियन की माँगें स्वीकार कर लिए जाने की खबर आग की तरह फैल गई। सब तरफ़ खुशी का माहौल था। जिसे देखो, वही सन्तोष की तारीफ़ करता नज़र आ रहा था। मज़दूर-यूनियन की वाह-वाह हो रही थी। पर चन्दन और उसके साथी मीटिंग के इस परिणाम से कतई खुश नहीं थे। उन्होंने तो कार्यकारिणी में भाग लेनेवाले अपने ग्रूप के सदस्यों को भी खूब खरी-खोटी सुनाई। उन्हें इस बात का बहुत दुःख था कि बैठक शान्तिपूर्ण ढंग से चली, कोई हंगामा नहीं हुआ, न कहा-सुनी हुई। जबकि उनके योजनानुसार इन सदस्यों को बैठक में हंगामा खड़ा कर बैठक छोड़कर बाहर निकल जाना, तय हुआ था। क्योंकि ऐसा कुछ होने पर ही वे धरना-प्रदर्शन कर सकते थे। उसकी पूरी योजना भी उन्होंने पहले से ही बना रखी थी। तरह-तरह के नारे भी गढ़ लिए गए थे। वक्ताओं की पूरी लिस्ट बन गई थी। चन्दन खुद धरने पर बैठनेवाला था। इसमें उसे अपने को नेता बनाने का अवसर दिखाई दे रहा था। सन्तोष को अपदस्थ कर यूनियन का अध्यक्ष बनने की उसकी योजना थी।... पर सब टाँय-टाँय फिस हो गया। उसकी यह योजना धरी-की-धरी रह गई। उसके हाथ कुछ नहीं आया। वह हाथ मलकर रह गया।

चन्दन भन्नाया हुआ था। अपने कुछ साथियों को साथ लेकर, वह अपने आकाओं से मिलने शहर चला गया। वह बहुत गुस्से में था। और अनाप्शनाप बक रहा था। नेता जी ने उसे डाँटकर चुप कराया। जब वह थोड़ा शान्त हुआ, तब नेता जी ने उससे कहा—

"चन्दन! रातोंरात नेता नहीं बना जाता। इसके लिए बहुत संघर्ष करना पड़ता है। त्याग करना पड़ता है। कभी-कभी पूरी ज़िन्दगी खप जाती है, पर फिर भी कुछ हासिल नहीं होता।... और तुम!... तुम तो अपनी एक हार भी पचा नहीं पाए। मित्र! मेरी बात ध्यान से सुनो! यह कोई आखिरी मौका नहीं था। तुम क्या समझ रहे हो? एड्मिन ने यूनियन की कुछ माँगें मान लीं, तो उनका आगे का काम खत्म हो गया। नहीं! सच बताऊँ, तो तुम्हारा काम अब शुरू हुआ है। तुम मिल के लोगों से बात करो। एक-एक से; अलग-अलग और ग्रूप में। उनकी उम्मीदें जगाओ। उन्हें बताओ, 'यह तो शुरुआत है; अभी एड्मिन से बहुत-कुछ लेना बाकी है।' उनकी सलाह से माँगों की एक दूसरी लिस्ट तैयार करो। यूनियन के नेताओं पर दबाव बनाकर अपनी नई माँगों की इस दूसरी लिस्ट को एड्मिन को भिजवाओ। फिर तीसरी लिस्ट,

चौथी, पाँचवी...। यह सिलसिला तब तक ज़ारी रखना होगा, जब तक कि एड्मिन यूनियन के कदमों में आकर गिर नहीं जाता। यानी, एक ऐसा समय आएगा, जब एड्मिन यूनियन के इशारों पर नाचेगा। अर्थात् मिल यूनियन की मर्जी से चलेगी, न की उनकी। जब यूनियन चाहेगी, मिल चलेगी, जब नहीं चाहेगी, मिल बन्द हो जाएगी।"

"मेरी बात समझ रहे हो न!" उन्होंने उसकी प्रतिक्रिया जाननी चाही।

चन्दन ने 'हाँ' में सिर हिलाया, तो उन्होंने आगे कहना शुरू किया।

"इस प्रक्रिया में सन्तोष-जैसा शरीफ़, निष्ठावान और ईमानदार व्यक्ति बहुत दूर तक नहीं चल पाता। वह शीघ्र हार मानकर बैठ जाता है। तुम देखना—एक दिन सन्तोष खुद ही अपने को यूनियन से अलग कर लेगा... और अध्यक्ष पद से इस्तीफा दे देगा।... किन्तु, यदि वह ऐसा नहीं करता है, तो उसे बदनाम करने और अध्यक्ष के पद से हटाने के अनेक तरीके हैं। जैसे: मिल में आग लगा दो और सन्तोष को उसका जिम्मेदार साबित कर दो! वह अपने आप मर जाएगा। इसलिए मित्र! तुम निराश मत हो! बल्कि और अधिक जोश के साथ काम में लग जाओ। पर याद रहे—होश कभी मत खोना। यदि कोई योजना फेल हो जाती है, तो भी निराश होने की कतई जरूरत नहीं है। नेता बनने के लिए पराजय स्वीकार करना आना चाहिए। इसलिए हम जैसे-जैसे कहते हैं, तुम वैसे-वैसे करते जाओ। देखना, एक दिन तुम असली नेता बनकर उभरोगे। तुम्हारा नाम मिल के इतिहास में सदा-सदा के लिए दर्ज हो जाएगा।"

नेता जी ने चन्दन की पीठ पर हाथ रखा और कहा, "अब जाओ! अपने काम में जी-जान से जुट जाओ! मेरा आशीर्वाद तुम्हारे साथ है।"

चन्दन ने झुककर उनके पाँव छुए। उसके चेहरे पर नई ऊर्जा और उत्साह के भाव स्पष्ट दिख रहे थे।

11

सर्वेश ने नहा-धोकर नाश्ता किया। तैयार होकर, घर से निकलने ही वाला था, कि रवीन्द्र आ गया। रवीन्द्र यानी मार्कंडेय भाई का बड़ा बेटा। अरे वही, जो अपने को कवि कहता है। जब से सर्वेश ने उसके बेटे को नौकरी दिलवाई, उसके बाद से यह दूसरी बार है, जब वह सर्वेश से मिल रहा था। उसने आकर पहले तो सर्वेश के पाँव छुए और फिर हाथ जोड़कर उसके सामने खड़ा हो गया और कहने लगा—

"अंकल, मेरे पास आपको धन्यवाद देने के लिए शब्द तक नहीं हैं। मैं नहीं जानता—आपका यह ऋण कैसे चुका पाऊँगा?"

सर्वेश ने देखा—उसकी आँखें सजल हो आई हैं। उसने उसके कन्धे पर हाथ रखकर कहा—

"मेरा तुम्हारे ऊपर कोई ऋण नहीं है। मैं भाई मार्कंडेय के लिए कुछ नहीं कर पाया। मुझे खुशी है, कम-से-कम उनके पोते को एक छोटी-सी नौकरी दिलवा पाया हूँ। पर तुम, यह सब सोचना छोड़ दो और जाकर अपना काम करो। हाँ, यदि मेरे लायक कोई काम हो, तो अवश्य बताना। मुझे खुशी होगी तुम्हारी मदद करने में।"

"अंकल, मैं आपको कुछ देना चाहता हूँ।... मेरे पापा की डायरी है। पापा की एक बड़ी अच्छी आदत थी; वे अपने आसपास से जुड़ी घटनाओं को एक डायरी में लिपिबद्ध किया करते थे। वह अकसर हमें भी, कई बातें, ख़ासतौर पर मिल के अपने अनुभवों के बारे में बताया करते। उनकी तरह ही मुझे भी डायरी लिखने की आदत पड़ गई है। मैं ये दोनों डायरी आपको देता हूँ। शायद ये आपके किसी काम आएँ!"

इतना कहकर, उसने अपने हाथ में लिए लिफ़ाफ़े को सर्वेश की ओर

बढ़ा दिया। सर्वेश ने उसे धन्यवाद दिया। और वह उसे प्रणाम कर वहाँ से चला गया।

रवीन्द्र के चले जाने के बाद, जब सर्वेश मार्कंडेय भाई की डायरी उलटपलट कर देख रहा था, तब उसे उनकी कुछ पुरानी बातें याद आ गईं।

मार्कंडेय भाई हरिहरपुर धनुषयज्ञ नाटक-मंडली की जान थे। सात दिनों तक रात में लगातार चलनेवाले इस कार्यक्रम में वे हर रात कुछ नया करते और जिसे देखकर लोग खूब खुलकर हँसते। तालियाँ बजाते। कभी-कभी तो मण्डप में बैठे सारे के सारे दर्शक खड़े हो जाते और तालियाँ बजाने लगते। इस तरह वे अपने मन की खुशियाँ जाहिर करते। पर... उस रात। उस रात कुछ ऐसा हुआ, जिसे देखकर सब-के-सब चकित रह गए। मार्कंडेय भाई भिखारी बनकर मंच पर अवतरित हुए थे।

भिखारी एक फटी हुई मउआली लुंगी पहने हुए था। उसके बदन पर चिथड़ी-चिथड़ी हुई एक बनियान थी तथा कन्धे पर एक मटमैला-सा गमछा लटक रहा था। वह अपने दाहिने हाथ में लिए एक छोटी-सी लाठी के सहारे कुछ झुककर, एक बेबस की तरह, धीरे-धीरे आगे बढ़ रहा था। अपने दूसरे हाथ में वह एक कटोरा लिए हुआ था।

इधर भिखारी मंच पर प्रवेश करता है, उधर पृष्ठभूमि में म्युज़िक बजने लगता है। भिखारी धर्मदेव मिश्र 'कमलेश' का लिखा एक गीत गा रहा था। गीत के बोल थे—

"भगवान् तेरे राज में अन्धेर है अन्धेर,
रोटी नहीं नसीब, कहीं मोतियों का ढेर।"

इस गीत के बोल जितने मार्मिक थे, उसकी प्रस्तुति भी उतनी ही हृदय-विदारक थी। भिखारी गीत गाता जा रहा था और धीरे-धीरे कदम बढ़ाते हुए, स्टेज़ के एक छोर से दूसरे छोर की ओर बढ़ता जा रहा था। जैसे ही, वह मंच के दूसरे छोर पर पहुँचता है, गीत समाप्त हो जाता है और भिखारी... लुढ़ककर स्टेज़ पर गिर पड़ता है। उसके प्राण-पखेरू उड़ जाते हैं। वह निष्प्राण, जमीन पर पड़ा हुआ है। इस बीच, कुछ लोग उसकी बगल से गुज़रते हैं; एक नज़र उसकी ओर देखते भी हैं। पर किसी ने भी उसे उठाने अथवा उसके करीब जाकर यह जानने की कोशिश नहीं की—वह जिन्दा भी है या नहीं!... तभी पर्दा गिरता है।

पंडाल में नीरव-स्तब्धता छा गई। सब चुप थे। कोई ताली नहीं बजी। बस चारों तरफ सिसकियाँ सुनाई दे रही थीं। कुछ औरतें तो दहाड़ मारकर रो रही थीं; कुछ तो पंडाल छोड़कर जाने भी लगीं। तभी... एक बार फिर पर्दा उठता है। मार्कंडेय भाई बाहर स्टेज पर आते हैं और हाथ जोड़कर कहते हैं—

"बहनो और भाइयो! यह महज़ एक नाटक था। मैं मरा नहीं हूँ। मैं कभी मर भी नहीं सकता। मैं अमर हूँ। जब तक आप सबका आशीर्वाद और प्यार मेरे साथ है, मैं इसी तरह आपको हँसाता-रुलाता रहूँगा।"

उनकी बात सुनकर, माहौल यकायक बदल गया। लोग अपनी-अपनी जगह खड़े हो गए। पंडाल एक बार फिर तालियों की गड़गड़ाहट से गूँज उठा।

सर्वेश यह सोच ही रहा था, कि ड्राइवर आ गया। उसने उसे चलने को कहा। उसे लगा—जैसे वह कोई सपना देख रहा था।

○

उस रोज़ पूरे दिन सर्वेश अपनी संस्था के कामों में व्यस्त रहा। उसकी संस्था ने 'देखो और विश्वास करो' कार्यक्रम के तहत कई गाँवों में भ्रमण की योजना बनाई थी। सबसे पहले किसानों को चवँर गाँव में, बाबू रणंजय सिंह के घर एकत्र होना था। सर्वेश जब अपनी टीम के साथ वहाँ पहुँचा तो, देखा—काफी लोग आ चुके हैं और चाय पी रहे हैं। रणंजय सिंह के आग्रह पर वे सब भी चाय पीने के लिए बैठ गए। खेती-बारी की बात छिड़ी, तो रणंजय सिंह ने कहा, "नेफ़ोर्ड संस्था के आने के बाद से गाँव में बहुत बदलाव आया है।" "कैसा बदलाव?" सर्वेश ने उत्सुकतावश पूछा, तो उन्होंने कहा, "एक बड़ा बदलाव तो यही हुआ है कि अब सभी लोग अपनी खेती खुद करने लगे हैं। शायद कोई इक्का-दुक्का ही किसान बचा होगा, जो अभी भी बँटाई पर खेती करवाता हो!"

रणंजय सिंह की बात सुनकर सर्वेश को आश्चर्य भी हुआ और खुशी भी। आश्चर्य इसलिए कि इतने बड़े बदलाव का अन्दाजा उसे नहीं था। खुशी इसलिए कि नेफोर्ड के प्रयासों से किसानों में जागरूकता बढ़ी है, और जो

लोग कभी खेती से दूर भागते थे, अब वे ही उसे एक लाभकारी पेशा मानने लगे हैं। उसे लगा—उसकी मेहनत बेकार नहीं गई है।

"अब हमें क्षेत्र-भ्रमण के लिए निकलना चाहिए" नेफोर्ड-प्रभारी प्रेमशंकर ने कहा, तो सभी उठकर खेतों की ओर चल दिए।

उस दिन विश्रामपुर ब्लॉक के दस गाँवों का दौरा करने की योजना थी। एक खेत से दूसरे, दूसरे से तीसरे और फिर चौथे खेत पर... यही क्रम दिनभर चलता रहा। यदि कहीं किसी फसल पर कोई कीट अथवा रोग दिखा, तो उसका तत्काल समाधान कर दिया गया। शाम होने से पूर्व आखिरी गाँव, मंझनपुर में बैठकर पूरे दिन के अनुभवों पर चर्चा हुई तथा किसानों के सवालों के जवाब दिए गए। अन्त में, सर्वेश ने सबका आभार व्यक्त किया और नेफ़ोर्ड के भावी कार्यक्रमों के विषय में सूचना देकर, क्षेत्र-भ्रमण-कार्यक्रम की समाप्ति की घोषणा की ।

घर आते-आते सर्वेश को काफी देर हो गई थी। वह थका भी बहुत था। उसने जल्दी-जल्दी कुछ खाना खाया, और सोने चला गया। दूसरे दिन उसने कोई कार्यक्रम नहीं रखा था। इसलिए वह देर तक सोता रहा। उठने के बाद हाथ-मुँह धोकर उसने चाय पी और मार्कंडेय भाई की डायरी पढ़ना शुरू किया। उसके मन में बड़ी उत्सुकता थी, यह जानने के लिए कि आखिर मार्कंडेय भाई अपनी डायरी में क्या लिखे होंगे? डायरी बहुत विस्तार में लिखी गई थी। छोटी-से-छोटी बात का भी उस डायरी में ज़िक्र था। मिल के साथ-साथ, बहुत सारी बातें घर-परिवार और अपने रिश्तों को लेकर थीं। सर्वेश को उनके पारिवारिक रिश्तों में ज़्यादा रुचि नहीं थी। पर एक बात जो उसे अच्छी लगी, वह थी उनके दरवाजे पर नियमित रूप से रोज़ शाम को होनेवाला पौराणिक-ग्रन्थों का वाचन। शायद तब यह परम्परा लगभग हर गाँव में प्रचलित थी। कम-से-कम उसके अपने गाँव में तो थी ही। उसे याद आया। उसके घर के सामने एक बड़ा मैदान था, जहाँ कई बड़े-बड़े नीम के पेड़ थे। उन्हीं पेड़ों की छाँव में बैठकर देवकी पांड़े रोज़ रामचरितमानस का पाठ करते और गाँव भर के लोग उन्हें ध्यान से सुनते। खास बात यह थी, कि देवकी पांड़े बमुश्किल दूसरी या तीसरी ज़मात तक पढ़े थे। किन्तु मानस की चौपाइयों और दोहों की जिस गहराई से व्याख्या करते, उसे सुनकर चकित हुए बिना नहीं रहा जा सकता। सर्वेश इस बात को गर्व के

साथ कहता है—उसने रामचरितमानस या महाभारत स्वयं कभी आद्योपान्त नहीं पढ़ा, पर उनके विषय में उसकी जानकारी कम नहीं है। और इसका एकमात्र कारण गाँव में निरन्तर इन ग्रन्थों के पाठ की प्रथा रही है। खेद है, आज यह परम्परा नहीं रही। समय के साथ, आपसी मतभेद बढ़ते गए और ऐसी परम्पराएँ एक-एक कर टूटती गईं। साथ ही टी.वी. एवं मनोरंजन के अनेक अन्य साधनों के उपलब्ध हो जाने का प्रभाव भी इसे प्रभावित किया है।

सर्वेश की उत्सुकता तो यह जानने के लिए अधिक थी कि मार्कंडेय भाई ने मिल के बारे में क्या-कुछ लिखा है!

उनकी डायरी पढ़ने के बाद, सर्वेश को कई नई जानकारियाँ मिलीं। एक तो यही, कि मिल का शुरुआती दौर बहुत अच्छा था। तब का मैनेज़मेंट मिल के प्रति पूर्ण रूप से समर्पित, ईमानदार और निष्ठावान था। यह इसी का परिणाम था कि मिल में स्थापना के प्रारम्भिक वर्षों में खूब तरक्की हुई। मिल फायदे में चल रही थी। सभी खुश थे—चाहे वे मज़दूर हों, अधिकारी हों या अन्य कर्मचारी। किन्तु तत्कालीन मैनेज़र साहब का मिल को छोड़कर चले जाने के बाद, मिल तरक्की करने के बजाय पीछे चलती गई। मिल में दूसरे नम्बर के जो अफ़सर थे, उन्होंने चार्ज़ सँभाला। वह एक तेज-तर्रार और कार्य-कुशल प्रशासक थे। इसके पहले भी, वह किसी सूती मिल में काम कर चुके थे, और उन्हें मिल के काम-काज को चलाने का अच्छा अनुभव प्राप्त था। किन्तु मिल की तरक्की उनका उद्‌देश्य कतई नहीं था। शुरू से ही उनकी गिद्ध-नज़र मैनेज़र की टॉप कुर्सी पर लगी थी। वह इतने चतुर और चालाक थे कि कोई उनकी मन्शा को भाप नहीं सकता था।

मिल में आने के बाद से ही, वह ताना-बाना बुनने लगे थे। वह अपनी चाल बहुत सोच-समझकर चल रहे थे। सबसे पहले तो उन्होंने अपनी कार्य-कुशलता से लोगों का मन जीता। फिर उन्होंने अपने कुछ विश्वस्त कर्मचारियों-अधिकारियों की एक छोटी टीम तैयार की। उनके तीन प्रमुख उद्‌देश्यों में, पहला उद्‌देश्य—मिल की टॉप कुर्सी पर आधिपत्य जमाना था। उसके लिए उस कुर्सी पर बैठे बैनर्जी साहब को अपदस्थ करना ज़रूरी था। अतः उनकी दूसरी चाल बैनर्जी साहब को तथा उनके विश्वासपात्र

कर्मचारियों व अधिकारियों को बदनाम करना था। इसमें बैनर्जी साहब के साथ-साथ, राय साहब और मज़दूर-संघ के तत्कालीन मुखिया सन्तोष प्रमुख थे। उनका तीसरा बड़ा मकसद पैसे कमाने का था। उन्हें अपनी झोली तो भरनी ही थी, साथ ही, वह यह भी जानते थे, कि बिना पैसे खर्च किए अथवा लाभ पहुँचाए, उनके इन कामों में कोई उनका साथ नहीं देगा। तो, पैसों की ज़रूरत तो पड़ेगी ही।

अपने इन उद्देश्यों की पूर्ति के लिए उन्होंने पूरी योजना बना रखी थी। क्या, कब और कैसे करना है, वह सब पूर्व नियोजित था। पैसे की बात थी, तो वित्त विभाग का कोई एक व्यक्ति उनकी टीम में होना आवश्यक था। इसी तरह उन्होंने उत्पादन तथा बिक्री विभाग से एक-दो लोगों को अपनी टीम का हिस्सा बनाया। एक बात, जो वह स्पष्ट रूप से समझते थे, वह यह कि जब तक सन्तोष कमज़ोर नहीं होगा, उन्हें मज़दूरों का सहयोग नहीं मिल पाएगा। इसलिए उन्होंने सन्तोष के घोर-विरोधी चन्दन को अपनी ओर करने का मन बनाया। इस तरह, एक-एक करके उन्होंने कुछ थोड़े-से, किन्तु महत्वपूर्ण लोगों की एक टीम तैयार कर ली। और फिर... एक के बाद एक अपनी चाल चलने लगे।

एक दिन, अपनी पूर्व योजना के अनुसार उन्होंने एक अनजान-से मज़दूर को भेजकर सन्तोष को मिल के स्टोर-ऑफ़िस में बुलवाया। शाम की वेला थी। हलका-हलका अन्धेरा छाया था। सन्तोष अपने घर बैठा चाय पी रहा था। तभी उस मज़दूर ने आकर उसे इत्तला दी कि पांड़ेय जी ने उसे स्टोर-ऑफ़िस में तुरन्त आकर मिलने को कहा है। पांड़ेय जी खुद स्टोर के दफ्तर में बैठे हैं और उसका इन्तज़ार कर रहे हैं।

सन्तोष ने धोती और एक लम्बी बनियान पहन रखी थी। उसने अपने कन्धे पर बस एक गमछा डाल लिया और चप्पल पहने ही, जल्दी-जल्दी पांड़ेय जी से मिलने स्टोर-ऑफ़िस के लिए निकल पड़ा। वह अभी दफ़्तर के दरवाजे पर पहुँचा ही था कि स्टोर में आग लगी दिखाई दी। स्टोर में अचानक आग देखकर वह कुछ घबरा-सा गया। "पांड़ेय जी, पांड़ेय जी" कहता हुआ स्टोर के भीतर घुसा। उसके पाँव से चप्पल छिटक गई और गमछा कन्धे पर से सरक कर, नीचे गिर गया। उसने चारों तरफ देखा। पर पांड़ेय जी कहीं नहीं दिखे। वहाँ दूसरा कोई और व्यक्ति भी नहीं था। 'आग-

आग' चिल्लाता हुआ, वह बाहर आया। उसकी आवाज़ सुनकर आसपास के कुछ लोग वहाँ आ गए। देखते-ही-देखते वहाँ भीड़-सी लग गई। इसी बीच दमकलवाले भी पहुँच गए और आग बुझाने में जुट गए। पांड़ेय जी और मैनेज़मेंट के कुछ अन्य लोग वहाँ पहुँचे ही थे कि तभी पुलिस की एक जीप भी सायरन बजाती हुई वहाँ आ पहुँची। जीप से उतरकर, पुलिस भीड़ की तरफ बढ़ी और वहाँ खड़े लोगों से पूछताछ करने लगी।

इधर पुलिस पूछ-ताछ कर रही थी और उधर, पहले से सूत से लदे ट्रक मिल के पीछे के गेट से निकल रहे थे। उनके पास ज़रूरी कागज़ात थे ही। इसलिए किसी ने उन्हें रोकने की कोशिश नहीं की।

काम हो गया था। पांड़ेय जी खुश थे। उनकी योजना सफल हो गई थी।

प्रारम्भिक जाँच-पड़ताल के बाद शक की सुई सन्तोष पर जाकर रुकी। उसका गमछा और चप्पल सबूत के रूप में पेश किए गए। पुलिस उसे पकड़कर ले जाने लगी, तो उसके साथियों ने विरोध प्रकट किया। पर उनकी एक न चली। पुलिस सन्तोष को लेकर चली गई। वहाँ खड़े सभी स्तब्ध थे। उनकी समझ में कुछ आ नहीं रहा था।

मिल के गोदाम में आग लगाने के ज़ुर्म में सन्तोष का पुलिस द्वारा पकड़ लिए जाने की ख़बर पूरे कैम्पस में आग की तरह फैल गई। जहाँ देखो, जिसे देखो, बस उसी की चर्चा। पर एक बात, जो हर कोई कह रहा था, वह यह कि सन्तोष यह कार्य कतई नहीं कर सकता। एक भी व्यक्ति उस पर लगे इस इल्ज़ाम को सही नहीं ठहरा रहा था। सबकी जुबान पर बस एक ही बात थी, 'निश्चित ही यह किसी की चाल है। सन्तोष के खिलाफ़ षड्यन्त्र रचा गया है।'

पुलिस पर दबाव बढ़ने लगा। डिस्ट्रिक्ट कोर्ट में मुकदमा दर्ज़ हुआ। मजदूर-संघ की ओर से सन्तोष को जेल से रिहा कराने की मुहिम छेड़ दी गई। पुलिस ने छान-बीन तेज कर दी। पता चला, पुलिस का एक दल इस केस के सिलसिले में जाँच-पड़ताल के लिए मिल का दौरा करनेवाला है। इन सब खबरों को सुन-पढ़कर पांड़ेय जी भीतर-ही-भीतर डर गए। कहीं पुलिस की छानबीन में उनका भंडा न फूट जाए! खैर, उनका काम तो हो ही गया था। पैसे भी आ गए थे। अतः बात आगे न बढ़े, उन्होंने आनन-फानन में एक जाँच-दल का गठन कर केस की जाँच शुरू करा दी। सब-कुछ

सुनियोजित था ही। शीघ्र ही, जाँच की रिपोर्ट भी आ गई। रिपोर्ट में यह कहा गया था, कि गोदाम में आग बिजली के शार्ट-सर्किट के कारण लगी थी। इसके लिए कोई व्यक्ति जिम्मेदार नहीं है। सन्तोष पर लगे आरोप सही नहीं हैं। वह निरपराध है। उस रिपोर्ट का हवाला देकर, सन्तोष के खिलाफ पुलिस में दायर रपट वापस ले ली गई। पुलिस ने सन्तोष को छोड़ दिया। वह वापस अपने घर आ गया।

सन्तोष से कुछ छुपा नहीं था। वह जान गया था कि इस पूरे कांड के पीछे पांड़ेय जी का हाथ है। उन्होंने एक तीर से दो निशाने साधने की योजना बहुत सोच-समझकर बनाई थी। उसे झूठे केस में फँसाने और बदनाम करने में तो वह सफल नहीं हो पाए। पर चोरी से सूत बेचने की अपनी योजना में वह सफल रहे। और सन्तोष के लिए यही बात चिन्ता का बड़ा कारण थी। वह जानता था, अब मिल में भ्रष्टाचार रुकने वाला नहीं है। बल्कि और बढ़ेगा। वह यह भी जानता था कि यदि मिल बची रहेगी, तभी लोग भी बचे रहेंगे। उनकी आजीविका चलती रहेगी। पर वह कर भी क्या सकता था! अब वह पहले जैसा मजबूत नहीं रह गया था। उसका संगठन कमजोर हो गया था। न तो अब पहले जैसा आपस में ताल-मेल था और न ही, वह सामंजस्य। सब अपनी-अपनी चला रहे हैं। जिसे देखो, वही नेता बना फिर रहा था। पांड़ेय जी और उनके साथी उनकी इसी फूट का फायदा उठा रहे थे। खैर, वह इतना तो समझ ही गया था कि उसे भविष्य में हर तरह से चौकन्ना और सावधान रहना होगा। क्योंकि उसके विरोधी उसे नीचा दिखाने का हर सम्भव प्रयास करते ही रहेंगे।

पांड़ेय जी और उनके साथियों के मुँह में खून लग गया था। अब वे मिल से पैसे बनाने की कला सीख गए थे। यद्यपि उत्पादन कम नहीं हुआ था, पर कम दिखाया जाने लगा। उत्पादन में कमी होने का कोई कारण था ही नहीं। किन्तु उत्पाद का एक हिस्सा किसी-न-किसी तरह चोरी से बेच दिया जाता। पांड़ेय जी खुद मालिक थे। जब संस्थान का मालिक खुद चोरी करने लगे, तब उस संस्थान को कोई कैसे बचा सकता है!

लोगों का ध्यान घटते उत्पादन और मिल के घाटे की ओर न जाए, इसलिए मज़दूरों की हड़ताल और तोड़-फोड़ जारी रखना ज़रूरी था। उसका इन्तज़ाम भी पांड़ेय जी ने कर लिया था। एक दिन अचानक उन्होंने चन्दन

को आगे कर मज़दूर-संघ के दो फाड़ कर दिए और बिना किसी आधार के उन्होंने चन्दन के गुट को मान्यता दे दी। इसी तरह कुछ को पैसों की लालच देकर, तो कुछ को डरा-धमकाकर, सन्तोष के गुट से अलग कर लिया गया। सन्तोष अकेला पड़ता गया। फिर क्या? फिर तो, मज़दूर ही आपस में लड़ने लगे। थोड़े समय बाद ही मज़दूरों का एक और संगठन अस्तित्व में आ गया। अब कभी इस गुट का, तो कभी उस गुट का, कोई-न-कोई गुट धरने पर बैठा मिलता। सबकी अपनी-अपनी माँगे थीं। मैनेज़मेंट अपनी सुविधानुसार कभी इस गुट की, तो कभी दूसरे गुट की, कुछ माँगे मान लेता। पर माँगे ख़तम कहाँ होतीं?

तीनों ही गुट बाहरी नेताओं के चंगुल में फँस गए थे। नेतागिरी बाहरवालों की, नारेबाजी मज़दूरों की। मिल इसी में पिसती रही। लाभ घटते रहे; घाटे बढ़ते रहे। और फिर, एक दिन... वही हुआ जिसका सन्तोष को डर था... मिल धूँ-धूँकर जल उठी... मजदूर-संगठनों के अट्टहास से सारा परिसर गूँज उठा। उस समय के मिल के हालात पर तंज कसते हुए एक स्थानीय अख़बार के सम्पादक ने अपनी सम्पादकीय में लिखा :

"मिल के हालात देखकर ऐसा लगने लगा था, मानो पकवा-इनार के भूत फिर वापस लौट आए थे। हाँ, उनकी वेशभूषा और बोली-बानी बदली हुई अवश्य थी। उन्होंने मजदूरों व कर्मचारियों के दिलो-दिमाग पर कब्ज़ा जमा लिया था। वे उन्हें कठपुतलियों की तरह नचा रहे थे। मजदूरों-कर्मचारियों का दिमाग इस कदर फिर गया था कि वे मिल की बर्बादी में ही अपना हित देखते। मिल बन्द कराने में उन्हें अपनी समस्याओं का समाधान दिख रहा था।... काश! वे यह समझ पाते कि वे अपने ही हाथों अपना आशियाना उजाड़ रहे हैं। खुद अपने ही पैरों पर कुल्हाड़ी मार रहे हैं। पर... उनके सिर पर तो भूत सवार थे। उन्हें गलत-सही की समझ रह कहाँ गई थी?"

मिल बन्द हो जाने के बाद 'मजदूर-यूनियन' जिन्दाबाद जैसे नारों की भला क्या अहमियत रह जाती है? इस सम्बन्ध में महाभारत की एक कथा याद आती है।

अभिमन्यु अपने आधे-अधूरे ज्ञान के साथ चक्रव्यूह-भेदन के लिए

अग्रसर होता है। उसकी हिम्मत और बहादुरी बड़े-बड़ों को चमत्कृत करती है। किन्तु वह चक्रव्यूह में फँस जाता है और अन्त में मारा जाता है।

अभिमन्यु अपनी परिणति से अनभिज्ञ नहीं था। उसकी मृत्यु सुनिश्चित है—वह यह भली-भाँति जानता था; पाण्डव भी जानते थे। पर पाण्डवों के पास उस दिन युद्ध के लिए और कोई विकल्प था ही नहीं। यहाँ भी तो सवाल वही था—क्या क्रान्ति के सिवा लेबर-यूनियन के लिए और कोई मार्ग नहीं था? यदि नहीं, तो फिर मिल-बन्दी के कारण उपजने वाली परिस्थितियों जैसे बेरोज़गारी व भुखमरी से उबरने के लिए मार्क्स ने कोई उपाय सुझाया नहीं था? यह प्रश्न अचानक ही सर्वेश के मन में कौंध गया।

12

कितनी अज़ीब बात है न! कभी वह भी समय था, जब नाना-नानी के घर आकर पद्मिनी कितनी खुश होती थी! गर्मी की छुट्टियाँ हों, अथवा दशहरा-दिवाली की। वह यहाँ आकर खूब मस्ती करती। नाना-नानी को भी कम मज़ा नहीं आता। कुछ दिन के लिए ही सही, पर पद्मिनी के आ जाने से उनका एकाकीपन समाप्त हो जाता। रोज़ कुछ-न-कुछ नया खाने को मिलता। पद्मिनी की फ़रमाइश हुई नहीं कि नानी जुट जातीं किचन में, उस डिश को बनाने के लिए। उन्हें खाना बनाने का शौक भी बहुत था। हालाँकि, जब वह पद्मिनी के नाना के साथ अकेली होतीं, तब नित्य कुछ नया बनाने का उत्साह नहीं रह जाता। वैसे भी, वे लोग उम्र के अनुसार सादा खाना ही पसन्द करते। पर पद्मिनी के साथ रहने पर सब-कुछ बदल जाता। खाने-पीने के कायदे-कानून भी बदल जाते। तब तो वे दोनों उसके साथ अकसर कहीं-न-कहीं घूमने भी निकल जाया करते। पद्मिनी घर में कहाँ बैठनेवाली थी? वह अपने नाना-नानी को भी तरोताजा किए रहती। उन्हें अच्छे, स्मार्ट कपड़े पहनने के लिए विवश करती। वे लोग उसके साथ बाहर किसी रेस्तराँ में खाना भी खा लेते। जबकि वे अकेले बाहर खाना खाने शायद ही कभी जाते!

परन्तु इस बार जबसे पद्मिनी यहाँ आई है, वह एकदम बदल-सी गई है। उसे किसी चीज़ में जैसे कोई इंट्रेस्ट रहा ही नहीं। न खाने की फ़रमाइश और न ही, कहीं बाहर घूमने जाने की इच्छा। नाना-नानी के कहने पर भी वह बाहर जाने से मना कर देती। कॉलेज जाना तो बन्द था ही। उसे घर बैठकर ही इंटर-प्रीवियस की तैयारी करनी थी। पर उसका पढ़ने में भी कतई मन नहीं लग रहा था। वह बहुत परेशान रहती। अकसर रो पड़ती। नानी उसे गले से लगा लेतीं। समझातीं, 'तुम्हें अपने को सँभालना होगा। पूरा जीवन

पड़ा है। निराश होने से कुछ हासिल नहीं होगा। फिर पढ़ाई तो करनी ही है। शिक्षा के बिना भविष्य अन्धकारमय हो जाएगा।'

थोड़ा समय लगा। पद्मिनी को भी एहसास हुआ कि पढ़ाई ज़रूरी है। समय बर्बाद करने से अच्छा है, मन लगाकर पढ़े। 'यदि विधाता ने मेरे भाग्य में यही लिखा है, तो यही सही। मुझसे जितना कुछ बन सकेगा, प्रयास करूँगी।' और वह अपनी पढ़ाई में जी-जान से जुट गई।

कुछ दिन बाद, उसकी नानी ने पड़ोस की एक लड़की से उसका परिचय करा दिया। उसका नाम शकुन्तला था। वह भी वहीं किसी कॉलेज में इंटर में ही पढ़ती थी। पद्मिनी उससे किताबें और नोट्स लेकर पढ़ने लगी। इससे उसको काफी सहूलियत हुई। उसका मनोबल बढ़ा और पढ़ाई में मन भी लगने लगा। उसने अपने मन में ठान लिया था—फर्स्ट-डिवीजन न सही, कम-से-कम गुड-सेकेंड के नम्बर तो लाने ही हैं। वह खूब मन लगाकर पढ़ती। अपने नोट्स बनाती और कभी-कभी कुछ विषयों पर शकुन्तला से डिस्कस भी करती। अब वह यदा-कदा अपनी नानी के साथ पास के एक पार्क में घूमने भी चली जाती।

पद्मिनी की मेहनत रंग लायी। उसे इंटर की परीक्षा में 58 प्रतिशत से अधिक अंक प्राप्त हुए। उसकी खुशी का ठिकाना नहीं था। नाना-नानी भी उसकी इस उपलब्धि पर कम खुश नहीं थे। उन्होंने तो इस खुशी में आसपास के लोगों के घरों में मिठाइयों के डिब्बे भी भिजवाए। पद्मिनी अपने मम्मी-पापा से मिलने के लिए उतावली हो गई। वह उनसे अपनी खुशी शेयर करना चाहती थी। उसे मालूम था—उसके मम्मी-पापा यह खबर सुनकर फूले नहीं समाएँगे। किन्तु वह मज़बूर थी। वह उनसे मिलने वहाँ जा नहीं सकती थी। न पत्र ही लिख सकती थी। उसे दिन-रात अपने मम्मी-पापा याद आते।

संयोग देखिए! एक दिन अचानक, उसके मम्मी-पापा खुद ही वहाँ आ गए। उन्हें देखकर, उसकी आँखों में खुशी के आँसू छलक आए। वह बड़ी देर तक अपनी माँ को पकड़कर आँसू बहाती रही। सिसकती रही। उसे रोता देख उसके पापा, मम्मी, नाना और नानी, सब रो पड़े। कोई किसी को चुप करानेवाला नहीं था।

पद्मिनी के मम्मी-पापा बस तीन-चार दिन ही वहाँ रुक पाए थे। उन्होंने उसे बताया था, मिल में बहुत उथल-पुथल चल रही है। स्थिति बहुत ही

डाँवाँडोल है। 'मिल बन्द भी हो सकती है'-यह तो उन्होंने नहीं कहा। परन्तु यह ज़रूर कहा कि वहाँ कभी भी, कुछ भी हो सकता है। ऐसी स्थिति में उसे आगे भी यहीं रहकर प्राइवेट परीक्षा देनी होगी। मज़बूरी है। कोई अन्य चारा नहीं है। किन्तु उसके पापा ने उसे यह आश्वासन अवश्य दिया था, कि भविष्य में यदि सब-कुछ ठीक-ठाक रहा, तो वह उसकी आगे की पढ़ाई के लिए उसे किसी बड़ी यूनिवर्सिटी में भेजने की व्यवस्था अवश्य करेंगे।

खैर, पद्मिनी को यह बात तो स्पष्ट हो ही गई थी, कि फिलहाल अभी कुछ समय तक उसका मरज़ादपुर अपने घर जाने की सम्भावना लगभग नहीं के बराबर है। कम-से-कम अगले एक साल तक तो उसे नाना-नानी के पास ही रहकर पढ़ाई पूरी करनी होगी। पापा जाते-जाते यह बता गए थे, मिल में हालात के कुछ ठीक होते ही वह फिर उससे मिलने आएँगे। पद्मिनी क्या कहती? उसे तो वही मानकर चलना था, जो उसके पापा उसे बताकर गए थे।

उस रात वह बहुत देर तक सो नहीं पाई थी। रोई भी बहुत। बहुत दिनों बाद उस रात योगेन्द्र की अचानक याद आई, तो अतीत के पन्ने एक-एककर खुलने लगे।... उस रोज़ वे दोनों लंच के बाद कॉलेज छोड़कर आ गए थे। उन्होंने दो बजे का फ़िल्म-शो देखने का मन बनाया था। समय से सिनेमा-हॉल पर पहुँचकर खिड़की से दो टिकटें लीं। बाहर एक खोनचे वाले से भुने हुए चने और गरम-गरम मूँगफली खरीदी। फिर हॉल में जाकर अपनी-अपनी सीट पर बैठ गए। वे मज़े से फ़िल्म देख रहे थे और मूँगफली-चने खा रहे थे। बीच-बीच में वे एक-दूसरे का हाथ पकड़ लेते और बहुत करीब आ जाते—इतने करीब कि वे एक-दूसरे की गरम साँसों को महसूस कर पाते।... कितने खुश थे वे दोनों!

पर उन्हें क्या पता था, कोई उनके पीछे कुछ दूरी पर बैठे, उन्हें लाड़-लड़ाते देख रहा था!

फ़िल्म ख़त्म हुई और वे बाहर निकले। कुछ दूर तक उसने उनकी साइकिल का पीछा किया और जब वे मिल के सड़क की तरफ मुड़ गए, तब उसने अपनी साइकिल दूसरी दिशा में मोड़ ली।

कोई उनका पीछा कर रहा है—इसकी उन्हें भनक तक नहीं लगी। यह तो कुछ समय बाद, जब उसका एक रजिस्टर्ड-लेटर उसके पापा को मिला,

तब यह राज़ खुल पाया। पद्मिनी ने इसके पहले अपने पापा को इतना दुःखी और निराश कभी नहीं देखा था। उसे इस बात का बहुत दुःख था, और पछतावा भी। पर अब वह कर भी क्या सकती थी! आज वह अपनी उसी एक गलती का ख़ामियाज़ा भुगत रही है। कौन जाने? यह दाग कभी धुलेगा भी या नहीं!

फिर उसके मन ने कहा-उसने ऐसा कोई गलत कदम नहीं उठाया था, जिसके लिए उसे पछतावा होना चाहिए। योगेन्द्र से प्यार हो गया, तो हो गया। पर उन दोनों ने कभी मर्यादा का उल्लंघन नहीं किया। ज़्यादा-से-ज़्यादा एक-दूसरे का हाथ-भर छुआ। इसके आगे वे कभी नहीं गए। पर यह बात सच है, वे एक-दूसरे को बहुत चाहते थे... पूरे मन से चाहते थे।

वह उस रात बहुत देर तक योगेन्द्र के बारे में ही सोचती रही। 'क्या उसे मेरी कभी याद आती होगी? क्या वह अभी भी मेरा इन्तज़ार कर रहा होगा? कौन जाने?... कभी कुछ ख़बर तो मिली नहीं! किसी से उसके बारे में पूछने का अवसर भी कहाँ मिला!'

तभी अचानक उसके मन से निकला—'भूल जाओ उसे! भूल जाओ कि तुम्हारे जीवन में कभी कुछ ऐसा भी हुआ था। तुम्हारे मन ने किसी को चाहा था। कोई ऐसा था, जिसके साथ होने पर मन प्रफुल्लित हो उठता। सारा वातावरण खुशनुमा लगने लगता। हाँ... पर अब यह सब क्यों सोचना? अभी तो पूरा भविष्य ही अन्धकार-मय दिखता है। कल क्या होगा? पता नहीं! दोस्त-मित्र तो क्या, माँ-बाप और बहन का साथ भी छूट गया। न जाने, फिर कब उनके साथ रहने का सुख मिल पाए?... वह तो यह भी नही जानती थी।'

यही सब सोचते-सोचते, वह कब सो गई, पता नहीं चला।

पद्मिनी जब दूसरे दिन सोकर उठी, तब वह काफी फ्रेश महसूस कर रही थी। उसने नहा-धोकर नाश्ता किया और पढ़ने बैठ गई। अब वह पूरा ध्यान पढ़ाई में लगाती। वह जानती थी, अच्छी शिक्षा ही उसके आगे का मार्ग प्रशस्त कर सकती है। इसलिए, चाहे जो हो जाए, उसे अपना ध्यान भटकाना नहीं है। उसे पूरा विश्वास था, अगले वर्ष जब वह इंटर-फाइनल कर लेगी, तब उसके पापा उसे किसी अच्छे विश्वविद्यालय में ग्रेजुएशन करने के लिए अवश्य भेजेंगे। वह यह भी जानती थी, जितने अच्छे अंक

इंटर में आएँगे, विश्वविद्यालय में प्रवेश के चांसेज़ उतने ही बढ़ जाएँगे। इसलिए वह जी-जान से अपनी पढ़ाई में लग गई। शकुन्तला की दोस्ती ने उसे बड़ा सहारा दिया। कई बार तो वह उसके घर ही चली जाती और साथ बैठकर अपनी तैयारी करती। शकुन्तला के नोट्स भी उसके बड़े काम आते। शकुन्तला के पास पिछले कई वर्षों के प्रश्नपत्र उपलब्ध थे। उन्हें ध्यान में रखकर वे दोनों तैयारियाँ करतीं। शकुन्तला पढ़ने में बहुत अच्छी थी। वह मेहनत भी खूब करती थी। उसका प्रभाव पद्मिनी पर भी पड़ा। वह भी जी-जान से अपनी पढ़ाई में लगी रही।

मरज़ादपुर सूती मिल में क्या कुछ चल रहा था? वह उससे एकदम अनजान थी। पर उसे क्या पता था, कि उसके जीवन में फिर एक बड़ा तूफान आनेवाला है!

एक दिन वह अपने कमरे में बैठी अपनी पुस्तकों में खोई हुई थी, कि पोस्टमैन आया और उसकी नानी को एक बन्द लिफाफा देता गया। नानी ने आवाज़ दी,

"पद्मिनी बेटे! मरज़ादपुर से चिट्ठी आई है। तुम्हारे पापा ने भेजी है। देखो तो! इसमें क्या लिखा है? सब हाल-चाल ठीक तो है न!"

'मरज़ादपुर से चिट्ठी आई है!'

नानी की यह बात सुनकर पद्मिनी का दिल तेजी से धड़कने लगा। न जाने, क्या लिखा होगा, पापा ने? वह अपनी पुस्तक जैसी-की-तैसी छोड़कर बाहर आ गई। उसने नानी के हाथ से लिफाफा लिया और उसे खोलकर जल्दी-जल्दी पढ़ने लगी। दो-तीन लाइनें पढ़ने के बाद ही पद्मिनी की जुबान लड़खड़ाने लगी। वह आगे पढ़ने में असमर्थता महसूस कर रही थी। उसके हाथ-पाँव फूल गए। चिट्ठी उसके हाथ से फिसलकर फ़र्श पर जा गिरी। उसने किसी तरह अपने को सँभाला और पास पड़ी एक कुर्सी पर धम्म से बैठ गई। उसकी आँखों से झर-झर आँसू झरने लगे।

पद्मिनी की हालत देखकर उसकी नानी एकदम घबरा गईं। उन्होंने पद्मिनी के नाना को आवाज़ लगायी। वह बाहर लॉन में पौधों को पानी दे रहे थे। पत्नी की घबराई हुई आवाज़ सुनकर, वे भी नलके का पानी बिना बन्द किए, पाइप वहीं छोड़कर जल्दी-जल्दी घर के भीतर आए। उन्होंने देखा—पद्मिनी सिसकियाँ भर रही है। नानी के हाथ में एक पत्र है, जिसे

उन्होंने अपने काँपते हाँथों से उन्हें पकड़ा दिया। वह जल्दी-जल्दी उस पत्र को पढ़ने लगे।

पद्मिनी के पिता ने लिखा था—

'कल मिल में बहुत तोड़-फोड़ हुई। आगज़नी और खून-खराबा हुआ। मज़दूर-यूनियनों के सदस्यों के साथ आए बाहरी तत्वों ने मिल को बहुत नुकसान पहुँचाया। मिल के गोदाम और मैनेज़र साहब के कार्यालय में आग लगा दी गई। तमाम अफ़सरों-मज़दूरों को मारा-पीटा गया। उनके घरों में घुसकर तोड़-फोड़ और लूटपाट की गई। कई लोगों को चोटें आई हैं। सन्तोष, मार्कंडेय सिंह, रामनगीना यादव, आदि कुछ लोगों की हालत ज़्यादा गम्भीर है। उन सबका मरज़ादपुर के सरकारी अस्पताल में इलाज़ चल रहा है। सबसे चिन्ताजनक बात तो यह रही कि मिल को बन्द कर दिए जाने का आदेश जारी कर दिया गया है। इतना ही नहीं, एक हफ़्ते के भीतर सबको अपना-अपना मकान खाली कर कैम्पस छोड़ देना है। चारों तरफ अफ़रा-तफ़री मची हुई है। मिल में सब तरफ बस पुलिस-ही-पुलिस दिख रही है। कुछ लोग पकड़े भी गए हैं। कुछ की तलाश चल रही है।

समझ में नहीं आ रहा है, कोई करे तो क्या करे!...मुझे बस कुछ मामूली चोटें आई हैं। दो-चार दिन में अस्पताल से छुट्टी मिल जाने की उम्मीद है। तुम्हारी माँ ने पास के गाँव में किराए का एक घर देख लिया है। हम शीघ्र ही उसमें शिफ़्ट हो जाएँगे। तुम बिलकुल परेशान मत होना। बस अपनी पढ़ाई पर ध्यान देना। कुछ परेशानियाँ अवश्य हैं। ईश्वर का भरोसा है—शीघ्र ही सब ठीक हो जाएगा।'

13

एक से लेकर डेढ़ महीने तक के भीतर लगभग सभी लोग स्वस्थ होकर अस्पताल से वापस घर आ गए थे। कुछेक की पट्टियाँ अवश्य बँधी थीं और उन्हें हफ्ते में एक-दो बार पट्टी बदलवाने अस्पताल जाना पड़ता। सन्तोष के सिर की पट्टी भी अभी खुली नहीं थी। उसे भी बीच-बीच में अस्पताल जाना पड़ता। अस्पताल से घर आ जाने के बाद से ही उसके दोस्तों और जाननेवालों का आना-जाना शुरू हो गया था। वे आते तो उसका हाल पूछने, पर मिल-बन्दी के कारण हो रहीं अपनी परेशानियाँ भी बयाँ करना नहीं भूलते। इसी बीच पत्नी के कहने पर सन्तोष ने सत्यनारायण-व्रत की कथा का कार्यक्रम बनाया। दरअसल, उन्होंने मनौती मान रखी थी कि जब रश्मी के पापा स्वस्थ होकर अस्पताल से घर आ जाएँगे, तब वे एक दिन का व्रत रखेंगी, और सत्यनारायण बाबा की कथा सुनेंगी। तो, एक दिन शुभ मुहूर्त देखकर, कथा का कार्यक्रम बन गया। मिल के उसके सभी पुराने साथी कथा सुनने आए। पहले की तरह ही, शम्भू पांड़े इस कार्यक्रम के सूत्रधार बने। पर अबकी बार उनकी वाणी में पहले जैसा न तो तेज़ था, न ही उत्साह, जैसा कि मिल के समय आयोजित धार्मिक अनुष्ठानों के अवसर पर देखने की मिलता था।

कथा समाप्त हुई, तो सब लोग एक-एक कर कलेवा बँधवाने लगे। पांड़े जी जब कलेवा बाँध लेते और वह व्यक्ति उनके पाँव छूता, तब वे उसे, "कम्युनिस्टों का सर्वनाश हो!" का आशीर्वाद देते। कुछ उनके इस आशीर्वाद पर हँस देते; कुछ सोच-विचार में पड़ जाते। दरअसल, मिल बन्द हो जाने के बाद, पांड़े जी को भी औरों की ही तरह मकान खाली करना पड़ा था। अब वे मरज़ादपुर के एक अर्द्धविकसित मोहल्ले में एक कमरे के

छोटे-से मकान में रहने लगे हैं, जहाँ स्नानागार और टॉयलेट के नाम पर घर से बाहर कुछ दूरी पर बाँस की टाट से ढकी एक छोटी-सी जगह भर है। कहाँ मिल के मकान की सुविधाएँ, कहाँ यह टूटा-फूटा मकान! पुरानी बातें याद आते ही उनके मन में कम्युनिस्टों के प्रति घृणा का भाव भर जाता। और वह उन्हें कोसे बिना नहीं रह पाते।

अपना-अपना प्रसाद लेकर एक-एक कर सभी लोग चले गए। कुछ थोड़े-से सन्तोष के पुराने साथी ही रह गए थे। वे आपस में बातें कर रहे थे कि रश्मी चाय लेकर आई। सब चाय पीने लगे। चाय पीते-पीते, सम्पत ने सन्तोष से पूछा,

"तो क्या, कुछ सोचा है, तुमने? या अब इसी तरह चुपचाप, हाथ पर हाथ धरे बैठकर दिन गिनते रहें, हम लोग?"

उसके इस सवाल पर वहाँ बैठे सभी मित्रों का ध्यान सन्तोष पर केन्द्रित हो गया। उनके चेहरे पर उत्सुकता के भाव स्पष्ट दिख रहे थे। सबके मन में बस एक ही प्रश्न था—"क्या भविष्य को लेकर सन्तोष के मन में कोई योजना है भी या नहीं?"

सन्तोष कुछ देर तक चुप रहा। लगा, जैसे वह कुछ सोच रहा हो! कुछ पल यूँ ही बीते। फिर उसने कहा, "अभी तो एक चिन्ता यही है कि जो पिछले तीन-चार महीनों से किसी को सैलरी नहीं मिली है, उसे कैसे रिलीज़ करवाई जाए। फिर जो हमारा फण्ड जमा है, उसे भी तो निकलवाना होगा, न।"

"बात तो सही है। यदि ये पैसे मिल जाते, तो लोगों की शुरुआती दौर की समस्याएँ कुछ कम अवश्य हो जातीं।" रघु ने बीच में टोकते हुए कहा, तो सबने उसकी हाँ में हाँ मिलाई।

सन्तोष ने इस काम के लिए सम्पत को ज़िम्मेदारी देते हुए कहा कि वह एक पत्र तैयार कर ले और जिलाधीश महोदय तथा तत्सम्बन्धी अधिकारियों से मिलकर जितनी जल्दी हो सके, यह काम पूरा कराये।

"ठीक है, मैं इस काम पर कल से ही लग जाता हूँ।" सम्पत ने संक्षिप्त उत्तर दिया, तो रघुनाथ ने पूछा, "और हम सब क्या करें? क्या हमारे लिए भी कोई योजना है?"

"हाँ-हाँ! है न!" सन्तोष ने उत्तर दिया।

"तो बताओ, क्या योजना है?" रघुनाथ ने कुछ उत्सुकता जताते हुए पूछा।

"एक महत्वपूर्ण बात तो यही है कि अगले तीन-चार महीनों में विधान-सभा के चुनाव होनेवाले हैं।"

"पर विधान-सभा के चुनाव से हम लोगों को क्या लेना-देना?" सन्तोष को बीच में ही टोकते हुए शम्भू पांड़े ने पूछा।

"है।... लेना-देना है।" सन्तोष ने कुछ गम्भीर होते हुए कहा।

"वह कैसे?" पांड़े जी ने दुबारा प्रश्न किया।

"दरअसल, अगले विधान-सभा के चुनाव में श्री भीमसेन जी कम्युनिस्ट पार्टी के प्रत्याशी बननेवाले हैं। हमारा यह क्षेत्र कम्युनिस्टों का गढ़ माना जाता है। पिछले कई बार से उसी पार्टी के विधायक व सांसद चुने जाते रहे हैं।"

"तो अबकी बार, क्या वह स्थिति बदल गई है?" रघुनाथ ने जानना चाहा।

"नहीं! बदली नहीं है। पर बदली तो जा सकती है, न!" सन्तोष ने अपनी बात पर बल देते हुए कहा।

"पर कैसे?" सब एक-साथ ही बोल पड़े थे।

"इस प्रश्न पर विस्तार से सोचने की आवश्यकता है। 1957 में कांग्रेस पार्टी की हार के बाद से लेकर आज तक कम्युनिस्ट पार्टी के विधायक और सांसद ही इस क्षेत्र का प्रतिनिधित्व करते आए हैं। पर क्या, इस क्षेत्र में विकास का एक भी काम हुआ? नहीं न! बड़ी मुश्किल से एक मिल बनी थी। वह भी कांग्रेसियों के प्रयास से। उसे भी इन लोगों ने बन्द करा दिया। दरअसल, ये लोग विकास-विरोधी हैं। ये कतई नहीं चाहते कि लोग गरीबी से बाहर निकलें; गरीबों के बच्चे स्कूल-कॉलेज से शिक्षा लें और इज़्ज़त की जिन्दगी जिएँ। वे यह जानते हैं—जब तक गरीबी और भुखमरी का बोल-बाला रहेगा, उनकी दुकान चलती रहेगी। ये सामाजिक-समभाव का सपना दिखाकर उन्हें अपने पीछे लगाए रखेंगे और उनसे 'इनकलाब जिन्दाबाद' के नारे लगवाते रहेंगे।" सर्वेश की आवाज़ में उत्तेजना का भाव स्पष्ट दिख रहा था। कुछ देर रुककर, उसने आगे कहा,

"मज़ेदार बात तो यह है, कि मिल बन्द कराने की बात को ये लोग

अपनी बड़ी उपलब्धि मान रहे हैं। कहते हैं, 'मिल बन्द कराकर हमने गरीब-मज़दूरों का शोषण समाप्त कर दिया है। जब तक मिल चलती रही, इनका शोषण होता रहा। मज़दूर दिन-रात पसीना बहाकर उत्पादन बढ़ाते; मिल का प्रॉफ़िट बढ़ता। किन्तु सरकार व उनके बाबू उस प्रॉफिट को आपस में बाँटकर खा जाते। मज़दूर को अपनी मज़दूरी के सिवाय कुछ हासिल नहीं होता। हमने यह सिलसिला हमेशा के लिए बन्द करा दिया है।"

"पर मिल बन्द कराकर उन्होंने उनकी रोज़ी-रोटी भी तो छीन ली है! क्या मज़दूर उनसे यह सवाल नहीं पूछेंगे?" अम्बिका ने प्रश्न किया।

"अवश्य पूछेंगे। और... पूछ भी रहे हैं। और पार्टी के लोग उनका जवाब भी दे रहे हैं।" सन्तोष ने उत्तर दिया, तो पांड़े जी ने अगला सवाल पूछ लिया,

"कैसा जवाब?"

सन्तोष ने मुस्कराकर कहा, "अब वे उन्हे एक नया सपना दिखा रहे हैं।"

"नया सपना?" रघु ने उत्सुकता जताते हुए प्रश्न किया।

"हाँ, नया सपना। वे कह रहें हैं—'चुनाव आनेवाला है। चुनाव-बाद उनकी सरकार बनेगी। सरकार बनते ही, मिल दुबारा चालू की जाएगी। पर इस बार, मिल सरकार के बाबू नहीं, वरन् मज़दूर-संगठन चलाएँगे। यानी हम ही मज़दूर होंगे, हम ही मालिक भी। जो प्रॉफ़िट होगा वह हमारा होगा। उसमें सबकी बराबर की भागीदारी होगी।' "

सन्तोष ने विस्तार में उत्तर देते हुए अपनी बात समाप्त की, तो रघुनन्दन बोल पड़ा,

"ऐसी स्थिति में हमारी भूमिका क्या होगी?"

"हमें इनके झूठ को उजागर करना होगा। मिल बन्द कराने की ज़िम्मेदारी तो ये स्वयं ले ही रहे हैं। मिल बन्द हो जाने से उत्पन्न परेशानियों के साथ-साथ, लोगों के बच्चों के अन्धकारमय भविष्य को लेकर उन्हें आगाह करना होगा। हमें उनके विकास-विरोधी-नीति का भंडा-फोड़ करना होगा।"

इसके बाद सन्तोष ने अपनी योजना का विस्तार करते हुए अलग-अलग टोलियाँ बनाकर पूर्वांचल के अलग-अलग हिस्सों की ज़िम्मेदारियाँ सौंपी। उसने उन्हें बताया, 'हमारी अप्रोच व्यक्तिगत होगी। सबसे पहले हम

उन लोगों से सम्पर्क करेंगे, जो किसी-न-किसी रूप में मिल से जुड़े थे और मिल बन्द हो जाने से प्रभावित हुए हैं। फिर उनके माध्यम से गाँव के दूसरे परिवारों से मिलकर उन्हें कम्युनिस्ट पार्टी की असलियत से वाकिफ़ कराएँगे। हमें उनके समाज-विरोधी चरित्र को उजागर कर एक ऐसा माहौल तैयार करना होगा, जिससे चुनाव में उनकी हार तो हो ही, ज़मानत भी जप्त हो जाए। हाँ, एक बात और। हमें किसी भी हालत में हिंसात्मक नहीं होना है। वे हमें उकसाएँगे, मारपीट भी करेंगे। पर हमें शान्त रहना होगा। तो चलो, हम अपने इस अभियान में आज से, अभी से जुट जाएँ।

अन्त में, 'जय भारत', 'जय जनता' के उद्घोष के साथ बैठक समाप्त हुई। सब अपने-अपने गन्तव्य पर निकल पड़े।

सन्तोष ने सिर्फ पुरुषों की टोलियाँ ही नहीं बनाई थीं। उसने उसी तर्ज़ पर महिलाओं की टोलियाँ भी तैयार की थीं। महिलाओं की टोलियों का नेतृत्व प्रदान करनेवालों में दुर्गा चाची, सावित्री भाभी, सुखदेई बुआ, रमरतिया बहन और उसकी अपनी पुत्री रश्मी प्रमुख थीं। समाज के सभी वर्गों से महिलाओं का चयन किया गया था। सन्तोष की दृष्टि में महिला टीमों की भूमिका पुरुषों से भी कहीं ज़्यादा अहम थी। वह जानता था—मिल बन्द होने का दुष्परिणाम महिलाओं और बच्चों पर सबसे ज़्यादा पड़ा था; ख़ासतौर पर निम्न वर्ग की महिलाएँ ज़्यादा प्रभावित हुई थीं और ठगा हुआ महसूस कर रही थीं। मिल की सुख-सुविधाओं को छोड़कर, उन्हें दुबारा अपने पूर्व के झुग्गी-झोपड़ी के माहौल में जाना बहुत खला था, जहाँ न पानी है, न बिजली। जब तक वे मिल में रहीं, औरों की तरह उनके बच्चे भी स्कूल जाया करते थे। अब उनका स्कूल जाना लगभग बन्द-सा हो गया है।

महिलाओं की एक टोली का प्रधान चुनी गईं रमावती भाभी उन्हीं में से एक हैं। खूब जली-भुनी हैं। उनके पति, दलसिंगार आन्दोलनकारियों में से एक थे। वे झंडा लेकर आगे-आगे चलते और ज़ोर-ज़ोर से नारे लगाते। जब उनके साथी उनको 'कॉमरेड' कहकर बुलाते, तब उनके चेहरे का भाव देखने लायक होता; गर्व से भरा हुआ। आमजन से अलग; एक बड़े नेता की तरह। अब वही दलसिंगार मुँह छिपाए फिरते हैं; अपनी ही पत्नी से और अपने ही बच्चों से। ठगा हुआ महसूस करते है; पछताते हैं। पर 'अब पछताए होत क्या, जब चिड़िया चुग गई खेत।'

उसे याद है, जब रमावती भाभी का नाम एक महिला-टोली के प्रधान के रूप में प्रस्तावित किया गया था, तब वह कितनी भावुक हो गई थीं! उनकी आँखों से आँसू बह निकले थे। जब वे कुछ आश्वस्त हुईं, तब अपनी कुर्सी से उठकर अपने दोनों हाथ ऊपर उठाकर उन्होनें संकल्प लिया था और कहा था, 'जब तब हम भीमसेन को हरा नहीं लेते; उसे धूल चटा नहीं देते, तब तक मैं न तो अपने केश बाँधूगी और ना ही नाखून काटूँगी।' जब यह बात कभी सन्तोष ने सर्वेश को बताई थी, तब उसे हल्दीघाटी युद्ध के पूर्व महाराणा प्रताप द्वारा लिया गया वह संकल्प याद आया। उन्होंने कहा था, 'जब तक स्वतन्त्र यह देश नहीं, कट सकता है नख-केश नहीं।' रमावती भाभी का संकल्प भी तो कुछ इसी तरह का था।

दलसिंगार अकेले ही ऐसे व्यक्ति नहीं थे जो अपने आप को ठगा महसूस करते, बल्कि उनकी तरह बहुत से लोग थे; शायद अनगिनत।

एक दिन की बात है, सन्तोष अपने मित्रों के साथ बैठे बातें कर रहा था, कि तभी उसकी बेटी रश्मी बाज़ार से कुछ घरेलू सामान लेकर लौटी। उसने उन्हें बताया कि वह जुम्मन चाचा के स्टोर पर गई थी। जुम्मन चाचा ने उससे कहा था, "बिटिया, दुकान चलाना मुश्किल हो रहा है। पहले मिल के लोग सामान उधारी ले जाते, महीने के अन्त में सैलरी मिलते ही उधार चुकता कर जाते। अब स्थिति बदल-सी गई है। सामान तो लोग अब भी ले जाते हैं, पर पैसा लौटा नहीं पाते। मुँह लटकाए दुबारा आते हैं—'चाचा, अभी पैसा नहीं है, फिर दे दूँगा। मैं कुछ नहीं कह पाता; सामान दे देता हूँ, जबकि मैं जानता हूँ कि वे पैसा लौटा नहीं पाएँगे।' एक और बात जो उन्होंने उससे बताई थी, वह यह कि 'जो लोग कभी बहुत बढ़-चढ़कर 'इन्कलाब जिन्दाबाद' के नारे लगाते थे, अब वे ही अपने नेताओं को गाली देते फिर रहे हैं। अब वे यह समझ गए हैं कि उनको झूठ-मूठ के वादों से बहकाया गया। अच्छे दिनों का सपना दिखाकर, मिल के बाबुओं और सरकार के खिलाफ़ भड़काया गया और मिल को बन्द कराने का षड्यन्त्र रचा गया, आदि-आदि।' रश्मी के मुँह से ये सब सुनकर सन्तोष ने अपने साथियों से कहा था, 'हमें लोगों के मन में व्याप्त इसी कुंठा और असन्तोष के सहारे उनको कम्युनिस्ट पार्टी के विरुद्ध खड़ा कर उन्हें मात देनी है।'

सन्तोष की टोलियाँ यही सन्देश लेकर निकली थीं। उनका सन्देश स्पष्ट

था, और वह तेजी से जनमानस में फैल रहा था। चुनाव करीब आते-आते, क्षेत्र की फ़िजां बहुत हद तक बदल चुकी थी। ऐसा लग रहा था, जैसे पूरा क्षेत्र कम्युनिस्ट पार्टी के ख़िलाफ़ खड़ा हो गया हो! कम्युनिस्ट पार्टी के लोग इससे बेख़बर नहीं थे। परन्तु उनके सभी प्रयास विफ़ल होते नज़र आ रहे थे। वे यह जान गए थे कि इसके पीछे सन्तोष और उसके साथियों का हाथ है। उन्होंने अपना पैंतरा बदला। वे उनका पीछा करने लगे। जहाँ कहीं भी सन्तोष के आदमी दिखाई पड़ते, कॉमरेड उन पर हल्ला बोल देते। धमकाते, मारते-पीटते। सन्तोष के लोग बिना कोई प्रतिक्रिया व्यक्त किए, वहाँ से चुपचाप हट जाते। गाँव-देहात के लोगों को कम्युनिस्टों की यह गुंडई पसन्द नहीं आती। इसका उन पर उलटा असर पड़ता।

चुनाव के दस-बारह दिन पहले की बात है, सन्तोष ने सिमरीपुर गाँव में एक बड़ी सभा बुलाई थी। यह उसकी पहली बड़ी जन-सभा थी। भारी संख्या में लोग उपस्थित थे। सन्तोष के कुछ साथियों ने संक्षिप्त वक्तव्य दिया, और अन्त में सन्तोष को बोलने के लिए आमन्त्रित किया गया। वह अभी माइक के सामने खड़ा ही हुआ था, कि अचानक लगभग दो-ढाई-सौ लोग हाथों में लाठी-डंडा लिए, हवा में फायरिंग करते हुए, भीड़ की ओर बढ़ते दिखे। वे ज़ोर-ज़ोर से 'इन्कलाब जिन्दाबाद' के नारे लगा रहे थे। सभा में बैठी भीड़ डरकर इधर-उधर भागने लगी। भगदड़ में कुछ लोग नीचे गिर पड़े, उन्हें चोटें भी आईं। सन्तोष उन्हें शान्त रहने और अपनी जगह चुपचाप बैठे रहने की हिदायत दे रहा था। पर कोई उसकी बात सुन नहीं रहा था। चारों तरफ अफरा-तफर मची थी। इसी बीच गोलियों के चलने की आवाजें आईं। अचानक एक गोली आकर सम्पत के पाँव में लगी। सन्तोष उसे सँभालने के लिए आगे बढ़ा ही था कि एक गोली उसकी कमर के ऊपर आकर लगी और रीढ़ की हड्डी को तोड़ती हुई निकल गई। वह सँभल नहीं पाया। और धड़ाम से मंच पर गिर पड़ा। फिर उसके साथियों ने ललकार लगायी,

'पकड़ो-पकड़ो; मारो-मारो इन्हें। भागने न पाएं!'

फिर क्या था, भीड़ उनकी ओर दौड़ पड़ी। वे थोड़े-से लोग थे। उनका मुकाबला कहाँ कर पाते! वैसे भी उनका मकसद पूरा हो गया था। वे तो बस सभा में खलल डालने आए थे। वे हवा में फायरिंग करते हुए जान बचाकर वहाँ से भाग निकले। अब सबका ध्यान सन्तोष और सम्पत की ओर था।

उन्हें आनन-फानन में सरकारी अस्पताल पहुँचाया गया। थोड़ी ही देर में पुलिस-बल भी पहुँच गया। उन्होंने छानबीन शुरू कर दी।

पब्लिक का दबाव और रुख़ देखकर पुलिस एक्शन में आ गई और शीघ्र ही कुछ लोगों को गिरफ्तार कर जेल भेज दिया गया। बाकियों की तलाश जारी थी। कम्युनिस्ट पार्टी के कई बड़े नेता गिरफ्तारी के डर से भूमिगत हो गए थे। परिणाम यह हुआ कि भीमसेन के चुनाव-प्रसार को ब्रेक-सा लग गया। कम्युनिस्ट पार्टी के लोगों का यह दाँव उलटा पड़ा। चारों तरफ उनकी थू-थू होने लगी। पूरा पूर्वांचल उनके खिलाफ़ हो गया। चुनाव में लोगों ने खूब बढ़-चढ़कर हिस्सा लिया। भीमसेन जी की ज़मानत ज़प्त हो गई। उन्हें कुछ सौ-हज़ार मत ही मिल पाए थे।

कम्युनिस्ट पार्टी की इस हार से सन्तोष बहुत खुश हुआ था। यद्यपि वह खुद जीवन-भर के लिए विकलांग हो गया था। उसकी कमर के नीचे का हिस्सा काम करना बन्द कर दिया था। उठना-बैठना सब दूसरों के सहारे। फिर भी... वह खुश था।

मिल को दुबारा चालू कराने के प्रयास तेज हो गए थे। ऐसा लग रहा था, मिल शीघ्र ही चालू हो जाएगी। पर कोई-न-कोई अड़ंगा लगता रहा। पूर्वांचल का नेतृत्व इतना प्रभावशाली नहीं रहा, जो सरकार पर दबाव बनाकर यह काम करा पाता। आश्वासन तो बहुत मिले। पर आश्वासन, बस आश्वासन बनकर रह गए। उसे याद आया। एक वादा तो उसने भी किया था: अपने दोस्तों से; अपने इलाकों के लोगों से। उसने कहा था, 'कम्युनिस्टों की हार के बाद, मिल दुबारा शुरू होगी।' पर ऐसा कहाँ हो पाया? लोग समझते हैं, उसने उन्हें धोखा दिया। उन्हें बड़े-बड़े सपने दिखाए जो कभी पूरे नहीं हुए। यही सोच-सोचकर वह अवसाद के भँवर में फँसता चला गया।

14

मरज़ादपुर में हो रहे उथल-पुथल से बेख़बर पद्मिनी का दिमाग अभी भी अपने पापा की उसी चिट्टी पर अटका हुआ था, जो उन्होंने बहुत पहले उसे अस्पताल से भेजी थी। जिसमें उन्होंने शीघ्र स्वस्थ होने की बात लिखी थी। उसके बाद न ही कोई पत्र आया न कोई समाचार ही मिला। वही चिट्टी वह बार-बार पढ़ती और सोचती, 'पता नहीं, पापा कैसे होंगे? कहीं बहुत अधिक चोटें तो नहीं आई हैं? माँ अकेली, कैसे सँभाल रही होंगी सब कुछ।' यह सब सोच-सोचकर उसका दिल बैठ जाता। वह बेचैन हो उठती। पर वह कुछ कर भी तो नहीं सकती थी! लाचारी का भाव मनुष्य को कितना कमजोर बना देता है? पद्मिनी उसकी मिसाल बनी हुई थी। जब तक उसके पापा का दूसरा कोई पत्र नहीं आ जाता, तब तक तो मन में शंका बनी ही रहेगी। ऐसी स्थिति में पढ़ाई हो भी, तो कैसे? नाना-नानी भी कम चिन्तित नहीं थे। पर वे अपना धैर्य बनाए रखते हुए, पद्मिनी का ढाँढ़स बँधाते रहे। हालात से लड़ने के लिए, उसे हिम्मत देते। ऐसे में शकुन्तला का साथ भी बहुत काम आया। वह उसके घर आती रहती। उसका दु:ख शेयर करती और अपने मन को दृढ़ बनाने का उसे साहस देती रहती।

कहते हैं, 'समय सब घाव भर देता है।' पद्मिनी के साथ भी यही हुआ। जैसे-जैसे समय बीतता गया, पद्मिनी अवसाद से बाहर आती गई। अब वह पुनः पूर्ववत अपनी पढ़ाई पर ध्यान देने लगी। वह जानती थी—पापा की कोई मदद तो वह कर नहीं सकती। पर अच्छी पढ़ाई करके उनकी कुछ चिन्ता दूर अवश्य कर सकती है। घर की बड़ी बेटी होने के नाते, माँ-बाप के प्रति उसके भी कुछ कर्तव्य हैं। वह उन्हें अवश्य निभाएगी। परन्तु फिलहाल

तो उसका एकमात्र लक्ष्य इंटर-फ़ाइनल की परीक्षा सफलतापूर्वक पास करना है।

अगले कुछ महीने कब बीत गए, पता ही नहीं चला। परीक्षा खत्म हुई और परिणाम भी आ गए। पद्मिनी ने जैसा सोचा था, उसका परीक्षाफल भी उसके अनुकूल ही आया। उसे याद आया। उसके पापा उसे उच्च शिक्षा हेतु किसी विश्वविद्यालय में प्रवेश दिलाना चाहते थे। उन्होंने उससे ऐसा ही वादा किया था। परन्तु वह सपना तो कब का टूट चुका था। वह जानती थी—अब उसका और आगे पढ़ पाना सम्भव नहीं हो पाएगा। इसलिए उसने नौकरी करने का मन बना लिया था। दरअसल, वह अपने पापा की आर्थिक मदद करना चाहती थी। चार महीने से ऊपर हो गए थे। उसके पापा को मिल बन्द हो जाने के कारण सैलरी नहीं मिल पाई थी। इतना ही नहीं, उन्हें भी औरों की तरह मिल का मकान खाली करना पड़ा था। यह बात तो पापा ने खुद अपने पत्र में लिखी थी। मिल के मकान का किराया तो बस नाम-मात्र का था। अब उन्हें किराए के मकान में रहना पड़ रहा है। उसका किराया भी कई गुना अधिक है। अभी तक तो वह इस उम्मीद में बैठे थे कि कुछ दिनों बाद मिल दुबारा फिर चालू हो जाएगी। उनके अन्य साथी भी ऐसा ही सोचते थे। पर अब मिल के दुबारा खुलने के आसार दिख नहीं रहे हैं। ऐसे में उसके पापा को घर के आवश्यक खर्च भी चला पाना मुश्किल हो रहा होगा। वह उसे भला आगे पढ़ाने की बात सोच भी कैसे सकते हैं?

पद्मिनी ने पूरे सोच-विचार के बाद तीन महीने का एक कम्प्यूटर-डिप्लोमा कोर्स ज़्वाइन किया था। इसमें शकुन्तला के घरवालों ने भी उसकी बड़ी मदद की थी। नाना-नानी तो उसका मनोबल बढ़ाने के लिए थे ही। वे पद्मिनी को हमेशा प्रोत्साहित करते रहते। पद्मिनी भी खुश थी। उसे लगता—कोर्स पूरा कर लेने के बाद उसे कहीं-न-कहीं छोटी-मोटी नौकरी मिल जाएगी। वह पूरा मन लगाकर कम्प्यूटर के गुर सीखती। खैर! तीन महीने बीतते देर ही कितनी लगती है? देखते-ही-देखते उसका कोर्स पूरा हो गया। उसके पास अब कम्प्यूटर-डिप्लोमा का एक सर्टिफिकेट था। बस नौकरी ढूँढ़ना शेष रह गया था। पर नौकरी मिलना भी तो कोई आसान बात नहीं थी।

उधर मरज़ादपुर में पद्मिनी के पापा अचानक उपजी परिस्थितियों से

लड़ रहे थे। आए दिन मिल के मुकदमों के सिलसिले में उन्हें कचहरी जाना-आना पड़ता। अब उनका अपने गाँव भी जाना अनिवार्य हो गया था। मम्मी-पापा रहे नहीं। थोड़ी-बहुत ज़मीन थी, जिसे उन्होंने बँटाई पर दे रखी थी। अब वही उनके परिवार का सहारा थी। धीरे-धीरे साल-भर से ऊपर होने जा रहा था। सैलरी तो मिल नहीं रही थी। जो बचा-खुचा पैसा था, वह भी धीरे-धीरे खर्च होता गया। बड़ी बेटी के लिए तो वह कुछ कर नहीं पाए। छोटी बेटी की पढ़ाई भी मुश्किल हो रही थी। इसी बीच उन्हें पता चला—पद्मिनी ने कम्प्यूटर-डिप्लोमा कर लिया है। उसे कहीं-न-कहीं फिट करना ज़रूरी है। उस छोटे-से कस्बे में तो कोई गुंजाइश थी नहीं। कहीं बाहर ही भेजना होगा। पर कहाँ? किससे कहें उसके लिए? इसी उधेड़-बुन में वे परेशान थे कि अचानक एक दिन उनके किसी पुराने परिचित ने हाल-चाल जानने के लिए उन्हें फ़ोन किया। राय साहब ने उसे अपनी परेशानी बयाँ की। उनके मित्र ने आश्वासन दिया, वह पद्मिनी की कहीं-न-कहीं नौकरी लगवा देगा। राय साहब बहुत खुश हुए। सोचते—पद्मिनी कहीं ठिकाने से लग जाए तो फिर उसकी शादी की बात सोचें।

राय साहब के मित्र ने अपना वादा निभाया। महीने-भर के भीतर ही उसने पद्मिनी के लिए एक सुभीते की जगह ढूँढ़ ली थी।

पद्मिनी लखनऊ आ गई और वहाँ एक एंजीओ के दफ्तर में काम करने लगी। यह वही एंजीओ था, जिसमें अपने रिटायरमेंट के बाद, सर्वेश कंसल्टेण्ट के रूप में काम कर रहा था।

वहीं उसकी पहली बार पद्मिनी से मुलाकात हुई थी।

पद्मिनी एक महत्वाकांक्षी लड़की थी। वह मेहनती तो थी ही, उसमें आगे बढ़ने की चाह भी थी। इसलिए यह ज़रूरी था कि वह जिस संस्थान में काम कर रही है, उसके अधिकारियों का दिल जीते। वह खूब मन लगाकर काम करती। जो उसे नहीं आता, वह अपने सहकर्मियों से सीखने का प्रयास करती। वह संस्थान के लोगों के साथ अच्छा नाता बनाकर रखती। उसके व्यवहार से सब खुश थे। शीघ्र ही उसके काम की तारीफ होने लगी। सैलरी में वृद्धि हुई तो उसकी खुशी का ठिकाना नहीं रहा। अपने खर्च-वर्च में से कटौती करके हर माह कुछ थोड़े-से रुपये अपने पापा को भेजने लगी। उसके पापा बहुत खुश थे, क्योंकि उनकी बेटी अब अपने पैरों पर खड़ी थी।

काफी समय से सर्वेश का उस एंजीओ में जाना नहीं हो पाया था। एक दिन वहाँ कोई ज़रूरी बैठक थी, तो डॉ. भान ने उसे खास तौर से बैठक में भाग लेने के लिए फ़ोन करके बुलाया। सुबह दस बजे बैठक शुरू हुई और दो बजे तक चली। उसके बाद लंच का प्रबन्ध था। सर्वेश को कोई ज़रूरी काम था और वह तुरन्त निकलना चाहता था। परन्तु डॉ. भान के आग्रह पर वह उनके साथ लंच-रूम में चला गया। पद्‌मिनी लंच का प्रबन्ध देख रही थी। उसने सर्वेश को देखा, तो जल्दी-जल्दी एक प्लेट में खाना लगाकर उसके पास गई और उसे प्रणाम कर खाने की प्लेट पकड़ा दी। फिर वह वहीं बैठकर उससे बातें करने लगी। पद्‌मिनी ने उसे बताया कि वह आगे पढ़ना चाहती है। उसने बी.ए. फ़ाइनल का प्राइवेट फॉर्म भी भर दिया है। यद्यपि ऑफ़िस में काम अधिक है, फिर भी वह कोशिश कर रही है—जैसे भी हो, बी.ए. तो कर ही ले।

उसकी बात सुनकर सर्वेश बहुत खुश हुआ। उसने उसका ढाँढ़स बँधाया और मदद करने का भरोसा भी दिया।

इधर पिछले कुछ सालों से सर्वेश अपने फाउंडेशन के काम में बहुत व्यस्त रहने लगा था। इस कारण उसका डॉ. भान के एंजीओ में जाना-आना लगभग बन्द-सा हो गया था। इसके लिए उसने डॉ. भान से क्षमा माँग ली थी। पर उसने उन्हें यह आश्वासन अवश्य दिया था कि जब-जब उन्हें उसकी ज़रूरत होगी, वह उनके लिए समय अवश्य निकालेगा।

एक दिन अचानक डॉ. भान का फ़ोन आया। उनकी संस्था एक महत्वपूर्ण विषय पर चर्चा आयोजित करने जा रही थी। उसमें उसका भाग लेना आवश्यक था।

दरअसल, भारत सरकार ने अपने पड़ोसी देशों—नेपाल, बाँग्लादेश और भूटान के बीच व्यापार को विस्तार देने के उद्‌देश्य से 'मोटर वेहिकिल्स एग्रीमेंट' नाम से एक समझौता किया था। यही एग्रीमेंट डॉ. भान द्वारा बुलाई गई बैठक में बहस का मुद्‌दा था।

सर्वेश पहले ही इस एग्रीमेंट के बारे में पढ़ चुका था। उसे अचानक बाँग्लादेश की अपनी एक यात्रा की याद आई। सन् 2008 की बात है। उसे कुछ वैज्ञानिकों की एक टीम के साथ बाँग्लादेश के रंगपुर जिले मे स्थित 'धान अनुसन्धान संस्थान' के क्षेत्रीय शोध-केन्द्र की यात्रा पर जाना पड़ा था।

रंगपुर पश्चिम बंगाल से लगा हुआ जिला है। खर्च और समय की बचत के लिहाज़ से उसकी टीम ट्रेन द्वारा भारत-बाँग्लादेश की सीमा पर स्थित भारतीय रेलवे के अन्तिम स्टेशन बेल्यूर-घाट पहुँची और वहाँ से टैक्सी लेकर वे लोग 'हिली-बार्डर' पर आ गए। वहीं पर भारतीय इमीग्रेशन ऑफ़िस है, जहाँ से बाँग्लादेश जाने का परमिट मिलता है। वहाँ की दुर्व्यवस्था का वर्णन सर्वेश ने कभी पहले अपनी एक कहानी 'पोरबाती' में बखूबी कर चुका था। वहाँ की परिस्थितियों को याद कर सर्वेश के मन में 'मोटर वेहिकिल्स एक्ट' की सफलता पर प्रश्नचिह्न लग गया था।

बैठक गोमतीनगर-स्थित एक होटल में रखी गई थी। समय साढ़े-नौ बजे। सर्वेश कुछ पहले ही वहाँ पहुँच गया। हॉल के बाहर बरामदे में एक ओर रजिस्ट्रेशन-काउंटर लगा था। उसके दोनों तरफ कुछ कुर्सियाँ और सोफ़े आनेवालों के बैठने के लिए रखे गए थे। रजिस्ट्रेशन-काउंटर पर काफी भीड़ थी। सर्वेश एक सोफ़े पर बैठ गया और वहाँ बैठे लोगों से बातें करने लगा। उसने ध्यान नहीं दिया, जबकि पद्मिनी ही रजिस्ट्रेशन-काउंटर सँभाल रही थी। पद्मिनी ने सर्वेश को देख लिया था। वह काउंटर के पीछे से निकलकर आई और सर्वेश को प्रणाम कर उसके पाँव छुए। सर्वेश उसे देखकर बहुत खुश हुआ। वह उससे बातें करने लगा। पद्मिनी बहुत खुश लग रही थी। सर्वेश को ऐसा आभास हुआ, तो उसने मज़ाक के लहज़े में कहा—

"बहुत खुश लग रही हो। क्या शादी-वादी तो तय नहीं हो गई है?"

"जी सर! मेरी शादी तय हो गई है।"

फिर कुछ रुककर, उसने पूछा,

"पर सर! आपको कैसे पता चला?"

"नहीं, नहीं। मुझे पता नहीं था। न ही, किसी ने बताया है। मैंने तो बस तुम्हारे चेहरे की खुशी देखकर मज़ाकवश पूछ लिया था। खैर! अब तो पता चल ही गया न। सच कहूँ, मैं बहुत खुश हूँ। तुम्हें इसके लिए हार्दिक बधाई और शुमकामनाएँ देता हूँ।"

"धन्यवाद, सर!" पद्मिनी ने मुस्कुराकर उत्तर दिया।

बातों-बातों में पद्मिनी ने सर्वेश को बताया कि वह खुद भी इस शादी से बहुत खुश है। ख़ास-तौर से, इसलिए कि उसके मम्मी-पापा के लिए

उसकी शादी एक बड़ी चिन्ता का कारण रही है। अब उनकी यह चिन्ता दूर हो गई।

"परन्तु तुम्हारी नौकरी का क्या होगा? ससुराल इलाहाबाद में... नौकरी लखनऊ में! दोनों जिम्मेवारियाँ एक-साथ कैसे निभा पाओगी?" सर्वेश ने उत्सुकतावश पूछा।

"सर! मुश्किल तो है। पर मैं नौकरी तो नहीं छोड़ूँगी। मैने यह बात डॉक्टर भान को बता दी है। उन्होंने भी 'हाँ' कर दिया है। मैं जब चाहूँ, यहाँ आकर काम शुरू कर सकती हूँ।"

सर्वेश ने फिर एक बार उसे बधाई दी, और उठकर बैठक-कक्ष की ओर चला गया।

बैठक समाप्त हो जाने के बाद जब सर्वेश अपने घर जाने लगा, तो उसने पद्मिनी से उसके बैंक-एकाउंट का डीटेल ले लिया। दूसरे दिन प्रातः ही उसने कुछ पैसे शगुन के रूप में पद्मिनी को भेज दिए। वह बहुत खुश हुई। उसने उसे तुरन्त फ़ोन कर धन्यवाद दिया। दरअसल, पद्मिनी की बड़ी इच्छा थी कि वह अपनी शादी में जयमाल के समय लहँगा पहने। वह एक सुन्दर-सा लहँगा किसी दुकान में देख भी आई थी। किन्तु वह इस पोज़ीशन में नहीं थी कि वह लहँगा खरीद सके। लहँगा बहुत महँगा था। उसकी बज़ट से बहुत बाहर। किन्तु अब वह सर्वेश के पैसे से अपने मन में सँजोई साध पूरी कर पाएगी। उसके लिए सर्वेश का यह सबसे बड़ा तोहफ़ा था।

सर्वेश भी खुश था। उसकी एक छोटी-सी भेंट पद्मिनी को इतनी बड़ी खुशी दे पाई थी।

शादी की शाम को जयमाल से पहले पद्मिनी ने सर्वेश को वीडियो-कॉल किया था। पर सर्वेश उसे देख नहीं पाया। पद्मिनी से उसकी बात नहीं हो पाई। जब सर्वेश की नज़र उस वीडियो-कॉल पर पड़ी, तब बहुत रात हो चुकी थी। उसने उसे फ़ोन मिलाना उचित नहीं समझा। दूसरे दिन सुबह ही उसने देखा, पद्मिनी ने अपने कई फ़ोटोग्राफ़ व्हाट्सप पर भेज रखे हैं। उसने खूब सज-धजकर अलग-अलग पोज़ में सेल्फी ली थी। वह लाल रंग का लहँगा पहने हुए थी। उसकी कलाइयों पर लाल रंग की चूड़ियाँ और माथे पर लाल रंग की बिन्दी थी। उसके रक्तिम बदन पर लाल रंग खूब खिल रहा

था। वह सचमुच बहुत सुन्दर लग रही थी—आसमान से उतरी किसी परी की तरह। 'ईश्वर उसके चेहरे की लालिमा इसी तरह हमेशा बनाए रखे! उसे लाल रंग शुभ हो!' इस मंगलकामना के साथ, सर्वेश ने तब उसे मन-ही-मन ढेर सारा आशीर्वाद दिया था।

उसने उसे फ़ोन कर बधाई देना चाहा, पर उसका फ़ोन 'आउट ऑफ रीच' आ रहा था। उससे सर्वेश की बात नहीं हुई। सच तो यह है, उसके बाद फिर कभी पद्मिनी से उसकी बात नहीं हुई। न तो पद्मिनी ने उसे फ़ोन किया, और न ही सर्वेश ने उसे।

15

पद्मिनी की शादी को हुए लगभग एक साल हो रहे थे। सर्वेश की स्मृति से वह जैसे गायब-सी हो गई थी। दरअसल, डॉ. भान के एंजीओ से तो उसने काफी पहले ही नाता तोड़ लिया था। इस बीच वहाँ ऐसा कोई कार्यक्रम भी आयोजित नहीं हुआ, जिसमें उसकी उपस्थिति अनिवार्य रही हो। इसलिए उसका वहाँ जाना-आना कई साल से नहीं हो पाया था।

उस दिन एक लम्बे अन्तराल के बाद डॉ. भान का फ़ोन आया था। उनकी संस्था ने 'ट्रान्सबाउन्ड्री वाटर डिस्प्यूट्स' विषय पर एक चर्चा आयोजित की थी। डॉ. भान चाहते थे, वह इस विषय पर एक वक्तव्य दे। सर्वेश को इस टॉपिक पर बोलने में कोई समस्या नहीं थी। न ही उसे इसके लिए किसी विशेष तैयारी की ज़रूरत थी। क्योंकि कुछ साल पहले वह जयपुर स्थित 'कट्स इंटरनेशनल' नामक एंजीओ के साथ इस समस्या पर काम कर चुका था। उस परियोजना में प्रमुख मुद्दा 'जल' ही था। उसने डॉ. भान की संस्था द्वारा आयोजित बैठक में भाग लेने के लिए 'हाँ' कर दिया। जब वह डॉ. भान से बात कर रहा था, तभी अचानक उसे पद्मिनी की याद आ गई। उसने डॉ. भान से पूछा,

"क्या पद्मिनी की कुछ खबर है? शादी के बाद मेरा उससे सम्पर्क नहीं हो पाया। आशा है, वह ठीक होगी।"

सर्वेश की बात सुनकर डॉक्टर भान कुछ देर चुप रहे। फिर उन्होंने कहा,

"सर्वेश! पद्मिनी ने हमारी संस्था फिर से ज़्वाइन कर ली है।"

"ओह! यह तो बड़ी अच्छी बात है।... किन्तु वह ससुराल और नौकरी, दोनों कैसे सँभाल रही है?" सर्वेश ने भान को बीच में टोकते हुए पूछा।

"तुम सुनो तो सही, मैं वही तो बताने जा रहा हूँ।"

"अच्छा ठीक है, बताओ !"

डॉ. भान ने उसे बताया कि करीब तीन साल पहले एक दिन अचानक पद्मिनी का फ़ोन आया। कहने लगी, "सर ! मैं फिर से नौकरी ज़्वाइन करना चाहती हूँ। क्या मैं अभी आ सकती हूँ?"

"ठीक तो है! जब चाहो, आ जाओ। हमें तो खुशी ही होगी।"

"धन्यवाद सर! तो मैं एक-दो दिन में आती हूँ।" उसने कहा और फ़ोन रख दिया।

हमारी बातचीत के दो दिन बाद पद्मिनी यहाँ आ गई थी और पहले की तरह ही काम करने लगी। यों तो हमने उससे कभी कुछ पूछा नहीं, परन्तु हमें ऐसा आभास होता रहता था कि पद्मिनी को कोई समस्या अवश्य है। दरअसल, वह पहले जैसी नहीं रह गई थी। उसके चेहरे पर न तो पहले जैसी चमक थी और न ही वह मुस्कान। वह चुप-सी रहने लगी थी। मैं ही क्या, संस्था के सभी लोग हैरान रहते! आखिर मैंने एक दिन उससे पूछ ही लिया—

'पद्मिनी बेटे, सब ठीक-ठाक तो है न! तुम इतनी गुम-सुम क्यों रहती हो? अगर कोई परेशानी है, तो मुझे खुलकर बताओ। शायद हम तुम्हारी परेशानी कम करने में मदद कर सकें!"

मेरा इतना-भर कहना था, कि वह फूटकर रो पड़ी। उसके रोने की आवाज़ सुनकर ऑफ़िस के कुछ और लोग भी वहाँ आ गए। मारिया और सुमित्रा ने उसे बाँहों में भर लिया। वे उसे आश्वस्त करने लगीं। कुछ देर बाद जब वह शान्त हुई, तब उसने कहा—

"सॉरी सर!"

फिर दोनों लड़कियाँ उसे लेकर वॉशरूम में चली गईं। उसने हाथ-मुँह धोया और पानी पिया। इसके बाद वह अपने डेस्क पर जाकर काम करने लगी। उसको किसी ने छेड़ा नहीं। न ही उससे किसी ने कोई सवाल पूछे। धीरे-धीरे बात खुली। उसने हम सबको बता दिया था कि वह लौटकर फिर कभी अपने ससुराल नहीं जाएगी। ... वह हमेशा-हमेशा के लिए अपने पति का घर छोड़ आई है। यह उसका अपना निर्णय था और वह उस पर अडिग थी।

"ओह, माय गॉड!" सर्वेश ने आश्चर्य व्यक्त करते हुए कहा।

वह आगे कुछ पूछने की हिम्मत जुटा नहीं पाया।

'भाग्य भी कभी-कभी कितनी क्रूर हो जाता है!' उसने मन-ही-मन कहा और फ़ोन रख दिया।

○

डॉ. भान की संस्था में काम करते हुए पद्मिनी को पाँच साल से अधिक हो गए थे। इस बीच उसने प्राइवेट परीक्षा देकर एम.ए. कर लिया था। संस्था में वह अब एक डेस्क भी सँभालने लगी थी। अर्थात् उसके जीवन में एक स्थायित्व-सा आ गया था। उसके मम्मी-पापा की बस एक ही ख्वाहिश रह गई थी, और वह थी—उसकी शादी। दान-दहेज के चक्कर में एक-एक दिन निकलते जा रहे थे। पर शादी कहीं तय नहीं हो पा रही थी। कहते हैं—जोड़ी ऊपरवाला बनाकर भेजता है। आखिर एक दिन उसकी शादी तय हो गई। लड़के वाले इलाहाबाद में रहते थे। पिता रिटायर्ड स्कूल-टीचर थे। थोड़ी-बहुत पेंशन मिलती थी। उनका इकलौता बेटा इन्जीनियरिंग-डिप्लोमा करने के बाद 'जैन-इरिगेशन' कम्पनी में काम कर रहा था। बताया गया था, कि वह शीघ्र ही कम्पनी का काम सँभालने दक्षिण-अफ्रीका जानेवाला है। पासपोर्ट बनाने के लिए अप्लीकेशन भी दे दी गई है।

पद्मिनी को भी अपना पासपोर्ट बनवा लेने की हिदायत दे दी गई थी। शादी के तुरन्त बाद उन दोनों को दक्षिण-अफ्रीका भेजे जाने की योजना थी।

पद्मिनी बहुत खुश थी। उसने भी अपने ऑफ़िस के माध्यम से पासपोर्ट के लिए आवश्यक प्रपत्र भिजवा दिए थे। कुछ दिनों में ही उसका पासपोर्ट बनकर आ भी गया था।

शादी के बाद पद्मिनी इलाहाबाद आ गई थी। सास, ससुर, उसका पति और वह। बस, यही उसका छोटा-सा परिवार था। पति को सुबह नौ बजे ऑफ़िस जाना होता। पद्मिनी समय से उठकर नाश्ता बनाती और पति का टिफिन तैयार करती। पति के ऑफ़िस चले जाने के बाद घर में कुछ ज़्यादा काम नहीं रहता। अपने बूढ़े सास-ससुर के साथ हँस-बोलकर वह अपना समय बिताती। उसकी रोज़ की यही दिनचर्या थी।

पद्मिनी के सास-ससुर भले और नेक इंसान थे। वे पद्मिनी का बहुत ख़्याल रखते। उन्होंने उसे कभी भी बहू की तरह नहीं देखा। बिलकुल अपनी

बेटी की तरह रखा। पद्मिनी भी उनका बहुत ध्यान रखती। बल्कि उसे इस बात की चिन्ता रहती—कल को जब वह अपने पति के साथ दक्षिण-अफ्रीका चली जाएगी, तब उनका ध्यान कौन रखेगा! वे तो बिलकुल अकेले पड़ जाएँगे। पर उसके सास-ससुर ऐसा नहीं सोचते। बल्कि वे तो इस बात से बहुत खुश थे कि उनके बेटे की तरक्की हो रही है; वह 'फ़ॉरेन' जा रहा है।

घर-परिवार में सब-कुछ ठीक-ठाक चल रहा था। तभी एक दिन एक दुर्घटना घटी। उस दिन हलकी-सी बारिश हुई थी। आँगन गीला था। उसकी सासू-माँ किसी काम से बाहर निकलीं, तो फिसलकर गिर पड़ीं। उनका कूल्हा सरक गया। आनन-फानन में उन्हें पास के एक प्राइवेट-हॉस्पिटल में भर्ती कराया गया। पता चला, ऑपरेशन करना पड़ेगा, जिसमें लगभग ढाई-लाख रुपये खर्च होंगे।

पद्मिनी ने अपने पति को फ़ोन करके हॉस्पिटल बुला लिया था। पिता जी ने बेटे से कहा, "राकेश बेटा! बैंक से पैसे निकलवा लेना। दो दिन बाद तुम्हारी मम्मी का ऑपरेशन होना है। पैसे एडवान्स में देने पड़ेंगे।"

राकेश ने 'हाँ' में सिर हिलाकर सहमति दी।

दूसरे दिन शाम को राकेश ऑफ़िस से सीधा अस्पताल आ गया। पिता जी उसका इन्तज़ार कर ही रहे थे। उन्होंने उससे पूछा -

"बेटे!, पैसे ले आए?"

"नहीं पापा! कल लाऊँगा।" राकेश ने उत्तर दिया।

"ठीक है। पर कल दस-ग्यारह बजे तक पैसे अवश्य ला देना। क्योंकि ऑपरेशन के लिए एडवान्स पैसे जमा करने होंगे।"

दूसरे दिन सुबह पद्मिनी ने जब टिफ़िन देकर राकेश को ऑफ़िस जाने के लिए विदा किया, तब वह उसे याद दिलाना नहीं भूली कि आज दोपहर से पहले पैसे लेकर वह अस्पताल आ जाए।

राकेश के ऑफ़िस चले जाने के बाद पद्मिनी ने खुद नाश्ता किया। फिर उसने मम्मी-पापा के लिए टिफ़िन तैयार किया और कपड़े बदलकर अस्पताल के लिए निकल गई। वहाँ पहुँचकर उसने मम्मी-पापा को नाश्ता कराया। इस बीच डॉक्टर साहब ने आकर उसकी मम्मी का चेक-अप किया और बताया कि दो-बजे उनका ऑपरेशन किया जाएगा। इसलिए उसके

पहले वे अस्पताल के काउंटर पर जाकर पैसे अवश्य जमा करा दें।

देखते-देखते बारह बजे से ऊपर हो गए। पर राकेश पैसे लेकर नहीं आया, तो पद्मिनी ने उसे फ़ोन किया। राकेश ने उसे बताया कि पैसों का इन्तज़ाम नहीं हो पाया है। और... यह भी पता नहीं है, उसे ऑफ़िस से पैसे कब मिलेंगे?

"तो क्या, आपके बैंक में पैसे नहीं हैं?" पद्मिनी ने चकित होते हुए पूछा।

"नहीं! मेरे एकाउंट में पैसे नहीं हैं। दरअसल, मुझे अभी तक सैलरी मिली ही नहीं है।" राकेश ने उत्तर दिया और फ़ोन काट दिया।

राकेश की बात सुनकर पद्मिनी हक्का-बक्का रह गई। उसे विश्वास ही नहीं हुआ कि राकेश को आजतक सैलरी नहीं मिली।... कि उसके बैंक-एकाउंट में पैसे नहीं हैं। तो क्या, वह अस्पताल में इन्तज़ार कर रहे पापा को जाकर यह बता दे कि राकेश पैसों का इन्तज़ाम नहीं कर पाया! पर यह बात सुनकर तो उनका हॉर्ट ही फेल हो जाएगा। वह तेजी से अस्पताल से बाहर निकली। वहाँ से एक रिक्शा लिया और उसे बैंक ऑफ बड़ौदा चलने को कहा। बैंक दूर नहीं था। कुछ मिनटों में ही वह वहाँ पहुँच गई और आधे घंटे के भीतर ढाई-लाख रुपये लेकर वापस अस्पताल आ गई। उसने काउंटर पर पैसे जमा कर दिए, और इसकी सूचना डॉक्टर साहब को देकर माँ के पास उनके कमरे में आ गई।

उसे देखते ही पापा ने पूछा—

"क्या हुआ बेटा, राकेश पैसे ले आया?"

"पापा! पैसे जमा हो गए और मैंने डॉक्टर साहब को सूचित भी कर दिया। तय समय पर माँ का ऑपरेशन होगा। आप चिन्ता न करें। सब-कुछ ठीक है।"

"चलो! चिन्ता दूर हुई। मैं तो यही सोच-सोचकर मरा जा रहा था—राकेश समय पर पैसे ला पाएगा या नहीं! पर... वह है कहाँ?" उन्होंने कुछ रुककर पूछा।

पद्मिनी चुप रही। उसने कोई जवाब नहीं दिया। वह सच-सच बताकर मम्मी-पापा का दिल दुखाना नहीं चाहती थी। वह जानती थी, सच जानकर उन्हें भारी आघात लगेगा। और वे दोनों किसी प्रकार का आघात सहन करने

की स्थिति में नहीं थे।

माँ का ऑपरेशन सफल रहा। एक हफ़्ते बाद डॉक्टर ने उन्हें घर जाने की अनुमति दे दी। उसके दो हफ़्ते बाद फिर आकर चेक-अप कराने की बात डॉक्टर ने कही थी।

माँ कुल दो हफ़्ते अस्पताल में रहीं। पद्मिनी के लिए पूरे दिन की भाग-दौड़। घर से अस्पताल, अस्पताल से घर। बस यही थी, उसकी दिनचर्या। ऊपर से इस बात की चिन्ता कि आखिर राकेश को सैलरी क्यों नहीं मिल रही है? उसे इस घर में आए एक साल से ऊपर हो गए थे। राकेश उसके पहले से नौकरी कर रहा था। तो क्या, वह इतने दिनों तक बिना सैलरी के काम कर रहा था? यह सोच-सोचकर वह परेशान हो रही थी।

राकेश की दिनचर्या पूर्ववत बनी रही। रोज़ सुबह वह काम पर जाता और देर शाम तक लौटकर घर आता। न पद्मिनी ने उससे कुछ पूछा, न ही उसने उसे कुछ बताया। मन में अनेक सवाल उठते और उसे उद्विग्न करते रहते। पर वह चुप रही। घर में शान्ति बनी रहे; बस यही सोचकर।

16

सासू-माँ को घर आए चार-पाँच दिन हो गए थे। उनकी तबीयत में दिनोंदिन सुधार हो रहा था। इस बीच कई लोग उन्हें देखने आए। पद्मिनी सबका ध्यान रखती। तभी एक ऐसी घटना घटी, जिसने उसके जीवन के मायने ही बदल दिए।

उस दिन पापा के कोई एक मित्र, जो दिल्ली में रहते थे, उनसे मिलने और माँ का हाल-चाल जानने के लिए घर आए थे। कई सालों बाद वे दोनों मिले थे। बचपन में साथ-साथ पढ़े और बड़े हुए। पापा की स्कूल में नौकरी लग गई। उनके दोस्त, निगम साहब इन्जीनियर बने और किसी प्राइवेट-फ़र्म में लग गए। वह भी इलाहाबाद के ही रहनेवाले थे। अब वह दिल्ली में बस गए हैं, तो इलाहाबाद आना-जाना कम हो गया है। पर वह जब भी अपने घर इलाहाबाद आते हैं, पापा से मिलते अवश्य हैं।

पद्मिनी ने उनके लिए जल्दी-जल्दी कुछ नाश्ता बनाया और चाय लेकर आई। दोनों चाय पीने लगे और अपनी बातों में मशगूल हो गए। पापा ने उसका परिचय दिया, तो उन्होंने पद्मिनी को ढेर सारा आशीर्वाद दिया। फिर उन्हें जैसे कुछ याद आया और उन्होंने पापा जी से पूछा-

"तुम्हारा बेटा क्या कर रहा है?"

"उसने इंजीनियरिंग से डिप्लोमा किया था। इस समय वह 'जैन-इरिगेशन' में काम कर रहा है। और हाँ, वह जल्दी ही उसी सिलसिले में दक्षिण-अफ्रीका जानेवाला है।"

पापा ने कुछ गर्व से अपने मित्र को बताया।

"अरे वाह! यह तो बहुत खुशी की बात है।"

फिर वह कुछ रुककर बोले,

"धरम! तुम्हारे बेटे का नाम क्या है?"

"राकेश।"

"राकेश?" उन्होंने धीरे से कहा और कुछ सोचने लगे।

"क्यों? क्या बात है? क्या सोचने लगे?"

"धरम! मैं 'जैन-इरिगेशन' में ही काम करता हूँ। इलाहाबाद की यूनिट भी मेरे कार्यक्षेत्र में आती है। दरअसल, इस बार मैं उसी सिलसिले में इलाहाबाद आया हूँ। ताज़्ज़ुब है, राकेश मेरी ही संस्था में काम करता है और मुझे पता ही नहीं। कल जब मैं आफ़िस जाऊँगा, तो उससे बात करूँगा।" इतना कहकर वह चुप हो गए, और चाय पीने लगे।

पद्मिनी के मन में आया, वह उनसे पूछे—"आखिर राकेश को सैलरी क्यों नहीं मिल रही है?" पर वह उनसे पहली बार मिली थी। उसे लगा, यह सवाल पूछकर उन्हें किसी असमंजस में डालना धृष्टता होगी। इसलिए वह चुप रह गई। जब वह विदा होकर अपने घर जाने लगे, तब पापा को अगले दिन शाम को अपने घर चाय पर आमन्त्रित करते गए। उन्होंने कहा,

"अच्छा होगा, कल तुम शाम मेरे साथ एक कप चाय पियो। क्योंकि परसों सुबह ही मैं दिल्ली चला जाऊँगा।"

"ज़रूर आऊँगा, भाई! क्योंकि अब तुम केवल मेरे साथी ही नहीं, वरन मेरे बेटे के 'बॉस' भी हो।" उन्होंने कहा और ठठाकर हँसने लगे।

"चलो, मैं तुम्हें बाहर तक छोड़ आता हूँ।"

अगले दिन शाम को धरमदेव तिवारी अपने दोस्त, कैलाश निगम के घर उनसे मिलने पहुँचे। दोनों ने साथ बैठकर चाय पी और ढेर सारी बातें की। जब चलने का समय आया, तब तिवारी जी को रहा नहीं गया। उन्होंने अपने मित्र से पूछ ही लिया कि वह उनके बेटे से ऑफिस में मिला था, तो क्या-क्या बातें हुईं, वगैरह-वगैरह। कैलाश ने तिवारी जी के कन्धे पर हाथ रखा और कहा,

"मित्र! शायद तुम्हें कोई गलतफ़हमी हुई है। राकेश 'जैन-इरिगेशन' में काम नहीं करता। वह किसी अन्य संस्था में काम कर रहा होगा। तुम उससे पूछकर सही-सही पता करना।"

अपने मित्र की बात सुनकर तिवारी जी असमंजस में पड़ गए। पर उन्होंने कुछ कहा नहीं। बस सिर हिलाकर सहमति जताई और उनसे विदा

लेकर अपने घर के लिए निकल गए।

पूरे रास्ते वह राकेश के बारे में ही सोचते रहे। उसने तो उन्हें 'जैन-इरिगेशन' में ही काम करने की बात बताई थी। फिर कैलाश कैसे कह रहा है, वह वहाँ काम नहीं करता! खैर! इस बात से वे आश्वस्त ज़रूर थे—राकेश कहीं-न-कहीं काम तो करता ही है। अन्यथा वह अपनी माँ के ऑपरेशन के लिए ढाई लाख रुपयों का इन्तज़ाम कैसे कर पाता? उन्होंने सोचा—शाम को जब राकेश घर आएगा, तब उससे पूछकर आश्वस्त हो लेंगे।

शाम को राकेश घर पहुँचा, तो पद्मिनी और पापा, मम्मी जी के पास बैठे चाय पी रहे थे। पद्मिनी उठकर गई और एक कप और चाय बना लायी। राकेश भी उन्हीं के साथ बैठकर चाय पीने लगा। तिवारी जी ने घूँट भरी और गला साफ करके बोले,

"राकेश बेटे! आज मैं अपने बचपन के दोस्त कैलाश निगम से मिलने उसके घर गया था। वह कह रहा था—तुम 'जैन-इरिगेशन' में काम नहीं करते। फिर तुम किस कम्पनी में काम करते हो?"

"यह कैसा सवाल है, पापा? मैं तो 'जैन-इरिगेशन' में ही काम करता हूँ। किसी अन्य कम्पनी में नहीं। यह निगम साहब कौन हैं, जो आपको बता गए, मैं 'जैन-इरिगेशन' में काम नहीं करता।" राकेश ने कुछ उत्तेजित होते हुए कहा।

"बेटे! वह 'जैन-इरिगेशन' के सी.ई.ओ. हैं। दिल्ली-ऑफ़िस में बैठते हैं। इलाहाबाद की यूनिट उन्हीं के अन्तर्गत आती है। दरअसल, वह उसी यूनिट के कार्यों की समीक्षा करने इलाहाबाद आए हुए हैं।" तिवारी जी ने पूरी बात बताई और राकेश की प्रतिक्रिया के लिए उसकी ओर घूरकर देखने लगे।

"बकवास!" राकेश ने धीरे से कहा और मुँह फेर लिया।

राकेश की माँ और पद्मिनी दोनों हक्का-बक्का हो, राकेश को देख रहे थे। सभी चुप थे। कुछ देर बाद तिवारी जी ने दुबारा जोर देते हुए पूछा,

"सच क्या है, राकेश? तुम 'जैन-इरिगेशन' में हो या कहीं और?"

"या... कहीं नहीं!"

पद्मिनी ने आगे जोड़ा, तो तिवारी जी कुछ चकित होते हुए बोले—

"यह क्या कह रही हो बहू? यदि वह कहीं नौकरी नहीं कर रहा होता,

तो वह अपनी माँ के ऑपरेशन के लिए ढाई लाख रुपये कहाँ से ला पाता?"

"यह सवाल तो आप इन्हीं से पूछिए पापा! ये ढाई लाख रुपये, वे कहाँ से लाये थे?" पद्मिनी ने राकेश की ओर इशारा करते हुए कहा।

सबकी निगाहें राकेश पर टिकी थीं। वह यह जान गया था, उसकी पोल खुल गई है। इसके पहले कि पापा उसके ऊपर चिल्लायें अथवा मम्मी कुछ कहें, वह उठकर जल्दी-जल्दी पग भरता हुआ, घर से बाहर निकल गया।

"कुछ समझ में नहीं आ रहा है। आखिर सच क्या है? राकेश ने हमसे झूठ क्यों बोला कि वह 'जैन-इरिगेशन' में ही काम करता है। यदि वह किसी अन्य कम्पनी में काम करता है, तो उसमें छिपानेवाली बात क्या है? उसे सच-सच बताने में हिचक क्यों है? और जब उससे पूछा गया, तब वह नाराज हो गया। घर छोड़कर चला गया...आखिर क्यों?... असलियत क्या है? कौन बताएगा?" तिवारी जी मानो अपने मन की व्यथा सुना रहे थे।

"सच बात तो यह है, पापा! वे कहीं नौकरी नहीं करते। झूठ बोलकर आप दोनों को और मुझे भ्रम में डाले हुए थे। असलियत यह है, मम्मी के ऑपरेशन में खर्च हुए पैसे, उन्होंने नहीं, मैंने दिए थे।"

"तुमने?"

"हाँ, पापा पैसे मैंने दिए!"

फिर पद्मिनी ने ऑपरेशन के दिन अस्पताल में जो कुछ हुआ था, वह सब उन्हें सच-सच बता दिया।

"तो, राकेश ने हमें आजतक भ्रम में रखा!"

"हाँ, पिता जी।... शायद आपको मालूम नहीं है, पर सच यह है कि जो रुपये आपने उनकी पढ़ाई के लिए लोन में लिए थे, उसकी अदायगी भी नहीं हुई है। अब तक एक भी किश्त जमा नहीं है। न ही, उसका सूद जमा हुआ है।"

पद्मिनी की बात सुनकर तिवारी जी को चक्कर-सा आ गया। उनकी छाती में अचानक दर्द उठा, जो बढ़ता ही गया। वह छाती पकड़कर बैठ गए। आनन-फ़ानन में उन्हें उठाकर अस्पताल ले जाया गया। उन्हें पक्षाघात हुआ था। ईश्वर की कृपा थी, बच गए। हफ्ताभर अस्पताल में रहकर वह घर लौटे थे।

पूरे हफ्ते तिवारी जी की बीमारी को लेकर घर में ऊहापोह की स्थिति

रही। अब जब वह स्वस्थ होकर घर आ गए थे, तब उन्हें राकेश की याद आई। दोस्त, मित्र, रिश्तेदार; सबसे पता किया। पर राकेश का कहीं पता नहीं चला। तरह-तरह के ख्याल मन में उठते। कहीं कुछ कर तो नहीं लिया उसने! तिवारी जी को जितनी चिन्ता अपने बेटे को लेकर थी, उससे कहीं ज़्यादा वह पद्मिनी के लिए चिन्तित थे। आखिर इस बच्ची का क्या दोष? वह बेचारी तो सब तरह से ठगी गई। वह उसके बारे में जितना सोचते, उनकी उद्विग्नता उतनी ही बढ़ती जाती। न उन्हें रात में नींद आती, न ही दिन में। हर घड़ी बेचैन रहते। पद्मिनी भी कम परेशान नहीं थी। राकेश की चिन्ता तो थी ही, पापा की चिन्ता कहीं अधिक थी। कुछ समझ में नहीं आ रहा था—वह करे भी तो क्या करे? फिलवक्त उसकी प्राथमिकता तिवारी जी की बीमारी थी। उसने उन्हें डॉक्टर को दिखाया और इलाज़ शुरू हुआ। उनको एन्ज़ायटी हो गई थी। धीरे-धीरे उनकी हालत में सुधार हुआ, तो घर में कुछ शान्ति का वातावरण बना।

पर राकेश को लेकर माँ की चिन्ता बढ़ती जा रही थी। बात-बात पर उन्हें रोना आ जाता। पद्मिनी ने उन्हें भी सँभाला। सारी परेशानियों के बावजूद उसने अपना धैर्य नहीं खोया। अपना कर्तव्य समझकर वह मम्मी-पापा की सेवा में लगी रही। इसी उधेड़बुन में दो-महीने कब बीत गए, पता ही नहीं चला।

घर की स्थिति कुछ सामान्य हुई, तो पद्मिनी ने पुनः अपनी नौकरी पर जाने का मन बनाया। घर में पैसों की ज़रूरत तो, थी ही। तिवारी जी को थोड़े-से पैसे पेन्शन के मिलते थे, उससे घर चला पाना सम्भव नहीं रह गया था। पद्मिनी ने जो थोड़े-बहुत पैसे बचाकर रखे थे, वे सब मम्मी-पापा की तीमारदारी में खर्च हो गए। इसलिए उसने पुनः लखनऊ जाने का मन बनाया। उसके सास-ससुर को भी उसका निर्णय सही लगा। स्वास्थ्य की दृष्टि से, वे दोनों अब पहले से बेहतर स्थिति में थे। अपना काम खुद कर सकते थे। वैसे भी पद्मिनी बीच-बीच में इलाहाबाद आती ही रहेगी, इसलिए उन्होंने उसे खुशी-खुशी लखनऊ जाने दिया।

लखनऊ आकर पद्मिनी बहुत खुश थी। पिछले लगभग डेढ़-साल तक वह जिस माहौल में जी रही थी, उसे सोच-सोचकर वह काँप उठती। इसके बावजूद उसके मन में अपने सास-ससुर के प्रति किसी प्रकार की कटुता नहीं

थी। बल्कि वह उनके प्रति पहले से कहीं अधिक अपनापन महसूस करती। उसे उनकी चिन्ता रहती। हर महीने वह कुछ पैसे तिवारी जी के नाम उनके बैंक-अकाउंट में ट्रान्सफर कर देती। बीच-बीच में, जब कभी उसे अवसर मिलता, तब वह एक-दो दिन के लिए इलाहाबाद जाकर उनसे मिल आती। वे बहुत खुश होते। उसका भी मन बहल जाता।

पर तभी...। एक दिन सासू-माँ का फ़ोन आया। वह बहुत घबराई हुई-सी लग रही थीं। उनकी जुबान लड़खड़ा रही थी। बोलीं—"पद्मिनी बेटा, पापा जी को हार्ट-अटैक आया है। उन्हें अस्पताल में भर्ती किया गया है।" उन्होंने इतना-भर कहा और फूट-फूटकर रोने लगीं। वह आगे कुछ और बोल नहीं पाईं। फ़ोन उनके हाथ से नीचे गिर गया। पद्मिनी 'माँ-माँ' करती रही। पर उधर से कोई आवाज़ नहीं आई। पद्मिनी का दिल दहल उठा। किसी अनहोनी के डर से उसका अन्तर्मन काँप उठा। उसने किसी तरह अपने को सँभाला। फिर डॉ. भान को पूरी बात बताकर, और उनसे अनुमति लेकर इलाहाबाद चली आई। पर जब तक वह घर पहुँचती, तिवारी जी के प्राण-पखेरू उड़ गए थे। उनका मृत-शरीर आँगन में, फ़र्श पर रखा हुआ था। पद्मिनी ने उन्हें देखा, तो वह अपने को रोक नहीं पाई। 'पापा-पापा' कहकर उनके मृत शरीर से लिपटकर रोने लगी। यह बहुत ही कारुणिक दृश्य था। उसे देखकर वहाँ उपस्थित हर कोई रो पड़ा था।

पद्मिनी ने पूरे विधि-विधान के साथ तिवारी जी का दाह-संस्कार किया और एक बेटी का फर्ज़ निभाया।

क्रिया-कर्म समाप्त हो जाने के बाद, एक-एक कर उनके दोस्त-मित्र और रिश्तेदार अपने-अपने घरों को चले गए। बची रह गई थी, पद्मिनी और उसकी सासू-माँ। भविष्य को लेकर दोनों की अपनी-अपनी सोच और चिन्ताएँ थीं। पद्मिनी ने उन्हें अपने साथ लखनऊ ले जाने का मन बना लिया था। किराए का मकान था। वहाँ उन्हें अकेले क्यों छोड़ा जाए? माँ सोचती—'पद्मिनी का पूरा जीवन शेष है। उसे नए सिरे से ज़िन्दगी शुरू करनी होगी। सासू-माँ यदि साथ रहेंगी, तो उसके भविष्य का दरवाजा सदा-सदा के लिए बन्द हो जाएगा।' पर पद्मिनी की जिद के आगे उनकी एक न चली। वह उन्हें अपने साथ लेकर लखनऊ आ गई।

माँ-बेटी, दोनों बहुत खुश थीं। माँ ने घर का सारा काम सँभाल लिया

था। सुबह उठकर वह चाय बनातीं और फिर, पद्मिनी को उठातीं। अब उसे अलार्म लगाकर उठने की जरूरत नहीं पड़ती। दोनों साथ बैठकर चाय पीतीं। उसके बाद, पद्मिनी तैयार होने चली जाती और माँ किचन में उसके लिए नाश्ता बनातीं तथा ऑफ़िस ले जाने के लिए टिफ़िन तैयार करतीं। फिर दोनों साथ-साथ नाश्ता करतीं और पद्मिनी ऑफ़िस के लिए निकल जाती। शाम के वक्त जब पद्मिनी ऑफ़िस से घर लौटती, तब माँ मुस्कुराकर दरवाजा खोलतीं। कहतीं—"हाथ-मुँह धो लो। तब तक मैं चाय-नाश्ता लगाती हूँ।"

पद्मिनी उन्हें गले से लगा लेती। अकसर उसके आँखों से आँसू बहने लगते। 'माँ-माँ' कहकर वह छोटे बच्चों की तरह बिखर पड़ती। माँ की आँखें भी नम हो जातीं। सोचतीं, "न जाने, उनके किस जन्म का पुण्य-प्रताप है, जो उन्हें पद्मिनी जैसी बेटी मिली है!'

17

इस बार काफ़ी दिनों बाद सर्वेश अपने गाँव आया था। कई काम थे। हफ्ता-भर गाँव पर रुकने की योजना थी। पहला दिन तो सारा समय ऑफ़िस के काम निपटाने में ही बीत गया। देर शाम तक वह घर आया। हाथ-मुँह धोकर खाना खाया और सो गया। दूसरे दिन ज़ल्दी ही तैयार होकर घर से निकल गया। उस दिन वैज्ञानिकों की एक टीम दिल्ली से आने वाली थी। वे लोग यहाँ उसकी संस्था द्वारा विकसित की गई धान की 'संडा-विधि' से रोपाई के विषय में जानकारी हासिल करने और किसानों की प्रतिक्रिया जानने के उद्देश्य से आए थे। उनमें से एक शस्य-विज्ञान के प्रोफ़ेसर और उनका एक विद्यार्थी भी था। वह 'संडा-विधि' पर पी-एच.डी. के लिए शोध करना चाहता था।

सर्वेश उन्हें गेस्ट-हाउस से लेकर विश्रामपुर-ब्लॉक के मंझनपुर गाँव पहुँचा। वहाँ उसकी संस्था के अन्य लोग उनका पहले से इन्तज़ार कर रहे थे। क्षेत्र-भ्रमण शुरू हुआ, तो एक-एक कर किसान उन्हें अपना अनुभव बताने लगे। यदि कोई बात वे स्पष्ट नहीं कर पाते, तो सर्वेश उन्हें विस्तार में समझाता। दरअसल, पिछले कुछ सालों से जून-जुलाई में बारिश न होकर, काफी देर से, अगस्त-सितम्बर में होने लगी है। इस कारण से धान की खेती का पूरा विधान अस्त-व्यस्त हो गया है। न समय से बेहन पड़ती है और न ही रोपाई हो पाती है। 'सण्डा-विधि' किसानों की इसी समस्या का निदान थी। इस विधि में एक तो पानी बहुत कम लगता है, दूसरा, बीज की मात्रा भी रोपाई की तुलना में बहुत कम लगती है। पर उपज सामान्य रोपाई से अधिक होती है। किसान इस विधि को अपनाकर बहुत खुश थे। उस दिन क्षेत्र-भ्रमण के दौरान इस विधि के वैज्ञानिक आधार पर चर्चा हो रही थी। सर्वेश उन्हें कुछ बता रहा था, तभी ड्राइवर ने आकर उससे धीरे से कहा,

“परधान काका का फ़ोन आया था। दयालु काका नहीं रहे। परधान काका ने आपको तुरन्त बुलाया है।”

“ओह!” सर्वेश के मुँह से निकला और कुछ क्षण सोचने के बाद उसने कहा,

“मित्रो! मुझे किसी आवश्यक कार्य से तुरन्त जाना होगा। आप सब क्षेत्र-भ्रमण चालू रखें। शाम को गेस्ट-हाऊस में बैठकर इस पर आगे चर्चा करेंगे।”

इतना कहकर वह अपनी गाड़ी में बैठ गया। ड्राइवर ने गाड़ी स्टार्ट की। गाड़ी गाँव की ओर जानेवाली सड़क पर तेजी से दौड़ने लगी।

सर्वेश रास्ते-भर दयालु के बारे में ही सोचता रहा। दयालु उसके पड़ोसी थे। उनका घर उसके घर के पास ही था। बस, बीच में एक गली थी। उसकी दूसरी ओर उनका घर था। दयालु बहुत ही नेक और सज्जन व्यक्ति थे। उसके परिवार से दयालु का बहुत जुड़ाव था। सुबह-शाम जब भी उन्हें अपने काम से फुर्सत मिलती, वह उसके घर आ जाते। परधान के साथ-साथ, बड़के भैया भी उनका बहुत ध्यान रखते। आवश्यकता पड़ने पर वे उनकी मदद भी करते। पर ‘आउट ऑफ द वे’ जाकर वे किसी की मदद स्वीकार नहीं करते। उनका स्वाभिमान आड़े आ जाता।

सर्वेश यही सोच रहा था, कि उसकी गाड़ी दयालु चाचा के दरवाजे पर पहुँच गई। उसने देखा, गाँव-पुर के तमाम लोग वहाँ पहले से इकट्ठे हो गए थे। उनके शव को गाजीपुर ले जाने की योजना बन रही थी। सर्वेश ने तुरन्त अपनी संस्था के प्रभारी प्रेमशंकर को फ़ोन कर दो जीपों का इन्तज़ाम करने को कह दिया और खुद बेचन दादा की बगल में एक चारपाई पर बैठ गया। वह वहाँ जो कुछ चल रहा था, उसे चुपचाप यन्त्रवत देख रहा था। पर उसका दिमाग कहीं और घूम रहा था। वह सोच रहा था—

भूत-प्रेत गाँव के लोगों के जीवन का एक अटूट अंग रहे हैं। कोई दुःख हो अथवा बीमारी, गाँव के लोग उन्हें बुरी आत्माओं के कोप से जोड़कर देखते हैं। फिर इसमें आश्चर्य की बात क्या थी—जो बन्हू-भर अपने जीवन के अन्तिम दिन तक दयालु काका की गुलामी करते रहे। बन्हू उनकी हलवाही करते। खेत-खलिहान सँभालते। और उनकी मेहरारू काका का घर सँभालतीं। कहने को तो वह बन्हू की पत्नी थीं। पर उनके असली मरद

तो काका ही थे। देखने में औसत दर्जे की खूबसूरत, बन्हू-बो कद-काठी से मजबूत लगतीं। पर वह हमेशा ही अस्वस्थ्य रहने की बात करतीं। कभी उनके दिल में दर्द उठता, तो कभी सिर चकराता। हर दूसरे-तीसरे दिन वे 'खेलने' लगतीं। झूम-झूमकर कुछ-कुछ कहती रहतीं। कभी किसी को, तो कभी किसी और को सरापतीं। लोग कहते—'उन्हें पांड़े की बगइचा-वाले भूत ने पकड़ लिया है।' जब भी उन पर यह भूत हावी हो जाता, और वह खेलने लगतीं, तब दयालु के काका बुलाए जाते। वही उनके ओझा थे, और वही उनके डॉक्टर भी। वे झाड़-फूँक करते। कुछ-कुछ मन-ही-मन बुदबुदाते—शायद कोई मन्त्र पढ़ रहे होते। मज़ेदार बात यह थी कि उनके आने के थोड़ी देर बाद ही बन्हू-बो शान्त हो जातीं। झाड़-फूँक में प्रयोग की गई भभूति और लौंग के कुछ दाने दयालु के काका अपने गमछे के एक किनारे बाँध लेते। बन्हू-बो का भूत उनके कब्जे में आ जाता।

पर भूत को कोई कब तक बाँधे रख सकता है! भूत अकसर गाँठ खोलकर भाग जाता और बन्हू-बो को दुबारा पकड़ लेता। दयालु के काका फिर बुलाए जाते। कहने का मतलब यह है, यही क्रम निरन्तर चलता रहता। और यह तब तक चला, जब तक बन्हू-बो जिन्दा रहीं।

सर्वेश ने अपने गाँव वालों को कहते सुना था, 'दयालु का घर भुतहा है।' भूतों को साधने वाले उनके काका अन्ततः पागल होकर मरे थे। मिल के बन्द हो जाने के बाद उपजी परिस्थितियों ने दयालु को भी सामान्य कहाँ रहने दिया था! वह भी तो पागलों की तरह ही व्यवहार करने लगे थे।

वह यह सोच ही रहा था कि उसे मार्कंडेय भाई के बेटे रवीन्द्र की आवाज़ सुनाई दी। शायद वह उसी क्षण वहाँ पहुँचा था और यह कहकर कि 'आज फिर एक आदमी उनकी खेल का शिकार बना' जोर-जोर से रोने लगा था। उसको रोता देख, वहाँ उपस्थित हर किसी की आँख में आँसू छलक आए थे।

तभी सर्वेश को कुछ याद आया। उसने अपनी बगल में बैठे बेचन दादा से पूछा—

"दादा! दयालु चाचा की अचानक मृत्यु कैसे हो गई?"

बेचन दादा ने जो किस्सा उसे सुनाया, वह अपने आप में एक बड़ी त्रासदी थी।

ज़िद कहें या अपनी-अपनी सोच। कभी-कभी कट्टरपन भी बहुत अहितकर साबित होता है। दयालु चाचा के केस में भी उनकी कट्टर सोच ही उनकी जान का कारण बनी।

दयालु चाचा शहर में जिस कबाड़ी के यहाँ काम करते थे, उसका मालिक एक मुसलमान था। यों तो वहाँ कबाड़खाने पर कोई खास व्यवस्था या सुविधा नहीं थी। परन्तु काम करनेवालों के लिए हाथ-मुँह धोने और पानी पीने के लिए उसने एक हैंडपम्प अवश्य लगवा रखा था। वहाँ काम करनेवाले सभी मज़दूर उसी हैंडपम्प का पानी पीते। किन्तु दयालु चाचा ठहरे हिन्दू; वह भी राजपूत। वह भला एक मुसलमान के हैण्डपम्प का पानी कैसे पीते? अछूत हो जाने का डर जो था! इसलिए दयालु चाचा अपने साथ घर से ही एक बोतल में पानी भरकर ले आते और वही पानी पीते।

गर्मी का मौसम था ही। उस दिन भीषण गर्मी पड़ रही थी। पसीने से तर-बतर दयालु भूख और प्यास से विकल होकर जब अपने खाने की गठरी के पास पहुँचे, तब वे वहाँ का नज़ारा देखकर निढाल हो गए। एक टूटी पड़ी कुर्सी पर रखी उनकी खाने की पोटली जमीन पर गिरकर बिखर गई थी। पानी की बोतल टूटी पड़ी थी। उसका पानी ज़मीन पर गिरकर बिखर गया था। कबाड़खानों पर आवारा कुत्तों की कोई कमी तो होती नहीं। उन्हीं में से किसी एक ने मौका देखकर उनका खाना खा लिया था और पानी की बोतल भी गिरा दी थी।

खाने के बिना तो शायद उनका काम चल भी जाता, पर पानी के बिना वह कैसे रह सकते थे? प्यास तो लगी ही थी, गला सूखता जा रहा था। ऊपर से गर्मी का प्रकोप। दयालु ने एक पल के लिए बरामदे के कोने में लगे हैंडपम्प की ओर देखा। मन हुआ, उठकर जाएँ और पानी पी लें। पर फिर, उनका मन घृणा से भर गया—'नहीं, कदापि नहीं।' उनके अन्तर्मन से आवाज़ आई। उन्होंने तुरन्त नल की ओर से अपनी नज़रें दूसरी ओर फिरा लीं।

कुछ देर आराम करने के बाद, वह एक बार फिर कबाड़ के ढेर पर पहुँच गए और कबाड़ छाँटने के काम में लग गए। दिन के दो-ढ़ाई बज रहे थे। धूप खूब तेज आग बरसा रही थी। सिर पर पगड़ी बाँधे दयालु अपने काम में लगे रहे। बस आधे-घंटे ही काम कर पाए होंगे। उन्हें अचानक चक्कर

आया। वह औंधे-मुँह कबाड़ की ढेर पर गिर पड़े। साँस लेना मुश्किल हो रहा था। जीभ सूखकर काँटा हो गई थी। आँखें बन्द थीं और वह बेहोशी के आगोश में समाते जा रहे थे।

उनकी बगल में काम कर रहे उनके एक साथी की नज़र दयालु पर पड़ी। उसने आवाज़ देकर अपने दूसरे साथियों को भी बुला लिया। वे सब उन्हें उठाकर बरामदे में ले गए। स्थिति की गम्भीरता को देखते हुए मालिक को सूचना भेज दी गई। वह तुरन्त आ गया। उसने देखा—दयालु की हालत बेहद नाजुक है। बिना एक पल भी गँवाए उसने अपनी गाड़ी से उन्हें जिला-अस्पताल भिजवाया। साथ में उसका मुनीम और दयालु के कुछ साथी भी थे। शीघ्र ही वे लोग दयालु को लेकर अस्पताल पहुँच गए। पर कोई फायदा नहीं हुआ। अस्पताल पहुँचने के पहले ही उनके प्राण-पखेरू उड़ गए थे। डॉक्टर ने उन्हें मृत घोषित कर वापस भेज दिया। कबाड़ के मालिक ने कुछ पैसे और उनकी लाश उनके घर भिजवा दी थी।

बेचन दादा ने कहानी पूरी की, और उनके मुँह से 'आह' निकल गई। सर्वेश ने उनके कन्धे पर हाथ रखा, तो वह बिफरकर रो पड़े।

सर्वेश भी तब अपने को कहाँ रोक पाया था! उसकी आँखें भी बरस पड़ी थीं।

18

यद्यपि इस बार केवल हफ्ते-भर का कार्यक्रम बनाकर गाँव आया था, सर्वेश। पर दो हफ्ते से अधिक हो गए थे और वह अभी भी गाँव में ही उलझा हुआ था। दयालु चाचा की मृत्यु ने उसे झकझोरकर रख दिया था। दाह-संस्कार, क्रिया-कर्म और वह जो मरणोपरान्त होता है, सब हुआ। वह इन्हीं सब कामों में इतना व्यस्त रहा, कि किसी और काम की ओर उसका ध्यान गया ही नहीं। यहाँ तक कि वह अपने ऑफ़िस भी नहीं जा पाया। हाँ, इस बीच उसने मार्कंडेय भाई की डायरी अवश्य पढ़ ली थी।

उस रात मार्कंडेय भाई को नींद नहीं आ रही थी। उनके मन में तरह-तरह की शंकाएँ उठ रही थीं। वे जानते थे—अगले दिन आर-पार की लड़ाई लड़ी जाएगी। आगज़नी। तोड़-फोड़। खून-खराबा। सब होगा। सरकार ने तो अपनी तरफ से हर सम्भव कोशिश की थी। पर मामला हल नहीं हुआ। आन्दोलनकारी उग्र से उग्रतर होते जा रहे थे। दरअसल, मज़दूर-संगठनों पर बाहरी तत्त्व हावी हो गए थे। और वे किसी भी हालत में समझौता होने देना नहीं चाहते थे। आन्दोलनकारी सोच रहे थे—सरकार दबाव में आ जाएगी और उनकी बेजा माँगें भी पूरी हो जाएँगी। पर ऐसा नहीं हुआ। मार्कंडेय भाई और उनके साथी भी तैयार थे। किसी भी हालत में उपद्रवियों को मिल में प्रवेश होने नहीं देंगे। चाहे इसके लिए अपनी जान भी क्यों न गँवानी पड़े! पर फिर सोचते—यदि कुछ सचमुच ऐसा-वैसा हो गया, तो उनके बच्चों का क्या होगा? उनको कौन सँभालेगा?... तो, क्या वे पीछे हट जाएँ और उपद्रवियों को मिल में तोड़-फोड़ करने के लिए छुट्टा छोड़ दें? नहीं, हरगिज़ नहीं! उनके अन्तर्मन से आवाज़ आई थी।

न जाने कितनी रात तक वे इसी उधेड़बुन में जगते रहे। फिर कब सो

गए, उन्हें पता नहीं चला।

मार्कंडेय भाई की डायरी यहीं समाप्त हो गई थी। उसके बाद उन्हें डायरी लिखने का मौका मिला ही कहाँ? डायरी के अगले कुछ पन्ने उनके बेटे ने लिखे थे। उसने लिखा था—

'पिता जी अस्पताल से लौटकर घर आ गए थे। उनके सिर की चोट अभी पूरी तरह भरी नहीं थी। घाव हरा था। उसकी पट्टी करवाने उन्हें हर दो-तीन दिन पर अस्पताल जाना पड़ता। मिल में घटी उस घटना के बाद, पापा एकदम शान्त हो गए थे। बस, चुपचाप बिस्तर पर लेटे-लेटे, वह ऊपर छत की ओर देखते रहते। कभी-कभी अनायास ही उनकी आँखों से आँसू बहने लगते। उनकी भूख जैसे मर-सी गई थी। कमजोरी दिनोंदिन बढ़ती जा रही थी। माँ और हम उन्हें लेकर बहुत चिन्तित रहते। कुछ समझ में नहीं आ रहा था—हम करें तो क्या करें! एक-दो डॉक्टरों को उन्हें दिखाया भी। पर कोई फ़ायदा नहीं हुआ।

कभी-कभी हमें यह शंका भी होती—कहीं पकवा-इनार के भूतों ने तो उन्हें पकड़ नहीं लिया है? पकवा-इनार के भूतों की कहानी पापा हमें अकसर सुनाया करते थे। यह सोचकर कि कहीं सही में उन्हें भूतों ने पकड़ लिया हो, हमने उनकी झाड़-फूँक भी कराई। कई ओझा बुलाए गए। पर उनकी ओझैती भी काम नहीं आई। पापा के व्यवहार में तनिक भी बदलाव नहीं आया। बल्कि उनकी हालत दिनोंदिन बिगड़ती ही चली गई।

कुछ दिन तक यों ही चलता रहा। फिर अचानक पापा के व्यवहार में एक अजीब-सा बदलाव आया। वे अब बहुत अधिक बेचैन रहने लगे थे। न तो, वह ठीक से सो पाते, न ही, शान्ति से एक जगह बैठे रहते। वे अचानक उठकर तेज-तेज चलने लगते। अपने आपसे कुछ-कुछ बतियाते रहते। न जाने क्या कहते? हमें समझ में नहीं आता। हमें रात-दिन उनकी निगरानी करनी पड़ती। वह कब उठकर इधर-उधर भागने लगें, कुछ पता नहीं रहता।

थोड़े दिनों बाद एक और बदलाव भी उनमें देखा गया। वह आसपास, सड़कों-गलियों में बिखरी पड़ी लकड़ियों के टुकड़े, कागज़, कपड़े-लत्ते आदि इकट्ठा करते रहते। फिर उनका एक ढेर बनाकर उसमें आग लगा देते और उसके चारों तरफ नाच-नाचकर तालियाँ बजाते; खूब जोर-जोर से

हँसते। खुश होते। शायद वह किसी का पुतला जलाते और उसकी खुशियाँ मनाते। मैं जब भी उन्हें ऐसा करते देखता, तब मुझे 'यशवन्त' शीर्षक से बनी फ़िल्म के उस किरदार की याद आती, जिसकी भूमिका नाना पाटेकर ने निभाई थी। वह समाज में फैली विकृतियों को दूर करने के लिए एक कठिन लड़ाई शुरू करता है। अकेले ही। उस लड़ाई में उसका सब-कुछ बर्बाद हो जाता है। उसको इस हद तक परेशान किया जाता है कि वह अन्ततः पागल हो जाता है। अपना होश-ओ-हवास खो बैठता है। वह भी पुतले जलाकर वैसे ही खुश होता है, जैसे हमारे पापा खुश होते थे।

'आखिर एक कमज़ोर व्यक्ति के लिए दूसरे रास्ते भी क्या हैं?' सर्वेश ने मन-ही-मन कहा और कराह उठा।

डायरी में आगे लिखा था—

'हमारी लाख कोशिशों के बावजूद पिता जी ठीक नहीं हो पाए। उनकी हालत दिनोंदिन बिगड़ती चली गई। और एक बार...। रात में जब घर के सभी लोग सो रहे थे, वह अपनी चारपाई से उठकर कहीं चले गए। कहाँ? किसी को पता नहीं चला। हमने उन्हें सब जगह ढूँढ़ा। अपने सभी परिचितों-रिश्तेदारों से पता किया। पर वे कहीं नहीं मिले। अगले तीन-चार दिन तक उनका कोई अता-पता नहीं चला। फिर एक दिन... उनकी लाश गाँव के बाहर एक कुएँ में मिली। हमारा तो खून ही सूख गया। पूरे जवार में, यह खबर आग की तरह फैल गई। सभी स्तब्ध थे। एकदम निःशब्द।

हजारों लोग उन्हें विदाई देने के लिए हमारे घर इकट्ठे हुए। सबकी आँखें नम थीं। सभी मिल बन्द करानेवालों को कोस रहे थे। सबकी जुबान पर बस एक ही बात थी—यदि मिल चलती रही होती, तो ऐसा कुछ नहीं हुआ होता। मार्कंडेय भाई की यह हालत नहीं हुई होती। वह जिन्दा होते और सबको हँसाते रहते। पर अब सच तो यही था—हमारे पापा इस दुनिया में नहीं थे।'

डायरी की आखिरी पंक्तियाँ पढ़ते-पढ़ते, सर्वेश की आँखे डबडबा गईं। वह बहुत देर तक सामान्य नहीं हो पाया। उसे मार्कंडेय भाई का धनुषयज्ञ में प्रस्तुत किया गया वह एक्ट याद आया। जिसमें वे भिखारी बनकर स्टेज़ पर अवतरित हुए थे, जो अन्त में भूख-प्यास से तड़पकर ज़मीन पर गिर पड़ता है। उसके प्राण-पखेरू उड़ जाते हैं। देखा जाए तो,

खुद उनके साथ भी कुछ ऐसा ही हुआ था। एक सवाल जो उसके मन में बार-बार उठ रहा था, वह यह कि आखिर मरज़ादपुर मिल में जो कुछ हुआ, उससे किसका फायदा हुआ? यही न, कुछ स्थानीय लोगों की नेतागिरी चल पड़ी थी। पर उन लोगों का क्या—जिनकी रोज़ी-रोटी छिन गई थी और वे दुर्दिन की मार झेल रहे थे!

19

सर्वेश गाँव से लौटकर लखनऊ आ तो गया था, पर उसका मन गाँव में ही अटका रहा। वह कभी सन्तोष के बारे में सोचता, तो कभी मार्कंडेय भाई के विषय में। फिर कभी, उसे दयालु चाचा याद आते। यों तो ऐसे अनेक लोग थे, जो मिल के बन्द हो जाने से प्रभावित हुए थे। सन्तोष जहाँ उसका स्कूल-मेट रहा, तो वहीं, मार्कंडेय भाई के साथ वह धनुषयज्ञ मंडली का स्टेज़ शेयर करता रहा। दयालु चाचा तो एक तरह से उसके परिवार के ही थे। मिल बन्द क्या हुई, इन सबकी जिन्दगियों का रुख ही बदल गया। दयालु और मार्कंडेय भाई तो अब इस दुनिया में रहे नहीं। सन्तोष जिन्दा होते हुए भी, एक लाश की तरह हो गया है। कितना बुरा हुआ था, उसके साथ! इधर नौकरी गई, उधर उसका बेटा घर छोड़कर चला गया। कहाँ—किसी को पता नहीं! पत्नी को ऐसा शॉक लगा, वह अपना होश ही गवाँ बैठी। उसकी स्थिति किसी पागल से कम नहीं थी। सन्तोष विकलांग तो हो ही गया था, पर वह आज भी अपने मन में एक अजीब-सा गिल्ट पाले हुए है। उसे लगता—उसके कारण ही मिल बन्द हुई थी। वह सोचता रहता—'काश! वह कम्युनिस्ट पार्टी के लोगों से नहीं मिला होता। न ही, मज़दूर-यूनियन बनाने के लिए राज़ी हुआ होता। हो सकता है, कोई दूसरा यह काम करता! शायद तब भी यही परिणति होती। मिल तो तब भी बन्द हो गई होती। पर कम-से-कम, उसका नाम तो इसमें नहीं आता।' वह यही सोच-सोचकर अवसादग्रस्त होता चला गया।

उस दिन एक लम्बे अन्तराल के बाद सर्वेश सन्तोष से मिला था। शायद डेढ़ दशकों बाद। उसकी दशा देखकर सर्वेश का रोम-रोम काँप उठा था। लाख चाहकर भी वह अपना ध्यान उससे हटा नहीं पा रहा था। वह उसकी मदद करना चाहता था। पर... कैसे? वह यह समझ नहीं पा रहा था। सन्तोष

एक स्वाभिमानी व्यक्ति है। वह पैसे-रुपयों की मदद क़तई स्वीकार नहीं करेगा। अचानक उसे एक बात सूझी—क्यों न, वह उसके बेटे को ढूँढ़ निकालने की कोशिश करे! यदि वह जीवित होगा, तो उसे ढूँढ़ पाना मुश्किल नहीं होगा। उसे याद आया...कभी बहुत पहले उसके छोटे बेटे ने उसे बताया था कि उसने कैसे-कैसे इंटरनेट-मीडिया के माध्यम से अपने बचपन के साथियों को ढूँढ़ निकाला था!

उसने तुरन्त अपने बेटे को फ़ोन मिलाया और सन्तोष के बेटे को ढूँढ़ने की बात कही। उसने उसे बताया—'सन्तोष के बेटे, प्रत्यूष को घर छोड़कर गए सोलह-सत्रह साल हो गए हैं। जब वह घर छोड़कर गया था, तब उसकी उम्र लगभग उन्नीस-वर्ष रही होगी। इस तरह आज उसकी उम्र लगभग चौन्तीस-पैन्तीस साल होगी। उसके चेहरे में ज़्यादा बदलाव नहीं आया होगा। पर हाँ, हो सकता है—उसने अपनी आइडेंटिटी बदल ली हो!'

पिछले दिनों जब वह सन्तोष से मिला था, तब उसने उसे अपने परिवार का एक एल्बम दिखाया था। तभी सर्वेश ने उनमें से कुछ फोटोग्राफ़ अपने पास रख लिए थे। उसने वे फोटोग्राफ़ अपने बेटे को भेज दिए।

सर्वेश का बेटा आई.टी. सेक्टर में काम करता था। वह ख़ुद तो इस काम में लग ही गया, आई.टी. इंडस्ट्री से जुड़े अपने कई दोस्तों को भी, जो देश के अलग-अलग किन्तु खास तौर पर बड़े शहरों में काम कर रहे थे, प्रत्यूष की फोटो भेजकर उसे ढूँढ़ने की हिदायत दे दी थी। उसकी टीम मुख्य रूप से मुम्बई, कोलकाता, बंगलूरु, चेन्नई, जयपुर आदि कुछ बड़े शहरों में इस काम में लगी थी। तीन महीने से ऊपर हो गए थे। पर कहीं से कुछ अच्छी ख़बर सुनने में नहीं आ रही थी। कुछ बड़े शहरों से तो प्रत्यूष के वहाँ होने की सम्भावना लगभग शून्य-सी बताई गई। सर्वेश बीच-बीच में फ़ोन करके अपने बेटे से पूछता और जानकारी लेता रहता। किन्तु जब वह उसे बताता—'अभी कुछ पता नहीं चला', तब वह बहुत निराश हो जाता। धीरे-धीरे उसे लगने लगा था, वह प्रत्यूष को ढूँढ़ नहीं पाएगा और सन्तोष की मदद करने की उसकी मनोकामना पूरी नहीं होगी।

इस तरह कुछ हफ्ते और बीत गए। पर प्रत्यूष की कोई ख़बर नहीं मिली।

इस बीच उसकी संस्था ने गाँव में किसानों के लिए एक ट्रेनिंग कराने

का कार्यक्रम बनाया, तो वह गाँव जाने की तैयारी में जुट गया। उस दिन वह अपने घर से गाँव के लिए निकलने ही वाला था, कि उसके बेटे का फ़ोन आया। उसने फ़ोन उठा लिया।

"डैडी! हमने प्रत्यूष को ढूँढ़ लिया है।" उधर से आवाज़ आई।

"क्या? सचमुच!" सर्वेश ने चौंकते हुए पूछा।

"हाँ, डैडी! प्रत्यूष पुणे में है।"

"पुणे में?"

"हाँ, डैडी! वह वहाँ एक होटल में काम कर रहा है। मुझे पूरा विश्वास है—वह प्रत्यूष ही है। उसकी शकल हूबहू उसकी फ़ोटो से मिलती है।... परन्तु एक बात है।"

"क्या?... क्या बात है?"

"जैसा आप कह रहे थे, उसने अपना नाम बदल लिया है। वह वहाँ प्रत्यूष नहीं, बल्कि शम्भू यादव के नाम से नौकरी कर रहा है।"

"तो क्या पता, वह कोई और ही हो?"

"नहीं डैडी! वह कोई दूसरा नहीं, बल्कि प्रत्यूष ही है। यह मैं पूरे विश्वास के साथ कह सकता हूँ।"

"तो फिर ठीक है। तुम मुझे उसका पता भेज दो। मैं कल ही वहाँ जाने के लिए फ़्लाइट बुक कराता हूँ और पुणे जाकर उससे मिलता हूँ। हाँ, पर ध्यान रहे, इस बात की उसे तनिक भी भनक न लगे, कि हम उसे पहचान लिए हैं, और उसे ढूँढ़ रहे हैं।"

"ठीक है डैडी।" उसने कहा और दूसरे ही क्षण उसने प्रत्यूष का पूरा पता सर्वेश को व्हाट्सप कर दिया।

सर्वेश की खुशी का ठिकाना नहीं था। वह जल्दी-से-जल्दी प्रत्यूष तक पहुँचकर उसे सन्तोष को सौंपना चाहता था। वह जानता था, प्रत्यूष के घर आ जाने के बाद सन्तोष की ज़िन्दगी एकदम बदल जाएगी। उसकी पत्नी का पागलपन अपने-आप समाप्त हो जाएगा।

सर्वेश जब पुणे एयरपोर्ट पहुँचा, तब अभी दिन के दो बज रहे थे। एयरपोर्ट से बाहर आकर, उसने एक टैक्सी ली और उसे 'रंजीत-इन' होटल चलने को कहा। टैक्सी में बैठे-बैठे वह सन्तोष और उसकी पत्नी के बारे में सोच रहा था। उसके मन में एक डर भी था। न जाने, प्रत्यूष कैसा व्यवहार

करे! वह उसे देखकर कहीं छिप न जाए! वह यह सब सोच ही रहा था कि टैक्सी 'रंजीत-इन' होटल के सामने आकर रुकी। उसने टैक्सीवाले को पैसे दिए और अपना बैग लेकर होटल के भीतर चला गया। उसके बेटे ने पहले से ही उसके लिए एक कमरा उस होटल मे रिज़र्व करा रखा था।

अपने कमरे में पहुँचकर, सर्वेश ने रूम-सर्विस को फ़ोन मिलाया और चाय के साथ कुछ स्नैक्स का ऑर्डर देकर फ्रेश होने के लिए बाथरूम में चला गया। कुछ देर बाद कमरे की घंटी बजी, तो जाकर उसने दरवाज़ा खोल दिया। बेयरा चाय और स्नैक्स की प्लेट टेबल पर रखकर जाने लगा, तो सर्वेश ने उसे 'टिप' देने के उद्देश्य से रोका। पैसे देते समय, सर्वेश की नज़र बेयरा के चेहरे पर पड़ी। वह उसे देखकर अवाक रह गया। 'यह तो प्रत्यूष है!' उसने मन-ही-मन कहा।

सर्वेश ने उसे पहचान लिया था। पर उसने अपने को संयत रखते हुए, उसे पैसे दिए। जब वह जाने को हुआ, तब सर्वेश ने कहा—

"शम्भू यादव, रुको!"

"जी!... सर, आपको मेरा नाम कैसे पता? मैं तो इसके पहले आपसे कभी मिला भी नहीं हूँ।" उसने अचम्भित होते हुए उससे पूछा।

"यह सच नहीं है। हम पहले भी मिल चुके हैं। हाँ, तब तुम्हारा नाम शम्भू यादव नहीं था। तब तुम्हारा नाम 'प्रत्यूष कुमार सिंह' था। क्यों? सही कह रहा हूँ न!"

अब वह हक्का-बक्का हो, उसकी ओर देख रहा था। उसने भी सर्वेश को पहचान लिया था।

कुछ पल ऐसे ही बीते। वह अपने को और संयत रख नहीं पाया। वह उसके पैरों पर गिर पड़ा और फफककर-फफककर रोने लगा।

सर्वेश ने उसे पकड़कर उठाया और गले से लगा लिया। वह रोता रहा। सर्वेश ने भी उसे चुप कराने की कोशिश नहीं की। सोचा—जब रो लेगा, तब उसका मन हलका हो जाएगा और उसका रोना भी बन्द हो जाएगा।

कुछ क्षण बाद प्रत्यूष शान्त हुआ। वह कुछ कहना चाह रहा था। पर उसकी जुबान लड़खड़ा रही थी। सर्वेश ने उससे कोई सवाल नहीं पूछे। उसने उसके कन्धे पर हाथ रखा, तो एक बार फिर वह सिसक उठा। सर्वेश ने उसे पकड़कर कुर्सी पर बैठाया। चाय बनाई। चाय का कप उसकी ओर

बढ़ाते हुए, उसने कहा,

"लो, पहले चाय पियो। फिर बात करते हैं।"

दोनों ने चुपचाप चाय पिया। जब उसका मन कुछ शान्त हुआ, तब उसने अपनी आप-बीती सर्वेश को विस्तार में बताई। सर्वेश ने उसे उसकी मम्मी-पापा के बारे में बताया, तो वह अपने आँसू रोक नहीं पाया। उसे अपनी गलती का एहसास हो गया था। वह अपने मम्मी-पापा से मिलने के लिए बेताब हो उठा। सर्वेश ने प्रत्यूष से कहा, "तुम अपनी माँ की बीमारी का बहाना बनाकर कुछ दिनों के लिए होटल से छुट्टी ले लो, और मेरे साथ घर चलो। मैं तब तक तुम्हारे लिए टिकट का इन्तज़ाम करता हूँ।"

शम्भू यादव यानी प्रत्यूष को होटल से छुट्टी मिलने में कोई परेशानी नहीं हुई। छुट्टी मिलने की सूचना उसने सर्वेश को दे दी और खुद घर जाने की तैयारी में जुट गया।

दो दिन बाद, सर्वेश प्रत्यूष को अपने साथ लेकर हवाई-मार्ग से लखनऊ आ गया। वहाँ से वे दोनों उसकी कार से मरज़ादपुर के लिए निकल गए।

मरज़ादपुर पहुँचते-पहुँचते शाम हो गई थी। अँधियारा पाँव पसार रहा था। शहर से निकलकर उनकी कार मिल की ओर जानेवाले लिंक-रोड पर मुड़ी। थोड़ी ही देर में उनकी कार मिल के परिसर में थी। प्रत्यूष ने देखा—यहाँ-वहाँ इक्का-दुक्का बिजली के बल्ब जल रहे थे। धूल-धूसरित मिल की गलियों में गन्ध-गुबार बिखरे पड़े थे। टूटे-फूटे मकान जिनकी दरवाज़े-खिड़कियाँ गायब थीं। कभी गुलज़ार रही मिल की बस्ती की ऐसी दशा देखकर, प्रत्यूष की आँखों में आँसू आ गए।

'इस खंडहर के बीच मम्मी-पापा कैसे रहते होंगे?' इस सोच-मात्र से ही उसका दिल दहल उठा।

उनकी कार सन्तोष के घर के सामने आकर रुकी। सन्तोष बाहर ही चारपाई पर बैठे अपने एक हाथ से गमछा हिला रहा था। शायद मच्छर काट रहे थे। पास पहुँचकर सर्वेश ने उसका नाम लेकर पुकारा, तो वह खुश होते हुए बोला,

"अरे आओ भाई सर्वेश, आओ! लखनऊ से कब आए? सब ठीक तो है न!' सन्तोष ने एक-साथ कई सवाल पूछ लिए।

"बस, अभी सीधे लखनऊ से ही चला आ रहा हूँ।" फिर कुछ रुककर

उसने आगे कहा, “मैं अपने साथ तुम्हारे किसी प्रिय को लेकर आया हूँ। देखो तो, कौन है?”

प्रत्यूष चुपचाप खड़ा था। उसके हाथ-पाँव काँप रहे थे। और उसकी आँखों से झर-झर आँसू झर रहे थे। सन्तोष आगन्तुक को पहचान नहीं पाया था। उसने पूछा,

“कौन हो, भाई?”

यह सवाल सुनते ही प्रत्यूष अपने को रोक नहीं पाया।

“पापा!” कहकर वह उनके पैरों पर गिर पड़ा और फफककर रोने लगा।

“प्रत्यूष? बेटा प्रत्यूष!” सन्तोष ने उसकी आवाज़ पहचान ली थी।

“हाँ, पिता जी! मैं, आपका बेटा, प्रत्यूष।”

सन्तोष ने उसे पकड़कर उठाया और गले से लगा लिया। दोनों बाप-बेटे भोकर-भोकरकर रो रहे थे। उनके रोने की आवाज़ सुनकर घर के अन्दर से सन्तोष की पत्नी बाहर आ गईं। वह ठीक से चल नहीं पा रही थीं। प्रत्यूष ने उन्हें देखा, तो उसका दिल दहल उठा। तीनों ने एक-दूसरे को बाँहों मे भर लिया और बड़ी देर तक आँसू बहाते रहे।

सर्वेश दूर खड़ा उन्हें देख रहा था। उसे अपार खुशी हो रही थी। यद्यपि उसकी आँखें भी भर आई थीं, पर वे खुशी के आँसू थे।

20

पद्मिनी की छोटी बहन, ज्योत्स्ना की शादी पक्की हो गई थी। घर और वर दोनों अच्छे मिले थे। मम्मी, पापा, दोनों बहुत खुश थे। होते भी क्यों नहीं? आख़िर हमारे समाज में माँ-बाप के लिए बेटी की शादी से बढ़कर कोई और बड़ी जिम्मेदारी क्या होती है?

शादी की तैयारियाँ ज़ोर-शोर से चल रही थीं। पद्मिनी रोज़ शाम को ऑफ़िस से घर आने के बाद ज्योत्स्ना को फ़ोन करती। तैयारियों का ज़ायज़ा लेती। अपने सुझाव देती। उसने छुट्टी के लिए पहले ही अर्जी दे रखी थी। शादी से एक हफ्ते पहले वह घर पहुँच जाएगी। यह बात उसने ज्योत्स्ना को पहले ही बता दिया था।

पद्मिनी का जब भी फ़ोन आता, ज्योत्स्ना अवसाद से घिर जाती। वह उदास हो जाती। उसकी बातों में अपनी शादी को लेकर कोई खुशी या उत्साह नहीं दिखता। दरअसल, वह पद्मिनी को लेकर चिन्तित रहती। वह सोचती, 'कितना अच्छा होता—दीदी का वैवाहिक जीवन प्रीतिकर होता! जीजा, जीजी के साथ होते। उसे प्यार करते। उनके एक-दो बच्चे होते। वे उसे 'मौसी' कहकर पुकारते। शादी में तो उनकी उपस्थिति उसकी खुशियों में चार-चाँद लगा देते। पर अफ़सोस! मरज़ादपुर में मिल के दौरान ही न जाने किसकी नज़र लग गई? दीदी का जीवन दुश्वारियों से भर गया। शादी-शुदा होते हुए भी वह अकेली हैं। उन्हें पति का सुख नहीं मिला। ससुराल तो कहने-भर को है। बस सुखद यह है, दीदी एक अच्छे माहौल में नौकरी कर रही हैं। उसके सहकर्मी उसका पूरा ख्याल रखते हैं। दीदी भी खुश रहतीं हैं। पर क्या, वे अपना पूरा जीवन ऐसे ही, अकेली रहकर बिता देंगी? ओह! न जाने क्या-क्या लिखा है, विधाता ने दीदी के भविष्य के बारे में!'

ज्योत्स्ना यह सब सोच-सोचकर उद्विग्न हो उठती। उसे अपनी शादी की कोई खुशी मानो थी ही नहीं।

एक दिन बड़े सवेरे ही, जब पद्मिनी अभी बिस्तर से उठी ही थी कि उसके फ़ोन की घंटी घन-घना उठी। वह वॉश-बेसिन पर मुँह धो रही थी। उसने जल्दी-जल्दी तौलिया से मुँह-हाथ पोंछा और फ़ोन उठा लिया।

'ज्योत्स्ना का फ़ोन!'

'इतनी सुबह-सुबह ज्योत्स्ना का फ़ोन!... क्यों?' उसने मन-ही-मन कहा। फ़ोन ऑन कर कान पर लगाया ही था कि ज्योत्स्ना कि आवाज़ सुनाई दी।

"दीदी!"

"क्या हुआ ज्योत्स्ना? इतनी सुबह-सुबह फ़ोन करने की कोई खास वज़ह?" पद्मिनी ने छूटते ही पूछा। उसके दिल की धड़कने बढ़ गई थीं।

"नहीं दीदी! बस यों ही। आज सुबह, अन्धेरे ही नींद खुल गई थी। फिर लाख चाहने पर भी सो नहीं पाई। बस घड़ी की तरफ ही देखती रही। जब मुझे लगा, अब तुम उठ गई होगी, तो फ़ोन मिला दिया।" ज्योत्स्ना ने कहा।

"तो तुम्हें नींद क्यों नहीं आ रही थी? कहीं 'पल्लव' की याद तो नहीं सता रही थी, तुम्हें! यदि ऐसा था, तो उसे ही फ़ोन क्यों नहीं कर लिया? मुझे फ़ोन करने की क्या ज़रूरत थी?" पद्मिनी ने उससे मज़ाक के लहज़े में कहा। पल्लव ज्योत्स्ना के होनेवाले पति का नाम था।

"क्या दीदी! आप भी न!" ज्योत्स्ना ने कुछ नाराज़गी ज़ाहिर करते हुए कहा।

"अरे पगली! मैं तो बस मज़ाक कर रही थी। खैर! बताओ ऐसी कौन-सी खास बात है, जो तुम मुझे बताना चाह रही थी?" पद्मिनी ने ज्योत्स्ना से पूछा।

"दरअसल, मैं तुम्हें एक ज़रूरी बात बताना चाह रही थी। तुम गुस्सा तो नहीं होगी न!"

"क्यों? ऐसी गुस्से वाली कौन-सी बात है, जो तुम मुझे बताना चाहती हो! खैर! अब तुम और पहेलियाँ मत बुझाओ। जो कुछ कहना है, साफ़-

साफ़ कह दो।"

"दीदी! कल मैंने फे़सबुक पर योगेन्द्र भैया को देखा।"

"योगेन्द्र!"

योगेन्द्र का नाम सुनकर पद्मिनी पल-भर के लिए सुन्न-सी हो गई। सालों बीत गए थे। वह उसकी स्मृति से जैसे गायब-सा हो गया था। आज अचानक जब ज्योत्स्ना ने उसका नाम लिया, तब उसका दिल धक् से हो गया। उसकी समझ में नहीं आ रहा था, वह ज्योत्स्ना से क्या कहे? कुछ क्षण बाद, उसने अपने को संयत रखते हुए, कहा,

"तो? यह बात तुम मुझे क्यों बता रही हो?"

"बात यह है दीदी, मैंने खुद उन्हें मैसेज़ किया था। उनका हाल-चाल पूछा था। मेरा मैसेज़ पढ़कर वह बहुत खुश हुए थे। उन्होंने तुरन्त ज़वाब भी दिया। फिर मेरा फ़ोन नम्बर लेकर उन्होंने मुझसे फ़ोन पर बात भी की। मम्मी-पापा के बारे में पूछ रहे थे। दोस्त-मित्रों का हाल-चाल भी लिया। अन्त में, उन्होंने तुम्हारे बारे में पूछा। कहने लगे, "पद्मिनी तो अब शादी-वादी करके घर-गृहस्थी सँभाल रही होगी! दो-तीन बच्चों की माँ, वगैरह-वगैरह।" इतना कहकर वे हँस पड़े थे। पर उनकी हँसी में कुछ ऐसा तो था जो मुझे खटक रहा था।

"तो तुमने क्या उत्तर दिया?" पद्मिनी कुछ गम्भीर होकर बोली।

"मैंने तो उलटा उन्हीं से पूछ लिया—पहले आप अपने बारे में तो बताइए! भाभी कैसी हैं? शादी कब हुई? एक-दो बच्चे तो होंगे ही?"

मेरी बात सुनकर मानो उनके दिल का दर्द छलक आया। बोले—

"अरे ज्योत्स्ना! यह क्या बके जा रही हो? बिना कुछ जाने—समझे। सच कहूँ, मेरे भाग्य में विधाता ने पत्नी-सुःख लिखा ही नहीं है। मैं तो आज भी अकेला ही हूँ। मेरे दोस्त-मित्र भी कम ही हैं। बस काम-काम-काम। घर से ऑफ़िस, ऑफ़िस से घर। मेरी ज़िन्दगी तो बस, इतने में सिमटकर रह गई है।"

"क्यों भैया? आपने अभी तक शादी क्यों नहीं की?" मैंने उनसे पूछा

तो वे चुप रह गए। कुछ देर बाद, उन्होंने जो कुछ बताया, उसे सुनकर मैं स्तब्ध रह गई।

"क्यों? ऐसा क्या कह दिया उन्होंने?" पद्मिनी ने उसे टोकते हुए पूछा।

उन्होंने कहा,

"शादी करने का कभी मन ही नहीं हुआ। पद्मिनी मेरे दिल में ऐसे बसी रह गई कि हम कभी उससे दूर हो ही नहीं पाए।... पद्मिनी के अतिरिक्त मैंने कभी किसी अन्य के बारे में सोचा तक नहीं। फिर शादी कैसे करता? धीरे-धीरे अपने काम में इतना व्यस्त होता गया कि शादी-वादी की बात कभी दिमाग में आई ही नहीं। प्रारम्भ के कुछ सालों तक मम्मी-पापा शादी के लिए दबाव बनाते रहे। फिर वे भी हार मानकर चुप हो गए। अब तो मेरी शादी की बात घर में कोई करता भी नहीं।" इतना कहकर वे कुछ देर रुके, और फिर बोले,

"मेरी बात छोड़ो! पद्मिनी के बारे में कुछ बताओ! वह खुश तो है, न?"

"दीदी! जब उन्होंने तुम्हारे बारे में पूछा, तब मैं जड़-सी हो गई। मेरी समझ में नहीं आ रहा था—उन्हें क्या बताऊँ? मैं चुप रही। कुछ देर बाद उन्होंने फिर पूछा, "बताओ न, क्या बात है? तुम चुप क्यों हो गई?"

दीदी! फिर मैं अपने को रोक नहीं पाई। मैं फूट-फूटकर रोने लगी। आँसू थे कि थमने का नाम ही नहीं ले रहे थे। योगेन्द्र भईया भी चुप थे। धीरे-धीरे जब मेरी रुलाई सिसकियों में बदल गई, तब उन्होंने कहा,

'ज्योत्स्ना, तुम रो क्यों रही हो? घर में सब ठीक-ठाक तो है, न! मम्मी, पापा... पद्मिनी, वे सब ठीक हैं, न!'

दीदी! उनकी आवाज़ में एक थरथराहट थी और वे रुक-रुककर बोल रहे थे।

फिर उन्होंने ज़ोर देकर दुबारा पूछा,

"बोलो ज्योत्स्ना! पद्मिनी ठीक तो है, न!"

"दीदी! उनका यह पूछना था, कि मैं एक बार फिर सिसक पड़ी। कुछ

देर बाद मेरा रोना बन्द हुआ। फिर मैं अपने को रोक नहीं पाई। मैंने उन्हें सारी बातें सच-सच बता दीं।"

"मेरी बात सुनकर, उनके मुँह से बस 'ओह' निकला और वे कराह उठे। इसके आगे वह कुछ बोल नहीं पाए। मैं भी चुप रही।" कुछ देर बाद जब वे संयत हुए, तब उन्होंने कहा,

"ज्योत्स्ना! क्या मैं तुम्हारी दीदी से बात कर सकता हूँ?"

"पता नहीं, भैया।... मैं दीदी से पूछकर बताऊँगी।" मैंने उत्तर दिया।

फिर कुछ सहमते हुए उन्होंने आगे कहा,

"ज्योत्स्ना! यदि तुम्हें बुरा न लगे, तो मैं एक बात कहूँ?" उन्होंने आगे कहा।

"हाँ, हाँ! कहिए भइया!"

"तुम मुझे अपनी दीदी का व्हाट्सप नम्बर भेज दो। मैं खुद ही उससे पूछ लूँगा।"

"मैंने उन्हें तुम्हारा नम्बर दे दिया। दीदी! मैंने कोई गलती तो नहीं की न!" ज्योत्स्ना ने डरते-डरते पूछा।

"अब जब तुमने नम्बर दे ही दिया, तब यह सवाल क्यों पूछ रही हो? अब जो होगा, देखा जाएगा।" पद्मिनी ने कहा। तभी उसकी नज़र दीवाल पर लगी घड़ी पर पड़ी। साढ़े आठ बज रहे थे। पद्मिनी ने ज्योत्स्ना से कहा, "अच्छा, अब फिर बाद में बात करेंगे। मुझे ऑफ़िस के लिए तैयार होना है। देर हो जाएगी।"

"ठीक है, दीदी।" ज्योत्स्ना ने कहा और फ़ोन काट दिया।

उस दिन ऑफ़िस में कोई एक खास बैठक थी। पद्मिनी पूरे दिन उसी में व्यस्त रही।

दरअसल, जब भी कोई बड़ी मीटिंग उसकी संस्था में आयोजित होती है, उसका पूरा भार उसी के ऊपर आ जाता है। उस दिन भी वही हुआ। लगभग चार बजे के आसपास बैठक समाप्त हुई। सब-कुछ समेट लेने के बाद, अब वह एक मिनट भी और वहाँ रुकना नहीं चाहती थी। उसने डॉ. भान को बताकर, घर जाने की तैयारी में लग गई। वह घर फ़ोन करके माँ को

बताने ही वाली थी कि उनका ही फ़ोन आ गया। उन्होंने उसका हाल-चाल पूछा और जानना चाहा कि वह कितने बजे तक घर पहुँच जाएगी। "बस आ ही रही हूँ माँ! आप तैयार रहें। हम कहीं बाहर चाय पीने चलेंगे।" इतना कहकर उसने फ़ोन काट दिया।

पर उसे क्या पता था, माँ घर पर ही चाय-नाश्ते का प्रबन्ध कर उसका इन्तज़ार कर रही हैं!

लगभग आधे-घंटे बाद दरवाज़े की घंटी बजी। माँ ने मुस्कुराते हुए दरवाज़ा खोला। पद्मिनी भीतर आई, तो माँ ने उसके हाथ से बैग और खाने का टिफिनवाला-झोला ले लिया और कहा,

"तुम हाथ-मुँह धोकर ड्रॉइंग-रूम में आ जाओ। मैं वहीं तुम्हारा इन्तज़ार कर रही हूँ।"

"ठीक है, माँ!"

थोड़ी देर में हाथ-मुँह धोकर पद्मिनी जब ड्रॉइंग-रूम में आई, तब वहाँ का नज़ारा देखकर दंग रह गई। बेसन की बर्फी, गाजर का हलवा और आलू की टिक्की-जैसी उसके मनपसन्द की कई चीजें बनाकर माँ ने टेबल पर सजा रखी थीं। उन्होंने उठकर पद्मिनी को गले से लगाया और उसे जन्मदिन की बधाइयाँ दीं। उसने उन्हें बाहों में भर लिया। वह अपने को रोक नहीं पाई और सिसककर रोने लगी। यह उसकी खुशी के आँसू थे। माँ उसकी पीठ थपथपाती रहीं। कुछ देर बाद जब पद्मिनी का मन शान्त हुआ, तब माँ ने उसे पकड़कर सोफ़े पर बैठाया। पद्मिनी एकटक माँ की ओर देख रही थी। एक बार फिर उसके आँसू भरभराकर बह निकले। माँ ने उसे शान्त कराया। फिर दोनों खाने का स्वाद लेने लगीं।

"बेसन की बर्फी खाकर मम्मी की याद आ गई। एकदम वही स्वाद।" पद्मिनी ने भावुक होते हुए कहा।

"बेटा पद्मिनी! एक बार तुम घर जाकर मम्मी से मिल क्यों नहीं आती?"

माँ ने उसके कन्धे पर हाथ रखकर कहा।

पद्मिनी चुप रही।

वह उन्हें कैसे बताती कि उसकी मम्मी उससे बहुत नाराज़ हैं। वह उसका मुँह तक देखना नहीं चाहतीं। हाँ, ऐसा ही कहा था उन्होंने उस दिन फ़ोन पर, जब उन्हें पता चला था कि मैं सासू-माँ को अपने साथ ले आई हूँ। उनका भी दोष क्या दें? माँ हैं। उन्हें लगा था, सासू-माँ को अपने साथ रखकर मैंने अपने भविष्य का दरवाज़ा हमेशा-हमेशा के लिए बन्द कर लिया है। एक लड़की, जिसका पति उसे छोड़ दिया हो और सासू-माँ उसके साथ रहती हों, कोई दूसरा लड़का भला उससे शादी क्यों करेगा? हाँ, यही तर्क था मम्मी का। उस दिन के बाद उन्होंने फिर कभी, उससे बात नहीं की।

कई साल हो गए थे। वह घर नहीं गई थी। किन्तु अपनी छोटी बहन की शादी में वह घर अवश्य जाएगी। उसने उससे वादा किया है। और क्यों नहीं घर में एक वही तो है, जो उसकी फिक्र करती रहती है। मम्मी-पापा के लिए तो वह अब अस्तित्व में है ही नहीं। यह उसका दुर्भाग्य नहीं है, तो क्या है? छोटी उम्र में ही उसे वनवास दे दिया गया, वह भी एक ऐसे गुनाह के लिए जो उसने कभी किया ही नहीं। हाँ, यह सच है—उसने योगेन्द्र से प्यार किया था। परन्तु उसने प्यार की सीमा कभी लाँघी नहीं। किन्तु उसे सजा मिली। राम को वनवास मिला तो वे उसकी अवधि पूरी कर वापस अयोध्या लौटे थे, अपने स्वजनों के पास। पर उसने जो मरज़ादपुर छोड़ा, तो फिर लौटकर कहाँ जा पाई वहाँ। मम्मी-पापा, घर-परिवार, दोस्त-मित्र सब एक बार छूटे तो फिर कभी मिले ही नहीं। अब तो न वह कैम्पस रहा और न ही वे लोग, जिनके बीच वह पली-बढ़ी थी। उसकी बड़ी इच्छा थी कि वह एकबार भी रपुर जाए। वह वहाँ अपने दोस्तों से मिले। वहाँ योगेन्द्र भी हो। वह उसके साथ बैडमिंटन खेले। पर उसकी यह इच्छा कभी पूरी कहाँ हो पाई!

वह यही सब सोच रही थी कि उसे अपनी सासू-माँ की आवाज़ सुनाई दी।

"बेटा पद्मिनी! बहुत दिनों से मेरे मन में एक बात घूम रही है। कहो, तो कहूँ।"

"हाँ-हाँ, माँ! क्यों नहीं! कहिए न, क्या बात है? आप मुझसे क्या कहना चाह रही हैं?" पद्मिनी ने कुछ सोचते हुए कहा।

"बेटा! मैं चाहती हूँ, तुम फिर से शादी कर लो!"

"शादी?"

"हाँ, तुम शादी कर लो। आख़िर कब तक तुम यों ही अकेली जीवन बिताती रहोगी?" उन्होंने कुछ अफ़सोस जताते हुए कहा।

"अकेली क्यों माँ? तुम तो मेरे साथ हो, न! भला मैं अकेली कहाँ हूँ?"

"बेटा! मेरा क्या भरोसा? मैं तो एक पके आम की तरह हूँ। कभी भी टपक सकती हूँ।"

"माँ..आ..आ! इस तरह की बातें मत करो। तुम्हीं तो मेरी एकमात्र सम्बल हो। तुम्हारे बिना मैं अपने अस्तित्व की कल्पना भी नहीं कर सकती।" पद्मिनी रुआँसी-सी हो उठी।

"फिर भी, मैं चाहूँगी कि तुम मेरी बात पर विचार करो। इस पर गम्भीरता से सोचो। मेरी हार्दिक इच्छा है, मेरे रहते ही तुम्हारी शादी हो जाए। मेरे एक-दो पोते-पोती हों। मैं उनके साथ खेलूँ। वे मुझे 'दादी-दादी' कहकर बुलाएँ।"

वह ऐसे बोलती जा रही थीं, जैसे सपने में बड़बड़ा रही हों।

और... तभी।

पद्मिनी के फ़ोन पर किसी व्हाट्सप मैसेज़ के आने का सिग्नल सुनाई दिया।

पद्मिनी ने फ़ोन उठा लिया। देखा—योगेन्द्र का मैसेज़ है। उसका दिल धक् हो गया। उसने मैसेज़ पढ़ा। लिखा था—

"जन्मदिन की हार्दिक शुभकामनाएँ! आशा है—तुम स्वस्थ व सुखी होगी। जब से तुम्हारा पता चला है, मैं तुमसे बात करने के लिए बेताब हूँ। पर मैं तुमसे बात तभी करूँगा, जब तुम 'हाँ' कहोगी। मुझे तुम्हारी 'हाँ' का इन्तज़ार रहेगा। पर देखना—यह इन्तज़ार पिछले इन्तज़ार की तरह बहुत लम्बा न हो।"—योगेन्द्र।

"पिछला इन्तज़ार!"

वह उसका मतलब समझ गई थी। उसकी छोटी बहन, ज्योत्स्ना ने उसे पहले ही बता दिया था, योगेन्द्र ने अभी तक शादी नहीं की है। आज

भी वह उसी के इन्तज़ार में बैठा है। यद्यपि उसके पास क्या-कुछ नहीं है? एक सफल कॅरियर। पैसा। सुःख-सुविधा। सब-कुछ तो है। कोई भी सुन्दर लड़की उससे शादी करने के लिए तैयार हो जाती। पर वह अभी तक अकेला है। कुँवारा। शायद वह इसी इन्तज़ार की बात कर रहा है! पर पद्मिनी ने तो उसका इन्तज़ार किया नहीं। या यों कहें—उसे इन्तज़ार करने ही नहीं दिया गया। लड़की होने के नाते माँ-बाप की ज़िम्मेदारी थी। उन्होंने उसकी शादी कर दी। अब यह उसका दुर्भाग्य कहें या कुछ और; उसकी अपनी शादी फलीभूत नहीं हुई। पूरी ज़िन्दगी दुःख ही तो झेला है, उसने। संघर्ष के सिवा, उसे मिला ही क्या? पर इसमें योगेन्द्र का तो कोई दोष था नहीं। और वह... उसको दोष दे भी कहाँ रही थी!

21

फ़ोन पर आए मैसेज़ को पढ़कर पद्मिनी कुछ गम्भीर-सी हो गई थी।

माँ समझ गई थीं—पद्मिनी किसी उलझन में है। उन्हें लगा—उस मैसेज़ में कोई ऐसी बात अवश्य है, जो उसे उद्विग्न किए हुए है। उसके माथे पर पड़े बल स्पष्ट बता रहे थे—वह अवश्य ही किसी दुविधा में है। वे चिन्तित हो उठीं। उनसे रहा नहीं गया, तो उन्होंने पद्मिनी से पूछ ही लिया,

"आख़िर, बात क्या है? तुम मैसेज़ पढ़कर इतनी परेशान क्यों हो गई? किसका मैसेज़ है? और उसने ऐसा क्या लिख दिया है, जो तुम इतनी बेचैन हो गई हो?"

"कुछ नहीं, माँ! कोई खास बात नहीं है!" पद्मिनी ने एक अनमना-सा उत्तर दिया।

"तो, ठीक है। नहीं बताना चाहती, तो मत बताओ।" कुछ नाराज़-सी होती हुई उन्होंने कहा और टेबल पर पड़े बर्तन समेटने लगीं। बोलीं—"मैं चाय बनाने जा रही हूँ। तुम भी पीयोगी, तो बताओ?"

"हाँ, माँ!" पद्मिनी ने संक्षिप्त-सा उत्तर दिया।

थोड़ी देर बाद वे दो-कप चाय लेकर आईं। दोनों चुपचाप चाय पीने लगीं।

"मैसेज़ किसी लड़के ने भेजा है, या लड़की ने" माँ ने चुप्पी तोड़ते हुए पूछा।

"माँ, तुम भी न!" पद्मिनी ने कुछ नाराज़गी जताते हुए कहा।

"बताओ न!" लड़की है या लड़का?" उन्होंने जोर देते हुए दोबारा पूछा।

"लड़का।" पद्मिनी ने धीरे से कहा।

"नाम क्या है, उसका?"

"योगेन्द्र।"

"योगेन्द्र! यह नाम तो मैंने इससे पहले तुम्हारे मुँह से कभी नहीं सुना। आखिर यह कौन है, योगेन्द्र? और तुम उसे कैसे जानती हो?" माँ ने जानना चाहा।

"योगेन्द्र मेरे बचपन का दोस्त है।"

और फिर... पद्मिनी ने माँ को पूरी दास्तान सुना दी।

पद्मिनी की कहानी सुनकर माँ की आँखों में आँसू आ गए। वे अपने को रोक नहीं पाईं और फफककर रो पड़ीं। पद्मिनी भी तब अपने को कहाँ सँभाल पाई थी! उसने माँ को अपनी बाँहों में भर लिया। माँ-बेटी देर तक आँसू बहाते रहे। कोई किसी को चुप करानेवाला जो नहीं था।

बिस्तर पर लेटे-लेटे पद्मिनी, योगेन्द्र के बारे में ही सोच रही थी। फ़ोन उसके हाथ में था। वह उसका मैसेज़ अब तक कई बार पढ़ चुकी थी। कुछ पल यों ही असमंजस में बीते। कुछ घड़ी बाद, उसने एक बार फिर योगेन्द्र का मैसेज़ पढ़ा और उसी पल 'हाँ' लिखकर मैसेज़ कर दिया।

उसके दिल की धड़कन कई गुना बढ़ गई थी। 'किसी भी पल फ़ोन की घंटी बजेगी और वह फ़ोन पर होगा। क्या कहूँगी उससे? कैसे कहूँगी?' हजार सवाल उसके मन में एक साथ उभर आए थे। और... तभी, फ़ोन की घंटी घनघना उठी। पद्मिनी ने फ़ोन उठा तो लिया। पर उसके हाथ काँप रहे थे। किसी तरह फ़ोन ऑन किया। उधर से आवाज़ आई,

"हैलो!"

एक जानी-पहचानी आवाज़! पद्मिनी का दिल जैसे निकलकर बाहर आ गया। वह कुछ बोल नहीं पाई। कुछ पल यों ही बीते। उधर से फिर आवाज़ आई,

"पद्मिनी!"

बस इतना-भर सुनना था, पद्मिनी की आँखें भरभराकर बरसने लगीं।

वर्षों की जमी पीड़ा की मोटी परत पिघलकर आँसुओं के साथ झर-झर झरने लगी। आँसू ही उसकी पूरी कहानी कह गए। अब कुछ और कहने को बचा नहीं था?

कहीं दूर से डी.जे. पर एक गाने की धुन बजती सुनाई दे रही थी :

'दो दिल मिल रहे हैं... मगर चुपके-चुपके।'

❑❑❑